黑咖啡

BLACK COFFEE

藍藍似水——著

目錄

CONTENTS

楔子

Black Coffee

瑪奇朵形單影隻地坐在散臺一角，一頭蓬鬆凌亂的短髮像是被霜雪染過的枯草，銀灰色劉海和深棕色的睫毛互相交垂。他從不飲酒，卻貪戀在做工精細的高腳酒杯中裝滿黑咖啡，且用迷離的眼神專注地看著它，像是在禱告一樣，再無預兆的一飲而下。

「陸晗冬，我打賭妳從未見過她無比忠誠的眼神，不僅滿是柔情而且曠古無二……」瑪奇朵陶醉著對我說。

我驚恐萬狀，他看上去卻神采奕然，我猜他定是遇見了心儀的女孩。然而，隨著他在飲盡幾杯後開始「酒」入舌出，我才得知他所指的「她」，只是一條媚態百出的母犬，咖啡因蠱惑他並製造了一連串假象，令我哭笑不得。

瑪奇朵常說：「在飲酒的地方，鮮少有人會跟一個完全不沾酒精的人攀談。這樣的環境裡，即使再閃耀的霓虹燈，也會讓過於清醒的人失去很多曖昧的機會，咖啡和酒精一樣，都會讓人上癮，繼而產生一連串的幻覺。」

我雖半信半疑，卻亦時常如此，偶爾只是看著咖啡豆都會沉醉，而後悒鬱寡歡。伴隨著咖啡機的轟轟聲，我彷彿能聽見咖啡豆被研磨時發出撕心裂肺的吶喊，繼而會看見已經多年未見的田鼠。

我曾極其認真的問瑪奇朵：「不做醫生後開咖啡館，是否是因為我？」

瑪奇朵雖沒有正面回答，卻也毫不吝嗇的告訴我：「陸晗冬，太過認真會失去很多做人的樂趣。」

當然，咖啡館也是我生活中樂不思蜀的一部分，卻從不覺得這是瑪奇朵所言的幻覺。幾天後，我在瑪奇朵的咖啡館裡彷彿再次看見田鼠，他獨自坐在一張轉角處的圓桌旁，連續喝下了十杯義式濃縮，在田鼠飲盡後不久，我就見他四肢無力，接著嘔吐不止，然後用手捂住胸口，感覺心跳劇烈又昏昏沉沉，表情看似飄飄欲仙……

我正要走向田鼠，就即刻被瑪奇朵攔住，並聽見他暴跳如雷地對咖啡師呵斥：「你不僅讓陸晗冬靠近咖啡機，而且還讓她喝了十杯黑咖啡……」當時，我已經頭暈目眩，不僅不知道瑪奇朵在說什麼，而且也未見咖啡師作任何辯解。

次日，我居然也離奇地中了咖啡的劇毒，再也喝不得。哪怕只是輕微的抿一口在嘴邊，都會產生像田鼠一樣的生理反應，劇烈的心慌，讓我從此有半年的時間沒有再碰黑咖啡，也沒有再踏進咖啡館一步。「毒癮」發作時，我會用酒精取代它，可是酒精的效果不佳，不僅難以上癮，而且即使爛醉如泥，都再也沒見到過田鼠。

直至我頓覺曾經的習慣讓自己空虛難耐，便開始嘗試著克制自己的身體，每次只喝十毫升的黑咖啡，同時飲盡一千毫升的清水。漸漸地，變成二十毫升黑咖啡加兒八百毫升清水，依此類推。直到有一天我在連續飲盡兩杯黑咖啡後，又再次奇蹟般地看到久違的田鼠，才立刻意識到：與其說自己習慣了黑咖啡，還不如說是自己習慣了田鼠。

在咖啡因的蠱惑下，只見田鼠同上次在瑪奇朵的咖啡館時一樣，也是獨自坐在轉角圓桌的一角，奇怪地是他身旁居然沒有一個女孩。田鼠目不轉睛地望著手中的高腳杯，不知是在孤芳自賞還是自我陶醉，只是看見他，就足以讓我的精神得到滿足。

不記得是從什麼時候開始養成了喝黑咖啡的習慣，只知道光陰在年復一年地流逝中，黑咖啡每天都是我的必需品，它如同田鼠一般陪伴著我度過了很多快樂的和憂傷的時光，也見證了我從「多愁善感」到「鐵石心腸」的心靈蛻變。

瑪奇朵把他的咖啡館轉賣後，為我帶回兩條品種迥異的犬，並給牠們分別取名為：「BLACK」和「COFFEE」。一個星期後，瑪奇朵甚至還幫牠們訂製了兩個價格不菲的鍍銀狗牌，正面是牠們的名字，反面是防走失的電話號碼，並留言：甜蜜的愛。我知道這意味著，如果牠們不慎走失，我將永遠也不能更換電話號碼。

我時常感悟：如果人類對情感的忠誠度能有牠們的一半，那該有多好！可是，瑪奇朵總會殘酷地提醒我：再濃郁的情感，也可能隨時消失，沒有預兆的消失在生命的盡頭或冰封在記憶的深處。BLACK和COFFEE大概永遠也不會知道人類情感的複雜程度，也不會理解對我而言，只有當牠們在一起時才彰顯得格外重要。待牠們日漸長大，我才意識到瑪奇朵所言並非冷酷無情，而是對之心服首肯。

幾年後，瑪奇朵決定離開黃城離開我。我知道遲早會有這麼一天，他一定會重返醫生的職位，做他真正喜歡並將持之以恆的事。最後只剩下那兩塊沉甸甸鍍銀的狗牌和那串永遠也打不通的電話號碼。

我很不屑地看著瑪奇朵對我說：「陸晗冬，總有一天我們再也不想看見彼此的模樣，彷彿我們的臉頰上都布滿了汙垢，盡是銅臭不堪地骯髒，我希望妳永遠不要醒來，此生盡是美夢！」

「你說得沒錯，田鼠就是我的美夢！」我氣勢洶洶的對瑪奇朵說，那一刻我深信這是我與瑪奇朵此生最後的對白。

曾經，我們各自誓死捍衛著一段情感，以為那是生命中不可或缺的最純粹的東西。我們雖各持己見，卻對「世界上有兩種人」的說詞深信不疑。只是，對於這兩種人的定義，我們始終都存在分歧。

田鼠認為的那兩種人是：男人和女人。

瑪奇朵認為的那兩種人是：愛我的人和我愛的人。

對我而言，我很忐忑。

唯物的說，是活人和死人。

唯心的說，只有我和你們。

不知何時，我們又在形同陌路中醒悟：無論世界上有多少種人，我們都是其中臭味相投的同一種。而在此之前，我們都曾單純地喜歡過，純樸地愛過，所有的放蕩不羈似乎都在詮釋著田鼠對我說的那句「妳的樣子」的真正涵義。

你是愛我的，從來沒有變過。

在思念的長河裡，我反覆地對自己說。眼角閃爍的淚花彷彿比南極的冰川水還要清澈。

我是愛你的，從來沒有變過。

在繫念的思緒裡，我重複著對自己說。嘴角流淌的唾液貌似比漠河的初雪還要純潔。

你是愛我的，可惜從未親耳聽過。

我是愛你的，恰好時常在叨念著。

你是愛我的，我是愛你的，殊不知我們彼此曾對多少人說過……

曾經在沒有黑咖啡的日子裡，時常朗誦田鼠的詩歌，可卻沒能持續多久，我又開始反覆無常地觸碰它，瑪奇朵卻再也沒有念叨我，他對善變的我行為已經習以為常。在黑白顛倒的那些時日，我總會在思潮湧動時喝一口黑咖啡，而後會看見田鼠不由自主地旋轉著他的圓珠筆，心亂如麻地翻看著我寫在本子上唯一的一篇日記，一遍接著一遍，並忘情地捂住胸口，自言自語且頗有文采地說：「陸晗冬，我再也不想看見妳，有一種苦不堪言的感覺，猶如心臟即將驟停一樣。」

「這也正是我想對你說的。」我說。而後，我和田鼠都心照不宣地對望著。

那些時日，我不解自己為何總能輕而易舉地看見田鼠，瑪奇朵也早已司空見慣了我這般模樣。可是，無論我飲盡多少杯黑咖啡，我們之間的情景和對話都只能定格在這裡，再無後續或下文。

「今天很好，田鼠只來了一次。」那天，在與田鼠對望之時，耳邊忽然傳來瑪奇朵的聲音。

「是嗎？那他有帶禮物給我嗎？」我的思緒即刻被拉回，目光呆滯地看著瑪奇朵問。

「當然，他帶給妳一本《小花兒的日記》。」瑪奇朵無奈地說。

接著，我接過瑪奇朵遞給我兩粒彩色的藥丸，繼而下意識般張開僵硬的嘴巴，並用上下牙齒努力地摩擦，伴隨著咖啡機的轟隆聲，我把藥丸磨得粉碎，就像咖啡豆被咖啡機研磨時一樣，然後艱難地嚥下。瑪奇朵小心翼翼地捧起那本破舊得只有兩頁紙的記事本，頁腳早已被手指上殘留的菸灰磨成了黑色，他面色枯槁且氣若游絲，大概早已讀膩了……

小花兒的日記

髫年時期，我體會到了人生最奇妙的一種感覺。那是一個懵懂的年紀，又恰逢趕在一個朔風凜冽的時節。

在殘缺不全的記憶裡，那年的寒冬臘月，銀裝素裹，春寒料峭如故。我蜷縮在床頭最溫熱的角落，透過結霜的玻璃隱約看見窗外潔白的雪花肆意飛落，黑色的土地早已被冰雪覆蓋上蒼茫的白色。

一臺黑色落滿灰塵的老式收音機裡，偶爾發出卡帶的「吱吱」聲，我裹著被單，有點五音不全，又有點顫顫巍巍地跟著收音機裡的音樂哼唱著同一句小曲。

單薄的母親隻身在廚房忙碌著，後窗被灶臺上的熱鍋熏上了濃厚的哈氣，我正踮起腳尖，手忙腳亂地擦拭著。

透過模糊的櫥窗，眼前的一幕讓我大驚失色。一株高一公尺多，根莖直立的向陽花，色彩鮮明地映入我的眼簾。

它表皮略呈青綠色，花瓣金光燦燦，中心地帶的黑色如墨般鬼魅而深邃，碩大的「頭顱」圓潤又不失可愛。

在這寒風刺骨的冬日，它昂首挺胸地佇立在草木枯榮的悲傷大地上，且執著又堅韌地看著同一個方向，彷彿早已望眼欲穿。雖看不見陽光，卻仍舊持之以恆地面向太陽，有點荒謬，又有點瘋狂。

那一刻，我一見鍾情地愛上了它，即便筆下生花，也始終不明白為什麼。每日清晨，我都會在天剛濛濛亮時起床，喝上一口熱呼呼的米糊，嘴裡叼著半個饃饃，踩在高度跟我齊腰的椅子上，趴在櫥窗眼巴巴地看著它。

直到它在不知不覺中日漸枯萎，金黃的花瓣也不再閃閃發光，沉默著低下高貴的腦袋，迷茫且沒有了方向。

它不曾伴我逐日長大，我卻逐漸開始懂它。在其清高的外表下，卻有著一塵不染的品行。在其孤芳自賞的同時，又能在沉默中堅強。

……

瑪奇朵離開多年後，我的記憶力大不如往常。但卻總能清楚地記得曾經的它，可我卻怎麼也記不得瑪奇朵為我朗誦《小花兒的日記》時的樣子，也記不得妄想症和憂鬱症曾經困擾了我多久，即便已經看似痊癒，偶爾仍會在藥物延緩的後遺症下，產生一連串的幻影和幻覺。

我不確定田鼠是否真的來過，但卻彷彿記得瑪奇朵不停地告訴我，在所有的意念中，唯有那句「靠近我……」是真實存在的。

時隔數十年有餘，在黃金海岸的華納主題公園，戴著剛買的炫酷耳機，裡面循環地播放著同一曲華人音樂。然後，從垂直九十度的雲霄飛車上一躍而下，撕裂了喉嚨，瘋狂地尖叫。彷彿已擺脫了地球引力，在以第一宇宙的速度衝進雲霄，隨時準備離開這血雨腥風的地球。

我雖懼高，卻偏愛這種自由落體似的極限運動，每每回想心臟都會一陣陣地悸動。總覺得，只有在失重的情況下，恐慌才會一點點地逼近，直至停在離心臟最近的地方。那是藍與白的天界，猶如身在一望無垠的荒野裡，頭暈目眩的錯覺感像是被如火的純真年代焚燒掉了記憶一樣。

「砰！砰！你聽到了嗎？是斷裂的心隨著記憶在跳。」我對著身旁一個還坐在雲霄飛車上被嚇到魂飛魄散的西班牙人說。

或是在雲霄飛車上被勁風吹的有些耳鳴，他一個勁地問我：「What? Come to me.」我觸目驚心地看著他，一遍一遍地跟著他的口形重複著：「Come to me, Come to me...」沒錯，他的確這麼說。

俯仰之間，想起昔日與友人的一段對話，懵然之際，一切卻已滄海桑田。回憶中整個世界都安靜了……

「站得那麼遠，妳是怕了嗎？」他倚在牆邊，橫眉冷對地看著我。

「夠近了嗎？」我膽怯地挪著小碎步走到他對面。

「再近一點。」他以咄咄逼人的姿態驅使我。

「不能再近了。」我哆哆嗦嗦地回答。言語間，我的鼻尖已挨近他的鼻尖。

「靠近我，讓妳如此心慌不安嗎？」他蹙眉以對地質問我。

「怎麼會？我從不知道心慌是什麼感覺。」我堅毅地看著他，毋庸置疑的回答。

可惜，待我對此能所有體會之時，已是明日黃花。對我而言：靠近恐慌，就意味著靠近心田。我們深知韶華易逝，本應過眼雲煙，卻總是因其在不斷的自我救贖中，間接傳遞給彼此的罪惡感而沒齒難忘。直到被風花雪月磨滅得沒有意念時，才不得不相信，再動人的曲調也總會有曲終人散的一天。

它們的出現，令我在成長的過程中，除了自己的容顏，沒有其他是刻意在意過的，也沒有什麼是感覺上不一樣的。只是，在後知後覺中，對我們而言，我們都失去了一些比自身的得失還珍貴的東西。

譬如，曾經頭頂一片藍天時，有一種季節叫雲淡風輕，有一種無形的呼喚叫小城的雲，有一種美夢叫做隨遇而安。

曾經的我們，總想用畢生的時間去追尋一樣，只是憑空幻想就足以讓我們呆滯許久的東西。我們說不出，也難以形容，就是固執地認為，一旦追到了，人生的意義就不一樣了。在賤人傳統的觀念裡，他說那定是一張「不老的臉」，田鼠卻有著相對時髦的見解，還為之拽了句成語，叫「歲月無痕」。現實卻是，人未老心先衰。

從而，我總會在夢裡看見自己未老先衰的樣子，手捧幾顆像咖啡豆似的向陽花種子或是依偎在向陽花湖畔，回想以前在窮酸潦倒的日子裡，最富貴得志的相見，似乎靠近了向陽花，就靠近了心底的愛戀。可惜，那不單單只是一場看似已終結了的遇見。

「Come to me…」

永遠不見！

「Come to me…」

無顏再見！

你是愛我的

我是愛你的

或許，是「你們」耗盡一生的時間，都不會用言語表達的。也許，是「我們」用盡一世精力，都無從思索的。待到時過境遷，它把我們塑造成一個曲高和寡之人後才恍然大悟：有一種情感如向陽花，恰似沉默的愛。

然而，愛如黑咖啡。我雖不懂它，卻也知道砂糖只會令它千瘡百孔，鮮奶只會讓它錦上添花。如果想念一個人不知如何表達，不如找一個靜謐無人的角落，喝上一口不加修飾的黑咖啡。

十六歲以前，一直以為我們與生俱來就沒有童年，因為上天給予了我們一張永遠童真的臉。十六歲以後，從不照鏡子，自以為掩耳盜鈴是女人對自己最善意的謊言。殊不知那副褶皺的容貌猶如句點，依舊讓一張不老的臉在日積月累中沉陷。

世界上最殘忍的事情莫過於我問：「你喜歡我什麼？」

你毫無保留地告訴我：「妳的樣子。」

僅此……

——題記

01 最後：

即便苟活一世，也堅信總會有那麼一個地方讓人魂牽夢縈，也總會有那麼幾個人會讓人低徊不已……

「若都沒有，我相信那定是離死不遠了。」田鼠經常這樣對我說。

我和田鼠始終心繫那座小城，即使它已面目全非，如今在似曾相識的輪廓裡，也只能在狹小的記憶空間中，搜索到它那殘留下最純樸的模樣。可是，年復一年地過去，仍舊是甜瓜樸實又固執的思想，以及賤人封閉又質樸的欲望，而一直不變的是田鼠難以捉摸的思緒和我在無望中愈發冷漠的臉龐。

「就是它，沒錯。」一股堅毅地聲音時常穿透我脆弱的耳膜。

然而對它，「他們」都鄙夷不屑，「我」卻心碎的緬懷。儘管它總是讓我們卓絕於它已融入骨髓中的劣根性，但是在欲罷不能中，它的存在，使我們在精神上，依稀地感受到自己仍然是活著。

那天，我和田鼠佇立在牆外，猶如深壁固壘，我們無語凝望，直勾勾地看著那慘白的牆體，乳膠漆已黴變，還有些脫落和龜裂，這是我們離死亡「最近」的一次。

「我希望我的亡魂可以改變這個世界，如果不能，那就盡可能地改變那座小城吧？若還是不行，總可以改變你吧？」這是賤人此生對田鼠說的最後一段話。

而在這之前，賤人也對我說了一句，之後令我精神紊亂，只能無能為力地看著他被員警帶走。不久後，我和田鼠都出現了相同的幻覺。

「他走的是一條不歸路。是槍聲？他死了！」

田鼠用力地捂住耳朵，不僅神情僵硬，甚至驚嚇到四肢痙攣。

「是血，濺到了臉上，還是熱的！」我一遍又一遍的擦拭著臉頰上的汗液。

在無法接受的事實面前，我們都扭曲到有些人格分裂了。待田鼠清醒過後，他一直在我身旁追問：「陸晗冬，尉遲艦最後對妳說了什麼？」

「最後？」我問。

接著，我麻木地拉著田鼠的手，感覺冷冰冰，而心臟更像是冬日裡結霜的玻璃窗一樣，在準備爆裂時，有著一觸即發的偏激，同樣在被外界的聲音震撼時，又有著頑固不化的倔強。

繼而，我昏厥了。感覺自己正昏昏沉沉地躺在一張熟悉又陌生的泡沫床上，不知身在何處，像是在鐵皮車廂裡，依稀聽見了田鼠的聲音。仔細辨認後，我真切的聽到了，那聲音沒錯，他就是田鼠。

他在抽噎地對我說：「那些年，若我們都還能活在純愛裡，就不會是今天的樣子。也許，我們都還是四維世界、三維空間裡，永不相交的平行線。」

我很努力地想睜開眼睛，但就是睜不開也醒不來。彷彿眼皮被膠水死死的黏住了一樣，雙眼很沉很痛，眼淚一直順著眼角淌下，它滴在皮膚上，被灼熱後感覺滾燙，有一種被沸騰的開水燙傷的感覺。

聽到聲音卻做不出相應的肢體反應，這種感覺就像是田鼠曾在他的噩夢中驚醒，跟我描述他的夢境時一樣。

接著，我做了一個冗長的夢，夢裡一次又一次地看到賤人的「亡靈」，它把我引到從前，那似近又遠的地方，有意讓我再重新回憶一遍，然後就徹底忘記，繼而在餘生中，抓住眾人都在信奉的美好。

不同於他們的是，因為田鼠的存在，我始終都相信世界是美好的，也因為世界是美好的，所以田鼠存在的本身就是美好。我們都有這種糾結的情愫，以至於內心從未安寧過，但這並不是我們能夠選擇的，也將是無法抉擇的。

在昏昏欲睡的夢裡，我看到了田鼠曾跟我提及過無數次他最討厭的那座大山，我昂首挺胸地看著它，就像曾經被百鬼眾魅附體一般去仰慕田鼠一樣地看著它，光線射進眼睛裡，不禁頭暈目眩，實在難以琢磨，它究竟是真像還是幻影。

田鼠並不知道我也討厭它，即便是微不足道的小山丘也會讓我厭煩。但是我知道，只要那座山一直在那裡，它便會一直聳立在田鼠的心裡，他憎惡它就像憎恨昔日四面環山的小城一樣。那種無法自拔的情愫，總會難以自抑地在田鼠的夢中念起，似乎所有的錯都是因為那座閉塞的大山，才會有那些不堪回首的過去。

久而久之，隨著田鼠跟我念起的次數不斷增多，他的夢也就不知不覺地成了我的夢。初次，我夢中的田鼠只有三歲，他躲在山腳下的石洞裡，用手中的向陽花刻意遮住他巴掌大的臉頰，偷偷地看著他外公為爭奪山頭的一座沙丘而同其他人大打出手。因為田鼠的父親老田曾無數次揚言：「要讓每一個踩過沙丘的人都死無葬身之處。」所以，這座沙丘等同打鬥場，田鼠每次都像寄居蟹一般躲在石洞裡，不僅猥瑣而且侷促不安。田鼠親眼目睹他的外公被亂棒打死在那座群山圍繞的沙丘上，為了祭奠他，老田把他視作英雄，並將屍體裸放在沙丘，要田鼠每日去跪拜，直到他外公的屍體完全腐爛才被掩埋。

幾年後，我告別了上段夢境，隨之而來的是夢見田鼠一直在沙丘前跪拜，他是跪得最久的一個，也是距離腐臭的裸屍最近的一個，且他始終低頭不語，目光呆滯地看著自己手中的那個他外公生前最愛吃的饅頭。偶爾，還會夢見老田逼迫田鼠聞著屍體腐爛的臭味把它吃掉，不能吐出且必須一口氣吃完，在吃的同時還要在心裡默念他外公生前常掛在嘴邊的箴言：「男人必須靠拳頭說話，拳頭愈是硬朗，愈是沒人敢欺負。」

那些觸目驚心的夢境，片段似的歷歷在目，以至於我每次看到饅頭都會嘔吐。然而田鼠卻偏偏喜歡在我面前有滋有味地啃饅頭，並指著我扁平的酥胸，不知廉恥地說：「我只需要把饅頭想像成是女人的巨乳。」

我不認為田鼠的夢只是夢，也並不覺得我曾丟了魂一樣走進過他的夢，或是他曾使用巫術以託夢的方式扭轉了我的意念。我更不認為三歲的孩子會有足夠的記憶空間，即便有也不會持久。而田鼠卻記住了，深刻到骨髓，清晰又透明。

曾幾何時，我清晰地聽見田鼠對我說：「那座沙丘下，埋葬了我從未謀面的生母。從此，再沒人敢踏進那方淨土，也再沒有人敢靠近沙丘一步。」

那一刻，我不僅毛骨悚然，而且大夢初醒。對我而言，我意識到那方淨土是田鼠孤傲的靈魂，那片沙丘是田鼠傷痕累累的心窩。

奇怪的是，那日與賤人訣別後，直到我從中斷點的睡夢中醒來，部分記憶似乎真的被賤人的「亡魂」帶走了，我的確沒有再念起過，無論是打鬥還是死亡，一些被記憶腐蝕了的爛事也隨著時間的推移，在我的腦海中變得愈來愈模糊。於是乎，這讓我和田鼠對過去的記憶不斷地產生分歧。那些時光，我們共同歷經了一切，而每一次用妥協來換取心靈深處的安樂，都會讓我們在爭辯中倍感羞辱。

可是，我們都已過天真的年紀，現實對我們來說，卻仍舊很難再快樂。我總會不自覺地想起，那天我從昏迷的狀態甦醒後，田鼠和我說的那段話：「我們悲傷，並不是因為曾經發生了什麼，而是因為我們都清楚的知道，在今後的人生中，我們將永遠地少了些什麼。」

那日過後的第二年，田鼠與其結識了兩年零七個月的女孩訂婚了，當時我不在場，正身在黃城一間烏龜養殖場，幫那些長命百歲的烏龜清洗龜殼。田鼠給我打了通電話，然後他的手機按了擴音，故意放進了自己胸前的衣兜裡。在鐵軌的轟隆聲中，我還是清楚的聽到了，田鼠對他面前的女孩說：「今年，我已經四十二歲了，我第一次有一種衝動，我想為了妳而努力地做一個好人。」

我流淚了，為之動容的淚，我能想像到，那一刻田鼠的嘴角一定是上揚九十度，而且露出兩顆標誌性的大門牙，樂不思蜀地陶醉在從天而降的幸福裡。而這些僅是我沉浸在自己的夢境中憑空想像的，因為我早已不瞭解他，不瞭解他的程度應該跟他瞭解我的程度差不多。

作為田鼠特意指定的證婚人，我參加了他在黃城頂級飯店舉辦的奢華婚禮，為表莊重在千挑萬選後，用了半年的薪水買了一身藍色的禮服，卻因為提前準備的高跟鞋鞋跟斷裂而臨時配了一雙白色平底帆布鞋。走上臺做證婚詞時，雖然在家中練習了無數遍，還拿了份早就列印好的手稿照念，仍因為被眾人矚目而緊張得讀錯了好幾個關鍵字。

可惜，除了富麗堂皇四個字，我特別不願回想當時的場景，它果真成為我最後一場能預知到結果的夢。但是，我卻真切的記得，當時「夢中」的田鼠大言不慚地挑逗在場所有人時所說的話。

「我像躲貓貓似的把自己藏在這身昂貴的西裝裡頭，我離不開它，因為它顯得我在面子上是如此地富有，可心裡卻覺得自己是如此貧窮，恨不得把紅酒的木塞都吃了……」田鼠聲勢浩蕩的拿著麥克風說。

當時，整個飯店內都一片譁然，我見對面桌的一個女孩正在安靜地沉思著，看上去很純情，像極了甜瓜，定是以為田鼠喝醉了或是想藉此再朗誦一遍他剛剛獲獎的那首詩歌。可是，就在我抬頭的瞬間，正巧看見田鼠也看了我一眼，我故作鎮定的跟他對視，隨後乾掉了一瓶紅酒，那是我第一次喝這麼貴重的東西，感覺苦澀且口腔乾涸。

然後，我故意摟住坐在身旁一位陌生男子的脖子，他憋得滿臉通紅，過了許久才艱難的對我說：「我快被妳勒死了，別人會誤以為我是為新娘殉情。」我即刻把手鬆開，隨後捧腹大笑。

此時，麥克風裡又再次傳來田鼠的聲音：「如果你真的愛一個人就會如此，讓你的人生從外到內都貧窮到只剩下赤裸裸的愛情。」

我努力保持著誇張的笑容，並不斷揉搓臉頰上已窘迫到僵硬的肌肉，雖沒有抬頭看，但卻感覺到田鼠正在含情脈脈地看著她。對我來說，田鼠結婚並不可怕，可怕的是他真的動情。

在這之前，我只見過田鼠的妻子兩次，也只是聽田鼠提起過，她全家都是教師，她亦是如此。

其中一次是在一年多前，田鼠四十一歲生日那天，我莫名其妙的買了束百合花送到他家裡。那束百合花用了我半個月的薪水，大概洗了兩百隻烏龜，田鼠卻把百合花送給了她，還毫不避諱地在我面前親吻她的臉頰，我尷尬的說了句：「祝你們百年好合。」田鼠卻沒有在意那束所謂的百合花花束裡，百合只有兩束，大部分都是星星點點的藍色勿忘我。

另一次我記不得確切日期，是田鼠得知我患上了重度憂鬱症和妄想症，他帶著現在的妻子來家中看我，「圖謀不軌」的送了我一大麻袋向陽花的種子，讓我種在出租房的後院裡。我沒敢正視她，就像不敢正視任何一個田鼠曾經喜歡過的女人一樣，我悄悄地偷瞄她為我細心數種子時的樣子，僅是側臉就足以讓我斷定田鼠為何那麼喜愛她。

沒過多久，我身上藍色的禮服就被起鬨的人群潑上了慶祝的香檳，白色的鞋也被踩成了黑色，我不知所措地整理著自己的衣襟，心疼這身花費了我半年薪水的禮服，才一會兒就變得如此褶皺的衣裳。環顧四周，卻沒有一個人把目光投放在我的身上，這才突然意識到，其實沒人會在意我穿什麼，即便是像我跟田鼠剛相識的時候一樣，穿一身破布背心配一條垮襠大褲衩，或是那一身跟隨了我大半個年華的泥巴色衣服，田鼠也不會在意，是我自己太把自己當回事罷了。

隨之，我醉醺醺的走到那個很像甜瓜的女孩身邊，在酒精的作用下，我下意識地完全把她當成了甜瓜，並有意而為之的告誡她：「如果妳真的愛一個人，就永遠也不要祝福他！」她用莫名其妙的眼神看著我，看著我像小丑一樣通紅的臉龐。

可笑的是，我居然口是心非，我真的希望田鼠幸福，尤其是在沒有賤人和甜瓜的時候，但是更希望在田鼠幸福的時刻，我在他眼中依舊和最初的我們曾「不幸」時一樣白璧無瑕。

那日，在如此圓滿的日子裡，田鼠居然沒有和新婚妻子共度花燭夜，而是把自己喝得爛醉如泥，在賓客都散場後，要死要活的拉住我，非要我跟他再重溫一遍小城裡的日子。

我委婉的推託說：「春宵一刻值千金。」

田鼠卻推了我一把，然後爽朗的大笑，說他此刻已經足夠「富有」了。

我不明所以的看著他，看著眼前這個在幾十分鐘前還大言不慚地說自己貧窮到只剩下赤裸裸的愛情的那個熟悉又陌生的男人。我不再是一個淘氣的小女孩在看一個稚嫩的小男孩，也不再是一個青春靚麗的女人在看一個成熟沉穩的男人，而是一個曾熟悉的人在看一個如今極度陌生的人，時間定格在那裡有好一會兒……

「陸晗冬，妳在想什麼？我保證這是最後一次。」田鼠大步流星上前又推了我一下。

我條件反射一般，用蠻力將他的粗手推開，那一刻，我有點反常，也很失態。田鼠推我時的動作和神態是那麼的熟悉，彷彿剎那間又把我們拉回了以前的日子，那時我們是哥們，他時常這樣推搡我，我更是早就習以為常，似乎彼此推搡是件很享受的事情。但是那天，我卻很難過，或許是因為我不願意在他的女人面前出糗，也或許是因為現在的此情此景，縱有千萬個為什麼閃現在腦海，比如：事到如今，我和田鼠為何還是哥們……

「最後……」我拖著長音說。

繼而，田鼠摟著他小鳥依人的妻子，靠在路旁一棵濃密的大樹底下，我見他身子有些瑟瑟發抖，嘴裡像吐菸圈一樣吐著冷氣，然後突如其來的說了句：「小花兒，妳是我最愛的人。」

我有些尷尬，被摟在懷裡的田鼠妻子卻落落大方，沒看出一丁點的醋意，像是很瞭解田鼠一樣，瞭解我們之間的情誼。

「其實我還有個名字，叫小花兒。」我不知所以的說。

她好像並沒聽見我說了什麼，只見她安靜的看著田鼠，眼神裡盡是無限柔情。我很忐忑，真的希望她聽了我們的故事後，還能跟此情此景一樣，散發出濃重的溫情。可惜，還未等我發聲，她就拉著田鼠消失在我的視線裡。在我看來，那是她在向我宣示主權，繼而採取最有力的冷暴力，直覺告訴我，她似乎知道什麼卻有所保留。

02 最好的安排

「畢竟，人總是會避免不了把自己的快樂建立在別人的痛苦上，或是在別人的不幸中發掘自身的幸運所在。」我自言自語。

最後，只剩下田鼠佝僂的背影，虛無縹緲地浮現在我朦朧的眼簾。那一刻，一切都變得不那麼重要了。

「她走了，她走了……」田鼠從見到我的這一刻，就一直跟我重複這三個字，看似有點神智不清。

我猛然看見田鼠，卻沒一點開心的感覺。雖然心裡很為他難過，卻不知說些什麼，即使說什麼，那也是言不由衷。於是，我選擇了沉默。對田鼠的記憶，還定格在那場對我來說突如其來的婚禮上。

婚禮之後，雖然身在黃城，卻有很久沒再見過他和她，在一段自認為很彆扭的關係中，我們一直形同陌路。對我而言，確實很久，對田鼠而言，卻未免也太快了一些。

田鼠突然聯繫我，只因為她拿走了他所有的家當，然後在他的生活中徹底的消失。

我問為什麼，田鼠說：「因為她是一個瘋狂的女人。」

田鼠大概沒辦法接受這個殘酷的事實，他半生的辛苦，都戛然而止在她離開的那一刻。他又變得很貧窮，同樣的也很赤裸裸，可惜穿得再多，也掩蓋不住他那顆因始料未及而上竄下跳的心臟。唯一的好處就是，他又可以肆無忌憚的跟其他女孩約會了，且再也不用把自己赤裸裸的身子藏在那身並不合體又昂貴的西裝裡頭。

田鼠站在我面前，那副失魂落魄的樣子，儼然就像一個丟失自己心愛玩具的孩子一般。而我居然有一種被臨幸的感覺，也只是剎那間被他可憐兮兮的樣子蒙蔽了雙眼。

「陸晗冬，妳倒是安慰我啊！」田鼠擺出一副杞人憂天的樣子，而他的語氣明明就是在祈求。

我很快就意識到他的來意，然後恨不得把他身上的衣服從外到內都扒光，看看令他崩潰不安的，究竟是貧窮還是赤裸裸的愛情，我寧願相信是前者，更願意相信他從未有過愛情。

我很享受田鼠用這般語氣和我講話，沒有任何理由。我不疾不徐的從衣兜裡拿出一個密封袋，見他正低頭搭腦的看著別處，又果斷地從密封袋裡取出兩粒藥丸，再慢吞吞地嚥了下去，生怕一不小心再次卡住喉嚨。田鼠並沒有察覺到異常，他也並不知道我還在吃這種東西，他的目光停留在我身上或是臉上的時間不會超過三秒，過去如此，現在也如此。
「陸晗冬，妳是在詛咒我嗎？」田鼠突然一臉不滿的看著我問。
「怎麼可能，我什麼也沒有說。」我知道他情緒低落，便莞爾一笑的看著他。
「陸晗冬，妳在想什麼，我早就猜中了。妳沒說出來，但妳心裡就是這麼想。」我並不自然的笑容令田鼠更煩躁，他指著我的鼻子說，那架勢恨不得把我吃了。
我很平和也很平靜，早已習慣了他被那些女孩甩後的樣子，不僅把所有情緒都發洩在我的身上，而且還怒髮衝冠地對我申斥。我知道多說無益，也並不想理會他。在我們以往的針鋒對決中，無論在氣勢上還是言語上，我都是弱者。
不同以往，這一次田鼠看上去更加悲傷，也更加失落。上一秒還氣勢洶洶，下一秒就突然跌入谷底，又哀怨著對我莫名其妙的詰問：「妳……妳以為妳是誰？」
對於這樣的問話，我有些惱怒，於是斬釘截鐵的告誡他：「我是陸晗冬，你一分鐘前還這樣稱呼我！」
瞬間，田鼠哭了。而且邊走邊哭，整個過廊裡盡是他撕心裂肺的回聲，空靈地迴盪著他那句：「一切都是最好的安排。」
這才意識到，他是認真的。之後，田鼠開始自暴自棄，我偶爾會在街角的垃圾桶旁看到他，起初以為他只是走累了，想抽根菸蹲在那裡休息一下，不曾想他是在翻垃圾桶裡別人丟棄的塑膠瓶，那失魂落魄地樣子是那麼的可憐，跟無家可歸的流浪漢一模一樣。

於是，我每天黜衣縮食，用洗烏龜省下的錢買很多箱礦泉水，然後每天倒掉一箱，只留下空的塑膠瓶，趁夜晚無人時，分散著放進他經常出沒的垃圾桶裡。次日凌晨，我又會挨個垃圾桶去翻，把它們都撿回來，我想田鼠最不願接受的應該就是我的施捨。

田鼠大概是對我的舉動有所察覺，很快就在這個並不大的城市中銷聲匿跡了。我沒再找過他，我會默認為他死了，像是電影裡重複的老套路，拿著一把用舊了的刮鬍刀，躺在某個湖邊的長椅上，或者泡在某家旅館的浴缸裡，卸下刮鬍刀上鋒利的刀片，糾結的舉起右手，在左腕上深深的割下，然後安靜地看著自己身體裡的熱血一點點的溢出，把整個浴缸裡的水都染成紅色。

我只是很不理解，田鼠是因為被騙走錢財難過，還是因為被騙了所謂的愛而難過。這一次，我更願意相信是後者，畢竟他的那些錢到底是怎麼來的，我最清楚不過，我還一直在等他親口告訴我。

然而，我等來的消息卻是看守所傳來的噩耗，只是告知我一聲，賤人在今日凌晨自縊了。我必須接受這個事實，那種揪心的感覺很難形容，為此我還要因為他的自縊而「感謝」他，因為他在遺書中提起了我！

起初，我不相信，然後是不願相信，最後直到看見賤人親筆寫的遺書時，才不得不相信。而他們又怎麼從中看出那是我呢？

再見

我的爆米花女孩

這就是賤人的遺書，只有言簡意賅的九個字，沒有一個標點符號，這讓我很難確定出他在最後對我說此話時的心情。從歪歪扭扭的字跡中，唯一能肯定的就是，對一個連自己名字都寫不好的人來說，這些字他確實練習了很久。

田鼠也接到了同樣的電話，理由跟我的如出一轍，賤人也留了封遺書給他，只是那並不是賤人親手寫的，是他從書上撕下來，很微小的一部分，一塊長方形的紙片，四周的邊緣像木鋸的鋸齒狀。

田鼠不知從哪裡趕來，不僅看上去衣衫不整而且靈魂出竅。他把它遞給我時，我簡直驚呆了，我無法想像自己當時驚嚇的樣子，字條是田鼠曾發行的詩歌中的一段話。我記得那段話是我說給田鼠聽的，當時田鼠正不以為然的看著「小黃書」，而賤人卻在身後看著我。

我是愛你的
你是愛我的
殊不知曾對多少人說過

田鼠不明白賤人為什麼要留這些話給他，作為遺言，未免也太意味深長了些。而我卻清楚得很，不禁濕潤了眼眶，為了不讓眼淚流出來，我還努力的屏住呼吸。

「妳看，妳又害怕了，別說妳沒有，妳煞白的臉上寫滿了畏懼，直到現在，妳還怕他。」田鼠心煩意亂的對我說。

他把那張紙揉成團，硬生生的塞給我，又在糾結的情緒中強行從我手中奪走，我又從田鼠手中瘋狂的搶了回來，哆哆嗦嗦的攥在手裡，然後連我自己都不知道我是怎麼了，居然把它吞進了肚子裡。

「陸晗冬，妳瘋了嗎？快點吐出來！」田鼠忽然在我耳邊大喊大叫。

我感覺紙團正卡在我的喉嚨裡，使我難以開口講話，我使勁地重複著吞嚥的動作，繼而躁動不安，漸漸地我看不清田鼠的臉，突感胸悶，於是我大步疾馳，想離開這個地方，不料卻步履蹣跚，田鼠緊緊地跟在我身後，一步步逼近我。

我有些恐慌，感覺整個身體都飄了起來，聽不見任何聲音，也看不見任何東西，直到意識回來，才發現自己正躺在一張冰冷的床上，一張陌生男人的臉正挨著我的臉，彼此很近很近。我能清晰地看見他肌膚上的紋路，鼻尖上粗糙的毛孔和右臉頰上淡黃色的雀斑，他正瞪大了眼睛在看我。

「我吐出來了！」我突然坐起，不知所以的說。

「妳要吐什麼？」他面無表情的問。

「我不知道。」我委屈的回答。

「那妳為什麼要吐？」他與我四目相對，似乎在猜測什麼。

「有人一直逼著我要吐出來……」我又開始健忘，腦海裡斷斷續續的片段怎樣也拼湊不起來。

「是誰？」他不肯罷休的繼續追問。

瞬間，我居然說不出話來。看見田鼠正不知所措的站在我旁邊，胳膊和頸部都是抓痕，表情看上去像是被羞辱了一般，神色慌張又驚悸不安，我忽然想起來，這都是我幹的。我無言以對的看著他，然後有些尷尬，為了盡快緩解自己的情緒，故意放聲大笑。與此同時，我很自然地把手放進衣兜，卻怎樣也摸不到那袋藥丸。

「瑪奇朵。」這時，田鼠擠眉弄眼的看著他，並說出這三個字，像是暗號一樣。

「瑪奇朵？」我也疑惑的叫了一聲。

「對，我叫瑪奇朵。」他習慣性地挑動了下眉毛。

他的眉毛是棕色，跟棕熊的毛一樣濃密，而且參差不齊，像是路邊很久沒有修剪過的雜草，又或是像長在針闊混交林地上的松茸。我試圖將右手伸向它，就在我的指尖快觸碰到它的瞬間，田鼠卻突如其來的對我呵斥：「陸晗冬，妳要做什麼，妳瘋了嗎？」我迅速的把手收回。

眼尾餘光中，我看見它又被他挑動了。瞬間，我抓住田鼠的手，腦海中立刻浮現出很久很久以前的小城。那時的它，所留給我的最深刻的印象竟然跟瑪奇朵的眉毛一模一樣——長林豐草的群山和一無長物的滯後，地上沒有雜草卻有四處可見的野菜，樹林裡沒有棕熊卻藏匿了大量的野豬。我能夠頭腦清醒地在山下的唯一一條小河裡徒手撈起很多螺絲，然後把螺絲肉掏空，將空殼一串串的穿起來，戴在手腕上當手鏈，絲毫感覺不到身上一丁點腥味。

在這些記憶的腐蝕下，我不知不覺的將田鼠拉近我，看著他空洞無神的眼睛，他身上腐臭的汗味襲進我的鼻孔，我揉捏著鼻翼，彷彿又聞到了一股乳臭未乾的母乳味，還夾雜著一股被渾濁的河水浸泡了的泥味。

然後，我強行將自己的思緒拉回，很不願意去想那個時候，若不是那兩條眉毛，我也根本想不起那個時候。就像我不願意吃絲瓜一樣，莫名其妙的覺得它像是男人的生殖器，生的時候是有韌性的，熟的時候是軟綿綿的，令人作嘔。我一遍又一遍地看著田鼠身上的抓痕，雖不忍直視，卻總忍不住想看。若不是瑪奇朵親口告訴我，我是絕不會承認那些像貓抓似地痕跡是我指甲留下的。我很清醒的知道，我從不留長指甲，也從不會打架。

「你難道都聞不到嗎？」我的話音剛落，田鼠和瑪奇朵便齊頭看著我。

我再次伸出手，情不自禁地去觸摸田鼠的衣襟，他還穿著很久前的那件襯衣，領口髒兮兮，風吹過來還會發出一股餿味，我甚至懷疑他連內褲都沒有換過。

「陸晗冬，妳瘋了嗎？」田鼠本能的躲開，並甩下我的手，他看了一眼身旁的瑪奇朵，像很難為情似。

這是田鼠第一次如此待我，不僅冷漠而且態度消極，並刻意跟我保持著一定的距離，我想一定是因為賤人自殺的關係。就連瑪奇朵幫他擦拭胸前的傷口，他都要背對著我，且不停的搖頭。我從他背後繞到他面前，再次聞到了一股難聞的氣味，我沒敢再碰他，只是彼此對望了一下，熟悉的眼神卻漠然到遙遙無期。

「疼嗎？」我指著田鼠的胸口問。

田鼠搖了搖頭，沒有講話，見我一直盯著他胸口上的抓痕，他又再次搖了搖頭，還是沒有講話。我意識到，跟田鼠間產生了一道遙不可及的鴻溝，若是以前我盯著他的胸口看，他一定會反過來指著我的酥胸開「坦克」的玩笑。

當時，田鼠常說我發育遲緩，源於我成年累月穿著同一件暗黃的泥巴色衣服，它襯在我白色的肌膚上，顯得我很「黃」，鬆鬆垮垮的同時，又顯得我胸前平坦，僅外表上根本分辨不出性別。繼而，田鼠取笑我說：「陸晗冬，妳的胸部平坦到只有七十克，剛好兩個橘子的重量，不如叫它坦克吧。」

田鼠還曾幫我的「坦克」買過「盔甲」，當然不是刻意只買給我一個人，是在買給其他女孩時順便多買一件而已。在送給我時，還會恬不知恥的勸誡我說：「坦克太薄弱，需要盔甲。」我會開心的收下，並言不由衷的罵他是瘋子。

在吞掉賤人的遺書之前，我跟田鼠的關係是哥們，我單方面自認為沒實質性的距離可言。然而在那之後，我們之間不止有了距離，而且他還認為我是瘋子，僅在短短的幾個小時內，他連續幾次這樣問我，並且看上去是認真的。我猜他一定是知道了什麼，比如我一直在吃氯丙嗪，或是間接得知他的一些不可告人的祕密，也可能是他還沒有走出妻子離開的事實，或者是因為他在消失的這段時間一直生活在陰暗的地下室，營養不良所導致語無倫次……

瑪奇朵遞給我一杯水，看我在發呆，便放在我身旁的墨綠色桌子上。我看了一眼，桌上還放有一本雜誌，深綠色的封面跟桌子的顏色幾乎融為一體，一眼就認出那是田鼠八年前發表過詩歌的雜誌。瑪奇朵以為我感興趣，於是問：「要看嗎？」

「不了，我都能倒背如流，充其量也就是用那點東西哄哄女孩罷了。」我故意這麼說，而後有些尷尬，拿起桌上的水一股腦喝了下去。

換做以前，我一定會藉此吹噓一番，然後拿著田鼠發表在各個不知名雜誌上的詩歌和散文炫耀，說我的哥們田嘉輝是作家。事實上，從田鼠婚禮那天起，我內心深處就很討厭他文縐縐的講話方式，有時憑我的智商還要思考很久，有些話我甚至抓破頭皮也聽不懂，還要表現得很自然，試圖去揣測其中的含義。

我突感胸口絞痛，也不知瑪奇朵在水裡加了什麼，喝下後不久，似乎看見田鼠笑了，我沉醉其中，而後抑制不住產生想睡覺的錯覺，半睡半醒的時候，似乎聽見田鼠在說：「陸晗冬，總會有那麼一瞬間，疼痛會讓時間靜止，隨之讓妳忘記皮開肉綻的感覺和窮酸潦倒的真正含義。」

隨著眼皮愈發的沉重，我彷彿看見了小花兒，接著便是田鼠在他婚禮上曾含糊其詞的那句話，星星點點的在我腦海中閃現：「小花兒，妳是我最愛的人。」

◎

小花兒的故事我只對田鼠一個人說過，我記得真切，雖不會刻意的忘記，也不會刻意的想起，但就是難以減少它在我腦海中或是心底所占據的空間和位置。

在徒手撈螺絲的年紀，我有一個玩伴叫小花兒，所有人聽到這個名字都會聞風喪膽，大家都這麼叫她，我也就附和著。她是河邊的常客，聽說她父親擁有山頭一大片榆樹林，那裡是進出小城必經的地方，所以從沒有人敢得罪她。她看上去略大我幾歲，我們有兩個共同點：一是我們長得很像，二是我們都沒有讀書。於是，我們時常廝混在一起，有她在河邊時，從沒有人敢欺負我。大多時候，我都會從打撈上來滿滿一桶的螺絲中，分出一部分給她，作為討好的禮物。

整日徘徊在河邊的還有那些居家洗衣做飯的中年婦女們，她們整日都無所事事地坐在河堤邊鬆軟的泥土上，大多時候都是盤腿而坐，因為我不會察言觀色，也從不分螺絲給她們，所以她們經常一邊用竹籤摳螺絲肉，一邊用竹籤指著我罵，緊接著便會有一連串嘲弄的笑聲入耳，那架勢像是戳中了我的脊梁骨一樣。

我從不理會她們，也從不回答她們的問話，只在心裡很不爽時，從河水中挖出一塊泥巴，狠狠地摔到河堤上。我總能夠把一坨完整的泥巴摔的稀巴爛，且準確無誤地砸在距離那些婦女豐滿的臀部不足半公尺遠的地方。而她們會用石子丟我，我時常被擊中，大多是打在脊背上，偶爾也會打在頭上，然後她們怕弄髒了衣褲，會大步流星的走開，儘管嘴巴裡罵罵咧咧的不休，如此也能讓我耳根清靜許久。

一天，小花兒不由分說的讓我換上她的衣服，見那些婦女們看我們的眼神並無異樣，於是她故意模仿我平時說話的口氣對我大叫她自己的名字：「小花兒，小花兒……」那些婦女們果真以為我就是她。

忽然，她逕自走到一個正在撿螺絲的婦女身後，將她一頭按進河水裡，那個婦女呼吸難耐的在水裡掙扎許久，吃了滿口泥沙，繼而動彈不得。她的同伴們很快聞聲趕來，我見狀格外的害怕且有些犯怵，她們合力將她和小花兒拉開，並將小花兒推倒在岸邊的泥巴上，儼然把她當成了我，然後瘋狂的奸笑。我麻木的看著小花兒狼狽不堪的樣子，耳膜強烈的震盪著，還帶著空靈感的回聲，如雷貫耳的吶喊，加上輕微的肢體碰撞，是肉體感覺到唯一還活著的理由。

隨之，小花兒撿起樹蔭下一根生鏽的鋼管，我觸目驚心地看著她從我身邊經過，然後凶神惡煞地走到那些婦女身邊，將鋼管硬生生的砸在她們身上。奇怪的是，從表情上我看不出那些婦女有絲毫的痛感，可是鋼管卻被打斷了，只殘留了些許鏽跡在身上。那天過後，我每每獨自出現在河邊，那些婦女就再沒有欺負過我，只有我和小花兒清楚這是怎麼回事。

這種相安無事的局面持續了一段時間，我因為得意忘形而肆意玩耍，連續幾日都沒有撈螺絲，慘遭父親的暴打，我載著滿身傷痕去找小花兒，並寄住在她家中數日，那間看起來並不算大的木房居然是我在十六歲以前所住過最好的地方。小花兒的父母親看似和善，且對她愛護有加，不僅給予我食物，而且還允許我跟小花兒一起到滿是木屑味的衣櫃裡，把小花兒母親唯一的一件花衣服穿在身上，還有那小城裡唯一的一雙黑色漆皮高跟鞋。

木房的後院就是林木蔥郁的榆樹林，小花兒頗愛在傍晚時抓蛐蛐，那時的榆樹林格外靜謐，最適合採摘榆錢。一日傍晚，我們如往常一樣興致盎然的走去榆樹林抓蛐蛐，不一會兒就聽到樹林裡有腳步頻繁竄動的聲音，直到那串腳步聲臨近我們時，才清楚看見衝我們走來的活物居然是一頭野豬，牠氣勢洶洶地看著我們，和那些婦女們生氣時的表情一模一樣。

我由於傷勢未癒，只跑了幾步就摔倒在草地動彈不得，還未來得及作出反應，小花兒就扔下我獨自跑掉了，還在逃跑之前，朝著野豬的方向用力推了我一把。而後，我感覺自己左側臉頰一陣火熱，隨之就什麼都不記得了。之後，我不僅找不到那間曾令我溫暖無數的木房，且再也沒有見過小花兒。

臉上的傷勢痊癒後，我依舊還會去河邊撈螺絲，在河水還清澈時，對著水中倒影，看自己慘不忍睹的樣子，上天恩賜給我一塊鑲嵌在左側臉蛋從上至下三分之二處一枚鶴鶉蛋大小的傷疤。從此，我再也見不得花色的衣服，會本能一般驚悸不安，連帶所有帶跟的鞋，光是憑空想像就足以令我腿腳發軟。後來，不知發生了什麼，那條小河的水日漸渾濁，又長年累月堆滿了螺絲，便再也容不得我看見了。

只是，那些婦女們不再像之前那樣懼怕我，反而更變本加厲，常常嘲諷的說：「妳丫頭的，老天都覺得她一無所有，所以才賜了塊疤給她當禮物！」若是她們知道，老天給我這個禮物時，是派了一頭野豬當使者，定會笑到下巴脫臼。

那是我第一次產生懼怕的感覺，亦是膽小的開始。同樣那也是我第一次心慌，卻在後續中前進不止。幾個月後，小城進入初春，河邊的柳樹長出了綠芽，樹根周圍還開滿了不知名的野花，我時常坐在那裡發愣，再也不想撈螺絲，並且開始討厭所有的花。那天我與往常一樣在河堤上發愣時，看見一個女孩，她發育較好，皮膚白淨，而且身材高䠷。梳著一條長長的馬尾辮子，且橡皮筋綁得老高，從我身邊經過，那副趾高氣昂的樣子似曾相識，我試探性的喊了句：「小花兒？」她回過頭，並對我付之一笑。我認出了她，但又覺得不再是她，我們在那些婦女面前大幹了一架，以我的慘敗告終，我的拳頭極盡所能地想扳回盡失的顏面，結果卻在我的意料之外，旁觀者的意料之中。

田鼠聽完這個故事後，低頭沉默很久，之後就對我說了那番話：「陸晗冬，總會有那麼一瞬間，疼痛會讓時間靜止，隨之讓妳忘記皮開肉綻的感覺和窮酸潦倒的真正含義。」

紅房子 03

當時，我並不懂田鼠在說什麼，只覺得那是很美妙也很動聽的一段話。但是，我卻篤定的告訴他：「田嘉輝，你是第一個知道的人，我只想告訴你。」

「我保證也是最後一個。」田鼠堅定的看著我說。

對望的過程中，我天真的以為容顏的缺失並不會奪走什麼，田鼠才是上天恩賜給我最好的禮物。我會一直如此，且深信不疑的追隨他，甚至膜拜他，並總是希望生命中任何的「第一個」都會是田鼠口中的「最後一個」，當然也包括田鼠。

瑪奇朵是心理醫生，這是田鼠告訴我的，若是別人跟我說，我一定不會相信。除了他身上那件白大褂，其他沒有一點能讓我把他跟醫生兩個字聯想在一起，尤其是心理醫生。

我始終沒能找到隨身攜帶的那袋藥丸，我猜是被瑪奇朵拿走了，可是我並沒有問他，畢竟只是猜測，我想也有可能是田鼠吧！那些藥丸是田鼠託人私下買給我的，我從沒有過問買賣的細節。多年前因長期失眠而曾獨自看過一次心理醫生，而後就再沒看過，原因有兩個：其一是需要一筆我無法負擔的費用，其二是田鼠託人給的那些藥丸讓我感覺很心安。

這些瑪奇朵並不知道，但是他卻很懂得如何照顧我內心的需要，他觀察入微，也不知用了什麼法子，找到很多在我的印象中已經絕版的雜誌給我，而且每一本裡面都有田鼠發表過的詩歌和文章。

「田嘉輝擔心妳一個人住在這裡會寂寞，特意拜託我要對妳好一些。」瑪奇朵沒有敲門，表情淡定的抱著厚厚一疊雜誌進來。

我用犀利的眼神將他跟雜誌一同掃視一遍，不僅沒有說話，還惡狠狠的瞪了他一眼。我對他直接闖進房間的行為，有些不解和氣憤。儘管這裡的每間病房都有門無鎖，但也應該象徵性的敲兩聲示意下。

「這些都是我自己想辦法弄到的，在妳住進來之前，我也跟田嘉輝聊過，我想妳需要這些。」瑪奇朵並不在意，而是一邊有條不紊的解釋，一邊小心翼翼的把那一疊雜誌放在我的床頭櫃上。

「你想錯了，我根本用不著。」言語間，我雖盡力壓低了講話的分貝，卻為了能讓我的不滿表現得更加直接，我刻意用力將那疊雜誌推倒，並幸災樂禍的看著它們散落在地上。

「田嘉輝說妳跟他吵架時，他在言語上從沒輸過，我不知道你們吵過多少次，但我跟妳聊天時，感覺妳的口才比我好，我的勝算太低，所以就不跟妳爭辯了。」瑪奇朵含蓄的說，然後又把那疊雜誌從地上撿起來，再整整齊齊的堆好，重新放在我的床頭櫃上。

我討厭他說話時總是井井有條又高高在上的那副樣子，尤其是他竟敢對我大言不慚，言語間像是很瞭解我和田鼠一樣，讓我更難以接受的是，他才剛認識我就把我剖析得如此透澈。

「雜誌我就放在這裡，妳一定會需要的。」他胸有成竹的說，然後轉身向門口走去。

「你就不怕我把它們都燒了嗎？然後再把整間屋子都點著嗎？」一個精神有問題的人是什麼事都做得出來的！」我故意這麼說，我已習慣用這樣的激將法威脅田鼠，以為這樣他就會像田鼠一樣更加生氣，或是防患於未然，繼而乖乖地把那些雜誌拿走。

「妳會嗎？」他突然回過頭，聲勢浩蕩的對我吼叫。

「我會。」我用加倍的音量回應他。

他沒有再理會我，我鬱悶地看著他的後腦勺，那坨濃密的毛髮令我煩躁，於是我躺下背對他，瞬間倒下後故意發出很大的聲響。突然，我感覺他停下了腳步，即使動作輕盈，但我很確定他的確是那樣做。他大概還不知道，在很久前我已練就了這樣的本領，為此我還要感謝賤人。

「陸晗冬，神經病沒有判斷意識，也不會像妳一樣頭腦清晰，知道並告訴別人，妳下一步可能會做什麼。」他的肢體停頓許久後，極度認真地對我說。

我並沒有轉身，並不是不想，而是不知道應該用怎樣的表情面對他才會顯得更自然，或是體現出我還是一個落落大方的人。我只能小聲的嘀咕，以達到洩憤的目的。

「神經病。」我說。

隨之，我聽到「啪」的一聲，聲音很響、震耳，是門框和門碰撞的聲音，我想他一定是被我氣走了，我幸災樂禍，敏捷地從床上坐起來，卻瞬間被嚇到語塞，一個字都說不上來。只見瑪奇朵滿臉青綠色的站在床腳邊，一臉嚴肅的用食指指著我，且指尖微微的顫抖，我能感覺到他很努力地克制自己的情緒。

「陸晗冬，這是妳的！我想妳很清楚自己的病情，毋須我再次提醒妳。我很開心妳選擇了一種正確的積極治療態度。」瑪奇朵嚴肅的對我說。

與此同時，他從白大褂的左側衣兜裡拿出了那袋屬於我已消失許久的藥丸，他表情僵硬，絲毫看不出一絲一毫的情緒，就連他棕熊般的眉毛都絲毫沒動一下。

然後，他大步流星的從我的病房裡消失，我竟無言以對，很想把實話告訴他：「其實我內心是本著一種極為消極的態度，也從未打算過治療，因為我從沒覺得自己有病，至於那些藥丸，我的確吃了，可惜是抱著一種置之死地而後生的心情。」

可是，我並沒有那麼說。就在他把那袋藥丸高高舉起在我面前的一剎那，我知道若說了，只會讓他覺得我定是病入膏肓了。

畢竟，住在這裡也沒有什麼不好，房間是獨立的，四面牆體都是溫馨的粉紅色，房間大概有十五坪，是我十六歲以後住過的最好的房子。一張床和一臺只有兩個頻道的電視機，關係緊密地挨在一起，床腳櫃上放了一盞燈光昏暗的檯燈，床頭還配有一臺應急電話，飲食也很健康，每日三餐都有必備的「糖衣炮彈」，不必擔心無聊，因為在吃過那些「糖衣炮彈」以後，幾乎沒有人能控制住自己極度想睡的欲望，且能夠一直嗜睡到天亮。

「這間屋子真大，還是第一次一個人住這麼大的房間，應該住多久都沒關係吧！」初次來到這間病房，我在環顧了一圈後，自言自語的說。

新來的護工正在廁所內更換紙巾，聽到後探出半個身子打量我，看起來很是無奈，然後不可思議的問我說：「您……您沒事吧？」

「沒事，我也這麼覺得。」我不禁放聲大笑。

我想她已思緒紊亂到不知所云，也不敢多看我一眼就慌亂的走了，身上抱著的衛生紙散落一地，大概以為自己遇見了瘋子。

就在前些天，田鼠也以為我瘋了。尤其是我醒後，當著瑪奇朵的面忽然問他：「婚禮那天你喝醉了，你說小花兒妳是我最愛的人，那是什麼意思？」

田鼠的表情看上去很尷尬，然後吞吞吐吐的回答：「等妳病好了我就告訴妳。」

當時，我只感覺身體抱恙，並不認為自己有病，卻也沒有反駁。我迫切的想知道答案，為此我願答應田鼠的一切要求，住在這裡或是類似的治療中心，這也是田鼠多年來對我的唯一要求。

住進來的前一天，田鼠替我準備了很多生活用品，然後囉囉嗦嗦地說了一路，他極其反常的舉動讓我一度以為自己真的要死了。比如要聽瑪奇朵的話，要正常吃飯睡覺，不要總想著早些離開，也不要太思念「小甘栗」。小甘栗是田鼠養的一隻狗，臉的形狀像板栗，所以才那麼叫牠，就跟我叫他田鼠，因為他的兩顆門牙巨大，像極了田鼠一樣。

也不記得小甘栗是田鼠跟哪個女孩在一起時共同撫養的狗，因為跟他在一起的女孩實在太多了，以至於根本數不清，更記不得幾個，當我用十個手指頭都數不過來的時候，就已經放棄了想要記住的念頭。田鼠和那個女孩分手的時候，小甘栗被寄放在我租住的房子裡，然後田鼠就消失了，那段時間牠因為太思念田鼠，長期不吃不喝不睡，一個月不到就死了，我一直很愧疚，也因此再也不敢吃板栗。我把牠埋葬在出租房後面的山坡上，之後再也沒有探望過牠，因為我總會夢見牠因為思念田鼠而逐漸消瘦的樣子，我也思念田鼠，但卻能吃能喝能睡，遠遠不如牠念得真切！

田鼠說那些話時，我感覺自己已靈魂出竅，大多沒記住，但卻記得他說：「陸晗冬，我又找了個女朋友，她不僅很有錢，而且她知道妳是我的哥們後，主動承擔下了妳住院的所有費用，妳知道我現在的狀況，我需要女人也需要錢……」

我一點也不驚訝於田鼠這麼快就走出了陰霾且有了新歡，失落的是聽他囑咐了許久，也始終沒有聽到我最想聽的，他最想說的又說不出口的那句話：不要太想他。

次日，我就很厚顏無恥地坐上田鼠口中那位很有錢女人的汽車裡，我沒敢正眼看她，卻把我即將要住進的這棟大樓打量了一番，外牆整體都是紅色的乳膠漆，乍眼一看有點胸悶，又有點頭暈。

「紅房子……」我自怨自艾的說。

就在我感歎之時，眼角餘光看見她對前來接我的瑪奇朵拋了個媚眼，而後又飢不擇食的在田鼠的臉上親了一下。我推開車門，像是落荒而逃的「野雞」，而後開始眩暈犯嘔，不知是因為這棟房子還是因為她。

十三歲那年，我和田鼠也有一棟紅房子，顏色和眼前這棟如出一轍。它是一棟紅磚頭堆砌的二層小樓，高度卻只有三公尺左右，頂端有一根很粗的石柱支撐著，它是小城裡最高的建築物，即使後來倒塌了，但在我們心裡一直都留存了部分磨滅不去的記憶。那棟紅房子還有另外一個名字，叫「瘋人院」。瘋人院這個名字是賤人取的，我和田鼠都很滿意，因為那樣就不會顯得我很「黃」，田鼠又很「色」。

我十六歲時，在那裡認識了田鼠，十七歲時，又遇見了賤人。當時，田鼠十七歲，賤人卻已經三十歲有餘，若單單只從容貌上看，田鼠和賤人並無差別。當時，我和田鼠都不願意跟他提我們的小時候，唯獨賤人願意說，像講別人的故事一樣敘述給我們聽，那種感覺就如同是一個沒長眼的瞎子在對另外兩個沒有耳朵的聾子講話一樣。

那時的賤人很自以為是，認定是他改變了我們。後來當我們的情感支柱都被男女之間的愛情取代時，又覺得是熱血的我們改變了冷漠的他。

至於最後，主觀上我們都不願意去說是誰改變了誰，因為無論是誰，最後所變成的樣子，都不如我們最初的樣子，是自己都會忍不住唾棄的樣子，還不如客觀的說，是紅房子改變了我們所有人。紅房子是小城裡唯一有書的地方，在我還沒出現以前，田鼠是那裡的名人，因為他懂的最多。在我出現後，我便成了那裡的名人，源於臉頰上的那塊疤痕。

「我父親是礦場的保潔員，母親是林業公司的清潔工。」在那棟紅房子裡，田鼠時常這樣對別人說，且每每開口都文質彬彬。

所謂礦場和林業公司，都是田鼠在書上看到的名詞，而名詞在田鼠的字典裡，它的意思就是很有名的詞，為了叫著好聽，又能凸顯出他是一個讀書人，才有意這麼說。其實礦場也就是小城裡存放煤炭的一座土房，林業公司也不過是個幌子，就是在大山四周的榆樹林裡幫忙照看樹木，免於它們起火罷了。

「他們把外面的世界打掃得一塵不染，自己家中卻髒亂不堪。」

這是從田鼠的那篇《我的父親母親》的筆記裡得知，也正是從那裡，我知道了他小時候的部分往事，令我印象深刻。因為那天是我走進紅房子的第一天，小城裡的保衛科科長負責組織大家朗誦作文，我被安排坐在田鼠的後面。田鼠字正腔圓地朗誦他的筆記時，所有人都為之動容，卻沒有人相信那是真的，定是他為了烘托情感而博取同情，有意編造的瞎話。而我卻相信了，因為我坐在他後面，感覺到自己的桌子被田鼠的雙腿帶動得一直在抖。

田鼠的兒時是在暴力中度過的，揍他的不是別人，正是他的父親，是在這座小城裡掀起血雨腥風許久且赫赫有名，與田鼠相比，我父親對我的暴力就根本不值一提。田鼠用細膩的語言表述了一次對他而言很微不足道的暴力史，且描繪得淋漓盡致，聽得我渾身汗毛都瑟瑟發抖。

「鄰居看我可憐，給了我一塊糖球。我捨不得吃又怕被老田發現，便用手指在饅頭底下戳了一個洞，把糖球塞進去。正巧老田大步流星的走進家門，他飢腸轆轆的拿起那顆饅頭狼吞虎嚥，結果被夾在饅頭中間的糖球硬生生地硌掉了一顆牙齒。當晚，我被老田用鐵鍬鏟斷了兩根肋骨，眉毛也裂開了個大口，全身都浸染了紅色的液體，渾身上下痠麻，感覺不到疼痛，四肢冰冷，奄奄一息的靠在牆角勉強站立，身後的乳膠漆都沾染了紅色。」——出自《我的父親母親》。

後來我認識了賤人，才從他口中得知，那日賤人去田鼠家中找老田拿經書，遇見了素不相識的田鼠，才救得他一命。也就是那次對田鼠而言微不足道的暴力史，田鼠的「母親」因驚嚇過度而導致精神錯亂，意識時而清醒時而渾沌。清醒時，她每天都會讓田鼠把從書本上看到的文章朗誦給她聽，也只有在傾聽時，她才會最安靜最享受。田鼠會盡可能的滿足她樂於傾聽的私欲，直到讀到喉嚨沙啞，再也說不出話來。然而渾沌時，她會慫恿老田用棍棒揍他，直到田鼠被打到皮開肉綻才肯甘休。

田鼠從不叫那個男人父親或阿爸，在外人面前都叫他老田，在家裡田鼠從不作聲，像是被打怕了的過街老鼠，老田也從不叫他兒子，並在每次施暴時，都罵他是野菜。野菜，是這座小城裡最卑賤的植物，而且四處可見，任人踐踏在腳底下，和泥土融為一體，看上去和糞坑裡的屎一樣，散發出難聞的味道。

田鼠是先天性色盲，且是色盲中的第三色盲，最「致命」的一點，是田鼠那篇暴虐的筆記裡並沒有提到，而我也並不知道所謂的第三色盲是對藍黃色混淆不清的。於是，每當我穿著黃泥巴色的衣服坐在紅房子裡時，總是有人前來開玩笑問他：「田嘉輝，你回頭看看，你後面那假小子今天穿了件什麼顏色的衣服？」

田鼠總是悶著不說話，從未回答過，也從未回過頭，哪怕只是路過，也從未正眼看過我一次。我猜他定是嫌棄我，所以大多時候，都會把桌子使勁向前移，把他椅子和桌子之間放腿的空隙擠得嚴絲合縫，但任由我怎麼蹂躪，他都從不反抗。

直到一日，一個歲數看上去比我小很多的小子，用木炭筆在我正翻看的書本上圈了一段話，讓田鼠讀給他聽，並解釋他用炭筆做了標記的那個詞語的含義。

「超市也有野菜出售，儘管土裡土氣，遜於園蔬油亮光鮮的姿色，卻如魯迅筆下拴了紅頭繩的大白菜，總賣能個好價錢。」

我初到紅房子，因識字不多，便好奇起來，從椅子上抬起半個屁股，豎起耳朵聽。田鼠才剛剛讀到「超市也有野菜出售，儘管土裡土氣」這一句時，他見我在偷聽，突然打斷了田鼠，然後不懷好意地回過頭來問：「陸晗冬，妳知道土裡土氣的野菜是什麼嗎？」

我楞在那裡看著他，見他賊溜溜的壞笑著，於是我又看了一眼田鼠，突然有一種不祥的預感。這時，田鼠像著了魔似，猛地從座位上竄起，大吼了一聲：「你只會欺負女人！」接著，隨手拿起座椅上已鬆動的一條木板，狠狠地拍在那小子的腦袋上，頃刻鮮血直流。

那一刻，我木訥了，然後很冷漠的選擇了離開，因為我害怕見到紅色，尤其是血液的顏色，它總會讓我不由自主地想起田鼠的那篇筆記，以及很久很久以前，外婆躺在血泊裡，死去的樣子。當時一群人圍著她，看他們在哭我也跟著哭，感覺她離這個貧窮的世界愈來愈遠。

就在我忐忑之時，田鼠被人架著胳膊，從屋子裡面走了出來，在一扇破舊的木門門口，我們擦肩而過，我用眼角餘光鎖定了他，他只顧擦拭自己衣服上的血跡，嘴裡嘟嘟囔囔的不知在嘀咕些什麼。

「他死了嗎？」我躲在門口問田鼠。

「有的人活著，他已經死了，有的人死了，他還活著。」田鼠一板一眼的回答，手裡捧著那本書，正在那一頁上面沾滿了血跡，不屑多看我一眼。

當時，對一個連孤陋寡聞四個字都不會寫的人來說，田鼠說話時不倫不類的語態和那種文縐縐的樣子，突顯我粗俗至極。那日過後，我有半個月的時間都沒有見過田鼠，再見到他時，已消瘦了許多，我坐在他後面，見他頸部後側，多條像是木棍抽打過的印子。突然，田鼠回過頭看我，那氣勢洶洶的樣子，我以為他要跟我大幹一場，心跳加速，然後握緊了拳頭。

「陸晗冬，以後要是還有人說妳像野菜，我還是會揍他。」田鼠義憤填胸的對我說，這是我萬萬沒有想到的。

就這樣，我和田鼠成了朋友，他也是我在紅房子裡唯一的朋友。他雖沒有違心的讚過我漂亮，卻也從未在意過我臉頰上的傷疤。且在短時間內，田鼠對我們彼此友情最忠貞的認定，很快就體現了出來。譬如：他跟我都留著同樣的平頭短髮，穿著一樣的土黃色衣服，就連個頭都呈水平一線。唯一不同的是，我胸前是兩塊略微會顫抖的脂肪，他胸前是兩塊硬挺挺的肌肉。

那次打架讓田鼠風光了許久，成了有史以來第一個在紅房子裡打架的人，也是他出生以後第一次打架，因而他總會有意無意的提醒我說：「陸晗冬，我從沒想過，我第一次打架居然是為了妳。」

起初，對我來說這倒沒什麼，畢竟事實的確如此，但是久而久之，我開始鬱悶。因為，田鼠開始吝嗇，漸漸地他會省去其中那個最主要的關鍵字，變成「我第一次居然是為了妳」，讓旁者聽著浮想聯翩，同樣的令我揣摩起來也意味深長。

在紅房子的時光有限，野菜事件過後，田鼠會死纏爛打的纏著我，非要教我讀書識字，說是不希望我也被別人當成野菜。這期間，我只見過田鼠父親一次，黝黑的肌膚，

04 寺廟和賤人：

像是剛從煤窖裡爬出來似，赤膊著走向田鼠。他迥異的眼神無異樣，絲毫看不出一點凶殘，胸前顫抖著的兩坨脂肪，一度讓我誤以為是被煙熏過的五花肉。

之後，我時常跟田鼠提及老田，田鼠總是顧左右而言他。我知道他不是在逃避我，大概是在逃避內心深處的痛楚。後來，我也無須再多說什麼，因為老田時不時在田鼠身上留下的印記，早已說明了一切。漸漸地，讓我失去了想對老田刨根問底的欲望。

「這棟紅房子不及那棟紅房子。」我時常這樣對瑪奇朵說，並伴有深深的歎息。

當然，它們也有相似的地方，那便是無論在這裡或是那裡，都會讓我感覺到時間過得飛快，光陰飛逝的速度遠遠超出我所能感知到的往常。但是，我始終都無法確定，這些光陰如幽靈似的暗示，究竟是來自天堂的呼喚還是地獄的吶喊。除了在吃和睡間惡性循環外，就只剩下發自心底的厭惡和唾棄，除此什麼也不記得。

離開這棟紅房子，並不是因為瑪奇朵認為我已經是一個心理活動正常的人，而是拜田鼠所賜，他突然中斷了我在這裡一切費用來源，我猜他們一定分手了。我獨自在紅房子住了三個月左右時間，這期間我單方面堅定的認為，田鼠從沒有來看過我。因為我離開時，病房裡除了還保留著瑪奇朵最初拿來的幾本雜誌以外，沒有一點田鼠留下的痕跡，甚至都沒有他的味道。

我記得從紅房子裡走出來的那一刻，看見田鼠隻身一人來接我，心裡瞬間居然輕鬆了許多。田鼠也不同於三個月前，在他的臉上再也看不出任何被他的妻子拋棄後所留下的些許悲傷。我沒有急著問關於小花兒的答案，因為他看上去風塵僕僕似，然後非要讓我跨過他事先準備好的火盆，裡面燒了一堆銀色元寶，用錫紙疊得亂七八糟的，原來在小城裡，田鼠經常用它來祈福。

接著，田鼠拉住我日漸瘦弱的手臂，直至坐進他事先準備好的汽車裡，一定要帶我去寺廟給佛祖上一炷香，他明明知道我根本不信這個，卻非要去掉我身上的晦氣。然而，我的心思全然不在上香的事情上，一直在糾結田鼠正開著的這輛藍色的汽車到底是誰的，我明明記得上次那個女孩開的不是這輛車，印象中她開的汽車是白色的。

曾有那麼一段時間，我還覺得田鼠是一個虔誠的佛教徒，可是現在他每每提到寺廟，都讓我覺得荒謬至極。如今想起田鼠的這些舉動，也只會讓我把他跟那些形形色色的女孩聯繫在一起。在田鼠結婚以前，他的每一次豔遇和每一次無疾而終，他都歸結於是佛祖的安排。

可是，田鼠卻從不提那些女孩為他花錢或是他向那些女孩要錢花的事，我斷定他是抱著無知者無罪的心情，說出來佛祖會怪罪的。田鼠一直都是寺廟的常客，可是對我來說，單單寺廟這兩個字就足以讓我心慌得喘不上氣來。因為它除了會讓我想起田鼠那些不太光彩的過去，還會讓我想起賤人和甜瓜，以及那片陰森森的墓地。

記憶中，我剛到紅房子不久，那座小城就遭遇了一場輕微的地震，也只是略感搖晃，大約持續了幾分鐘，小城便一切都恢復了正常。奇怪的是，山上的寺廟安然無事，那棟紅房子居然莫名其妙的塌陷了，也成為小城中唯一一棟倒塌的建築物，萬幸我們都沒有受傷。按照小城的風俗習慣，地震那天是祭祀日，紅房子塌陷時，我們所有人都在山頂的寺廟裡祈福。

待我們回去後，看見很多男男女女正在塌陷的廢墟中尋找一些對自己有用的東西。隨後，他們把撿到的書本都聚集在一起，如同祭祀一般焚燒了起來，而帶頭的人正是老田。在熊熊大火中，我們中有些人開始按捺不住，起初只是口水戰，隨之很快演變成了實戰。我和田鼠都沒有參與，旁觀的過程令我們膽戰心驚，那是田鼠遇事後第一次選擇中立，我猜想田鼠是因為太害怕老田，而我是怕連累田鼠。

那日風很大，那些被焚燒掉的書本很快就波及了一大片雜草，被風吹起的火苗還一連燒毀了幾輛三輪車，好像還連帶燒了幾排剛種在地裡的果樹。其實，我和田鼠也很害怕，那熊熊燃燒的場面，遠遠超出了我們能控制的範圍。隨之，我們所有人都很無助地看著火苗愈竄愈高，然後哀莫大於心死，只能望洋興嘆！

紅房子塌陷後，田鼠卻很開心地對我說：「陸晗冬，我終於自由了！」繼而，我們相視而笑。我很清楚的知道，田鼠口中的自由是什麼，他再也不必夜以繼日地給他的「母親」朗讀。

可是，這種快樂並沒有持續多久，我們紅房子裡的這些人就被臨時安置在靠近山頂的寺廟裡，在一張又一張的白紙上默寫著我們曾經讀過的或者記得的書本上的東西。寺廟一共有四間平房，緊湊的圍在院子四周，不僅沒有圍牆，而且地上盡是枯草，上下山只有一條路，是人來人往必經的地方。而四間平房中，其中一間是佛堂，一間是焚香的地方，另外兩間都是柴房。

在這裡，由於地狹人稠，我們被分成了兩組，分別安置在不同的柴房裡默寫。田鼠在我隔壁的柴房裡炙手可熱，而我卻暗地裡萌生逃離寺廟的念頭，總感覺心裡悶得慌，除了野菜我什麼也記不得。

山上的寺廟對田鼠來說最熟悉不過，他從小就在老田的逼迫下看著他燒香祈福，然後他自己也逐漸耳濡目染，可對我來說，這裡未免太過於陰森了些。沿著寺廟往山下走，大概兩百公尺不到的地方，有一節廢棄的鐵皮車廂，外面用枯枝雜草遮住了模樣，裡面偶爾發出異常的聲響，光照充足時還會散發出一股刺鼻的味道，據說是「鬼屋」。

沿著寺廟往山上走，大概只要走五十公尺，就會看到山頂，那裡雖開闊卻光禿禿的看不見一個活物，不僅滋生了很多細菌，而且長年累月也長不出一株野草，田鼠告訴我說：「那裡就是老田夢寐以求風水最好的墳地。」

一天清晨在去寺廟途中，我為了躲避一場突如其來的大雨，一路風馳電掣，成了第一個到達寺廟的人，之後由於過度恐慌，我居然神智不清地走進了祭拜佛祖的那間房。在我推開木門的那一刻，看見一個男子雙膝跪在一尊佛像前，半瞇著眼睛，他持續了很久，除了體力不支有些輕微的晃動外，都不曾大動一下，只是時不時會伸手撫摸一下胸前的掛墜。他滋生了些許如雪的白髮，背影看上去年紀略大，當時我猜想，那白髮皚皚的銀絲大概是他為自己量身訂製的主流色，卻讓我感覺最陰森最厭惡的顏色。

我觸目驚心的看著他，隨之發現他手臂上那條蜥蜴一樣的紋身，隨著他肌肉的抖動而活靈活現地蠕動著，蜥蜴是冷血的，他也應該是冷血的。他很快發現了我，然後起身快步走向我，故意霸氣地聳了下肩膀，繼而氣勢洶洶地瞪著我，瞬間他手臂上的紋身清晰可見。我再也硬氣不起來，先是故作鎮定，然後腿軟打顫，恍惚之中總感覺我見過他，但就是怎樣也想不起來。

「妳叫什麼名字？」他突然凶神惡煞的問。

「陸晗冬。」我戰戰兢兢的說。

「站得那麼遠，妳是怕了嗎？」他倚在牆邊，橫眉冷對的看著我。

「夠近了嗎？」我膽怯地挪著小碎步走到他對面。

「再近一點。」他以咄咄逼人的姿態驅使我。

「不能再近了。」我哆哆嗦嗦的回答。言語間，我的鼻尖已挨近他的鼻尖。

「靠近我，讓妳如此心慌不安嗎？」他蹙眉以對地質問我。

「怎麼會？我從不知道心慌是什麼感覺。」我堅毅地看著他，毋庸置疑的回答，然後撒腿就跑了。

那日在寺廟發生的事，我沒有告訴任何人，當然也包括田鼠，不知為什麼，每每想起就會心跳加速、心慌不止。

直到一天傍晚，我和田鼠從寺廟回來，漫步在小城中心唯一一條車水馬龍專賣雜貨的大街上時，在萬頭攢動中隱約看見他在和別人打架，且被打得頭破血流，他用手捂住流血的傷口，在路人的叫罵聲中落荒而逃，只留下一身纖弱的背影。

田鼠看見後，情緒此起彼伏，居然出其不意的大喊大叫，說是人多欺負人少，而後為他憤憤不平，我瞠目結舌的看著田鼠，他發飆時的樣子讓我大驚失色。隨後，我們就被一群手持棍棒的男女追趕，他們定是以為我們跟他是一夥的。田鼠緊緊地拉著我，一邊跑一邊在我耳邊說：「陸晗冬，我們躲進山上的寺廟，沒有人敢在寺廟裡動手！」

我們不知跑了多久，可是每每回頭，都能看見他們緊追不捨。由於體力不支，我們心急之下就一起躲進了距離寺廟兩百公尺遠的「鬼屋」中。

突然，腦子裡的一根筋緊繃著，也由不得我害怕，一心想著只要不被亂棒打死就好，田鼠看上去卻很悠然自得，而且還有點幸災樂禍。

「我認識他，他姓尉遲，叫尉遲艦。」田鼠氣喘吁吁的說。

「什麼？」我吃驚地叫了出來。

「我第一次聽說時也很納悶，世界上竟然有這種姓氏，也太邪門了吧！」田鼠手舞足蹈的比劃著，黑暗中我根本看不見他的表情。

「性事？還在浴池？你看見了？」我激動的問。

「我沒看見，但是我耳聞八方，聽見了啊！」田鼠無辜的回答。

「神經病！」我摸不著頭腦地推了他一把。

「陸晗冬，妳……」田鼠大叫了一聲我的名字，然後硬生生地把後話嚥回。

「我怎麼了？你還好意思說！」我不明所以的反駁。

「……」

接著，沉默了許久後，我們就被鐵皮車廂裡的酸臭味給熏了出來，渾身都髒兮兮的，不知沾染了些什麼，根本分不清哪裡是屁股哪裡是臉，我和田鼠勾肩搭背的看著彼此，樂不思蜀的笑著。「鬼屋」裡不僅味道有點噁心，而且滿地都積滿了已腐鏽的破銅爛鐵，一些「化膿」了的電池偶爾發出爆破的聲音，除此也沒有什麼，況且四周黑乎乎的，根本看不清什麼，唯一能夠肯定的就是裡面根本沒有鬼。至於這段在「鬼屋」裡的對話，在我心中擱置了很多年，也不知是在多久之後，它竟成了對凡事都冷漠的我唯一的笑點。

那日下山的路上，田鼠告訴我說：「尉遲艦是在老田拉著我去寺廟裡祭祀時認識的。」

我記得清楚，田鼠的確這樣對我說。可是，後來賤人卻告訴我，他認識田鼠是他被老田暴打後離死亡最近的那一次，也正是《我的父親母親》中田鼠所闡述的那一次。也同樣是那天，在一切都看似風平浪靜後，田鼠不疾不徐的告訴我：「陸晗冬，尉遲艦是寺廟的守護者！」

當時，我很偏激，且說話時連我自己都感覺到有一種說不出的情緒在裡頭。就憑我跟他初識時的情景，實在無法將他還原成田鼠描述的這般模樣。

「我怎麼不覺得，我看叫他賤人還差不多！」我輕蔑的說。

我從不覺得「賤人」二字是帶有侮辱性，所以很隨性就說了出來。但卻因為我叫了他賤人，田鼠便跟我大動干戈，不僅臉色很難看，沿路都在跟我翻白眼，還時不時就會很不滿的對我指指點點，說他才剛剛教我讀了點書，我就用字極致到如此，居然那麼極端的把他和我們劃分得如此清楚。

可是，這的的確確是尉遲艦給我留下最真實的「第一」印象，一個混混，一個痞子或是一個莽夫？比起這三個詞語，我更願意叫他賤人，或許是因為尉遲艦不如尉遲賤貼切吧，除此我也不知用什麼詞語來形容他。

在那之後，透過寺廟柴房破爛的玻璃窗，我總能經常看見他，大多時候他像個陀螺一樣在佛堂四周打轉，走走停停的不知在想些什麼。後來我想，其實不止是那時，直到他在不惑之年入獄，後在知命之年選擇永遠的離開……我從來都不知道他在想什麼！

也許是因為要去寺廟的關係，我和田鼠在汽車上一直沒說話，直到他的車在距離寺廟不到五十公尺的一間雜貨店前停下來，剎車時的頓挫感，使我混沌的腦子一下子清醒了許多，印象中黃城沒有寺廟。

田鼠下車後，去買了一盒火柴和一把剪刀，而且都放在同一個白色透明的塑膠袋裡，剪刀衝破了塑膠袋，鋒利的雙刃露了出來。

「幫我把頭髮剪短一些！」田鼠在汽車旁就地而坐，用一種命令的語氣。

「你要剃度？」我故意這麼問他。

田鼠心不在焉的看了我一眼，沒有要回答我的意思。在他看來，我這樣的玩笑簡直無聊至極，我看著他雜草叢生的頭髮，不知如何下手。我很不解，為什麼田鼠每次來寺廟都要剪頭髮，而且剪得很短，也不懂為什麼他祭拜時，嘴巴只有口形在碎碎念，卻不發出一點聲音，而後將焚香的香灰塗抹在雙掌掌心，拳頭握得緊緊的。

「不要猜了，是佛經。」田鼠深沉說。

每次田鼠用眼角餘光看見我在研究他時，都會這麼說，而且聲音冗長，語調深沉。念佛、祭拜、經書……這些都是田鼠在老田那裡學來的，那些經文是他耳濡目染後，唯一從老田那裡學到的東西，他都記在心裡，那些經書卻都被賤人拿去了。

賤人酷愛經書，那是他最寶貴的東西，他自己可能都不記得，他拿走了老田多少本佛經。誰也不懂，為何老田那種性格的人，都要對他敬畏三分。而那些經書大概早已沒有了蹤影，或是跟野菜一樣被埋在泥濘不堪的土壤裡，與糞便融為一體。

曾經賤人莫名其妙地要拿其中一本經書，換我身上的一塊木牌，我不僅沒有同意，還在眾目睽睽之下羞辱了他。田鼠一直揪著這件事不放，不僅罵我是糊塗蟲，而且愚笨，讓我應該收下經書，然後轉贈給他，至於那塊木牌，他可以再做一塊一模一樣的給我。我很生氣，我想這大概就是我和田鼠在思維模式上最大的差異，他絲毫不理解那塊木頭對我的意義，可是我卻沒有因他的責怪而失望，對田鼠我從未失望過。

那天，有幾個穿著古怪的男人穿越榆樹林後來到寺廟，全部都是陌生面孔，而且看上去個個都剽悍有力。在這之前，從未有人從外面進來過，因此整個小城的人都很慌亂。那幾個男人先是用廢舊的鋼管在寺廟後面的空地上支起了一個架子，然後在架子中央鋪了一塊席子，繼而不知在擺弄著什麼，時而發出聲響，我們都好奇的從柴房裡跑出去觀看。

可是，還未等我們走出後院的大門，就看見賤人堵在柴房門口，他擼起袖管，骨瘦如柴卻故作威猛地展示他棱角分明的肌肉，接著脫口大罵，內容不堪入耳。在眾人的擁擠中，那扇木門搖搖欲墜，並在來回搖晃時發出咯吱咯吱的聲響，突然所有人都一湧而出，那扇老舊的木門也因為不堪重負而從門框上掉了下來。

「妳……給老子坐到席子最左邊的角落那裡去！」賤人突然惡狠狠的說，且虎視眈眈的盯著我，因為膽怯，我照做了。而且緊緊地跟在田鼠後面，隨後像定海神針一樣坐在他的旁邊。

「你給我的胸牌不見了！」我慌亂的對田鼠說。

「被他撿起來了，我看到了。」田鼠斜眼瞄了賤人一眼。

「是木門掉下時，刮下來的吧？」我一頭霧水的問。

話音剛落，耳邊就傳來了陣陣嗡鳴聲，幾個穿著僧衣的和尚盤坐在席子中央，嘴裡哼哼唧唧的不知在哼唱什麼，我和田鼠只顧著低頭喃喃細語，根本沒有留意到四周已坐滿了人群。

那個胸牌只是一塊略薄的木片，是田鼠從松樹上費了好大勁才削下來的，先是用石頭打磨許久，後用小刀在木片一面上雕刻了一株栩栩如生的向陽花，然後用油漆染上了顏色，且在木片頂端鑽了個孔，穿了條麻繩進去。本是裝飾物而已，我卻因為太過於喜歡，偶爾會掛在胸前。

油漆和刻刀都是田鼠從老田平日裡常用的那個「寶箱」裡偷拿的，田鼠每每看見我把它掛在胸前時，都會犯怵著說：「若是讓老田知道，我一定會被打得很慘。」

我很珍惜。那塊木牌也是我第一次能完整朗誦出一篇文章後，田鼠獎勵給我的禮物。一想到這裡就覺得很窩心，但在我偷偷看見賤人坐在席子最右邊的角落裡正用手擺弄著那塊胸牌後，我再也控制不住，隨之怒火攻心。

「喂，喂，把我的胸牌還給我。」隔著夾在我們中間不計其數有點亂哄哄的人群，我語帶羞澀的喊他。

他虛無縹緲的朝我這邊望了一眼，心不在焉的扭過頭去。見狀，我不甘心再次喊他：「喂，那是我的東西，快點把我的胸牌還給我。」

與此同時，田鼠在我身邊用力地拉扯著我的衣角，可是我並沒有理會，然後像中邪一般從席地而坐的人群中站了起來，不加思索的脫口而出：「賤人，趕緊把胸牌還給我。」

頃刻，整個院子都鴉雀無聲，就連誦經的和尚也停了下來，唯有他的聲音被彰顯得格外真切。「麻煩你幫我把這個傳給另一側角落裡坐著的那個女孩。」他對身邊的人說，而且格外客氣。

接著，眾人心照不宣地回過頭，目光犀利且詫異地看著他。而後，哄堂大笑。我低著頭，用僅有半個手掌大的胸牌擋住緋紅的臉頰。伴隨著嗡嗚聲，田鼠將我帶出了寺廟，生怕賤人過來找我麻煩，並告誡說：「遠方的僧人來寺廟誦經，妳若是打擾了佛祖清淨，要受酷刑的！」因此，我很忐忑，隱約覺得賤人一定不會就此甘休，接連一段時間，我都沒敢再去寺廟。

田鼠再來找我時，那件事已在我心中擱著。也許過去沒幾日，也許過去很久，總之已然沒有了先前那種不安的感覺。我很茫然的跟著田鼠回到了寺廟，看見賤人正手拾一卷用麻繩捆著的經書徘徊在柴房門口，我很侷促也沒敢多看他一眼，他卻忽然嬉皮笑臉的把那卷經書遞給我，說是要用它替換我的那塊木牌。

05 那些女孩：

寺廟地勢很高，風也隨之很大，刮在臉上驟熱後的痛感很強烈。田鼠顧不得這些，因為他買了很大一炷香，足足有我大腿那麼粗。他木訥的看著香，我木訥的看著他，直到那炷香燃燒成灰燼。我只顧跟在他後面，他時不時回頭看下我，從上至下的觀察，不知在思量什麼，但我留意到他看我的眼神，發生了些許變化。

田鼠執意要為我買一只護身符，看著不過是一只金絲線勾邊的紅色香囊，聞上去有點淡淡的桂花香罷了，對我來說再普通不過，況且我寧願用一把剪刀護身，都不會相信這個所謂的護身符能夠帶給我任何安康，甚至懷疑香囊之所以鼓鼓的，就是因為裡面塞滿了風乾的花瓣。

「陸晗冬，這個保……保妳平安！」田鼠磕磕巴巴的說。與此同時，他一隻手緊緊的攥著那只護身符，另一隻手伸進褲兜裡，大概是在翻騰他僅有的那幾張鈔票，接著一把零錢散落在地上，我即刻俯身蹲下，慢慢地幫他把零錢都拾起來。

然而，就在我蹲在地上仰頭的瞬間，竟然看見一個留著棕色短髮的女孩，正直挺挺的站在田鼠所開的那輛汽車旁邊。於是，我指著那個女孩問：「看！你認識吧？」

「不認識。」田鼠的目光在女孩身上停留了許久後回答。

「不認識居然可以看那麼久！」我很膩煩的說，然後起身把零錢塞給他就大步流星的走開。

田鼠色瞇瞇的眼神令我厭惡，他總是目光如電的注視那些陌生的女孩，那架勢恨不得馬上擁有。顯然，他對我情緒上的突變也有些不耐煩，但卻仍舊勉為其難的跟在我身後，我想若不是因為我身上的晦氣，田鼠早就隨那個女孩而去。

「陸晗冬，妳慢點！陸晗冬，妳又怎麼了？」田鼠追著我問。

「我在想……我只是在想你是否記得她是你旁若無人看過的第幾個女孩？」我惆悵的說。

「這重要嗎？我又沒有這樣看過妳。」田鼠不屑的說，不僅語氣冷淡，而且目光閃躲。

「所以，我應該很失落還是很慶幸呢？」我即刻轉身，目光如炬的看向他。

田鼠先是沉默，似乎生怕我會一觸即發。而後，忽然與我對視，他的表情看上去很認真，但言語上去卻很苟且，也只是隨口說了：「第六十七個。」

「佛祖聽到了。」我故意譏諷的對他說，並奪走他手中的護身符。

頃刻間，田鼠眉頭緊蹙，飛快的朝汽車的方向走去，我緊緊地跟著他，盡可能的跟上他的步伐，且在他右側緊緊地盯著他左側已被香熏到麻木了的臉頰。他知道我又在研究他，就像他專研那些動情的詩歌一樣，卻默不作聲。

因此，我認定田鼠已經厭棄我，就像他曾經厭棄甜瓜一樣，不僅不願意開口多說一句話，而且從不看她，我若是開口問他，他一定會說沒有。而我也很清楚的知道，無論田鼠作何回答，我都不會相信他，就像我不會相信也不敢相信我們之間剛剛敷衍的對話，沒有人會記得如此清楚。

「陸晗冬，妳知道我不可能記住每一個我交往過的女孩，還有那些複雜的名字。」田鼠忽然停下腳步說。

我看著他的樣子，居然哭笑不得。的確，關於那些女孩的名字，田鼠只會有短暫的記憶，也許就連跟他有過短暫婚姻的那位女教師的名字他都已經不再記得。我突然像著了魔一般開始自以為是，並認為即使有第六十八個女孩，那也無關緊要，畢竟田鼠從未忘記我的名字。

「田嘉輝！」我得意地叫了他一聲。

我第一次這麼直接的叫出田鼠的名字，不曾想到他的反應如此激烈，像驚弓之鳥一般，這讓我欲言又止，卻又無須多問，他一定猜到了我接下來要說什麼。我始終覺得田鼠是愛她的，或是愛過她的，他看她的眼神跟這第六十七個女孩不一樣，或者是跟其中任何一個都不一樣，那時他對她垂涎三尺的樣子不禁又映入眼簾。

木牌事件過後，那些誦經的僧人又回到寺廟，並企圖要將寺廟裡的那尊佛像帶走。田鼠很不安也很憤怒，覺得若寺廟沒有了那尊佛像，賤人的虔誠將無處安放，於是就把這件事告訴了他。然而這只是其中之一，更主要的是田鼠擔心他會被驅逐出寺廟，這裡是他躲避老田最佳的場所。再也不會有第二個紅房子給我們的情況下，能有兩間柴房也是不錯的選擇。

接著，田鼠又把這件事鬼鬼祟祟的轉告了其他人，我們連續幾日都沒有去寺廟，在榆樹林蹲守了幾日也沒有發現任何異常。可是，待我們再回到寺廟後，卻發現一個陌生的男子跟在那幾個僧人身後，一同為佛像焚香，男子身旁還跟隨了一個五官端正的女孩，隔著柴房和香房之間單薄的木牆，我們聽到她用嬌柔的聲音叫他「阿爹」。

此時，田鼠卻低眉垂眼，而後莫名其妙的帶領我們默寫和朗誦。我由於蹲守榆樹林多日後有些著涼，正拖著濃厚的鼻音朗誦著田鼠剛剛教會我的那篇朱自清的《背影》，田鼠卻透過柴房的木扇窗驚愕的看著香房的方向，一度都合不攏嘴。

正讀到：「父親說，事已如此，不必難過，好在天無絕人之路……」這時，賤人也帶了一個女孩走進我們這間柴房，她看上去安穩沉著，且比我們略大一些。賤人很親密的將一隻手臂摟在她的腰間，趾高氣昂的對我們說：「她叫黃曉西。」

比起那個嗲聲嗲氣喊「阿爹」的女孩，她皮膚黝黑，但是光澤度較好，身材有些微胖，看上去卻很性感，眼睛會放光，走路時愛扭屁股。就樣貌而言，她與小城裡的女人們毫無異樣，可是田鼠卻有些神智不清，目光飄忽不定，像在望梅止渴一樣色瞇瞇的盯著她，當時我想田鼠心裡想的一定是在香房的那個女孩。

那天過後，那個女孩時常跟著幾個僧人一同來寺廟，時而蹲坐在佛堂門口，時而目不轉睛的盯著田鼠。當時的田鼠貌不出眾且發育較晚，個子也比同齡人要矮一頭之多，我們都不敢相信他居然有這樣的「殊榮」。由於她臉上長了些許痘印，故田鼠還給她取了個綽號叫大花貓，後來又覺得這個綽號有傷大雅，就叫她大花兒。

她總會趁著「阿爹」和僧人一起時，想方設法的跟我們湊在一起，然後死皮賴臉的黏著田鼠，挽住田鼠的胳膊讓他朗誦書本上的詩歌。她的舉動完全顛覆了這座小城中所有男人對女人的定義和幻想，她不僅明目張膽，而且讓我們無心看書和默寫，更是讓我們因為她而四分五裂。

田鼠對此卻很漠然，對大花兒也很是冷淡。我猜他一定是故意的，其實心裡早就樂開了花，直到田鼠按捺不住轉而悄悄地告訴我說：「陸晗冬，我看上了黃曉西。」

田鼠甚至還時常不可控制的意淫，並沉浸其中忘情的告訴我：「陸晗冬，我總是夢見她的巨乳，想她半個身子都傾靠在我身體上方的體溫，想她急促的呼吸和手指輕微觸碰到我肌膚後，自然而然產生的生理反應……」

即使我很羞澀，甚至覺得田鼠的意淫很可恥，我卻無語凝噎地聽田鼠對我說了無數次類似的話，並囑咐我不要告訴任何人。若說田鼠的突變或是說他發育了，這讓我很不適應。

自從黃曉西被賤人帶進寺廟，我和田鼠每次聊天都只有一個話題，一直都是在聊異性。而且，不論開始在聊什麼，結果都會與開始的話題完全不相干的異性聯繫到一起，且愈來愈誇張。

那時候，因為賤人和黃曉西舉止親密的關係，我們都以為她是賤人的女人。我漸漸地開始擔心田鼠會情難自已，所以每次賤人帶著黃曉西過來與那些僧人為了佛像的事而爭執不休的時候，我就會跟大花兒提議一起去山下覓食。大花兒每次都會欣然接受，然後跟大家宣告她的決定，所有人都「唯命是從」，而起頭的永遠都是那些眼花燎亂的男孩們。

覓食的地方在半山腰，距離「鬼屋」五百公尺左右的地方，我們會在那裡不約而同的停下來，然後拉幫結夥的準備「野餐」，而且頓頓都是原生態的「野味」，在山上，只要是活的無一沒吃過。個子高的男孩，會撿些破爛的樹枝，打下在空中低飛的蜻蜓，然後個子矮的會主動生火，田鼠什麼也不幹，只會鐵面無私的捉住牠們的翅膀，用火柴活生生的將牠們烤焦，並把牠們視作美味一般，讓我第一個來品嘗。我永遠也沒法忘記，此生吃掉第一隻烤蜻蜓時的樣子。當時，我忐忑的從田鼠手中接過來，深吸一口氣後閉上眼睛，在嘴裡咀嚼幾下就嚥了下去。田鼠本以為我會吐，可我吃後卻回味無窮的對他嚷嚷著：「快點，多弄些來吃。」

我們還烤過螞蚱、螳螂、毛毛蟲……最不可思議的是，田鼠烤熟了一隻癩蛤蟆和一隻看似猛禽一般的怪物，我們都認為牠是剛出生不久的鷹，而田鼠卻說牠是鳥，叫隼。若說當時是由於少不更事所以膽量過人，其實並不然，大概全因運氣。為此，大花兒用精闢的語言給我們做出了總結：「吃了那麼多品種的野味都沒被毒死，必將置之死地而後生。」

不可否認的是，當時我們生活的地方很窮，我們從內到外也都很窮。所以，才會在嘗遍所有野味後，連哄帶騙的讓大花兒帶我們去吃山下的「石子肉」。每年祭祀的時候，小城裡都會宰殺一隻羊供奉佛祖，一個星期之後，那隻羊就會被小城裡的幾個種地的大戶人家瓜分。我從沒見過，但卻聽田鼠提起過，是把羊肉放在石子上，之後點燃鋪在石子下的稻草，石子發熱會把上面的羊肉燙熟，色澤看上去不僅粉嫩，而且聞起來香氣四溢，聽後我會控制不住的流口水。

大花兒為了討田鼠喜歡，居然讓她的「阿爹」要來了一些羊肉，雖然只是邊角肉，卻也讓我們饞涎欲垂，可是田鼠卻從不吃，而且也不讓我吃。田鼠的舉動讓大花兒很生氣，居然當著我們所有人的面詛罵田鼠，說他還不如小城裡的野狗聰慧，田鼠也會絕地反擊，罵她饞獠生涎。而在我看來，田鼠並不是不想吃，他只是單方面的想表現自己對黃曉西的忠誠而已。

那些人常常會因為誰多吃了一些石子肉而展開一場面紅耳赤的罵架，不僅口水四濺，而且很讓人噁心，讓人恨不得把之前吃的東西全部吐出來，然後大家各自攤在地上比對下，到底是誰在說瞎話。果不其然，石子肉的罵戰過後，大花兒就消失了，再也沒來過寺廟。我們不僅沒見過她，也沒再看到她的「阿爹」，田鼠和賤人認為，一定是那些僧人放棄了帶走佛像的念頭。

在那之後，田鼠就再也無心在寺廟裡看書或是默寫，而是期盼著賤人來焚香時能夠帶上黃曉西一起，他也慢慢地從窺視變成明目張膽。一日，田鼠偷穿了他「母親」親手為老田針織的那件藍色毛線衣，並把柴房裡唯一一張像樣的椅子搬給黃曉西，然後他坐在她旁邊的泥土地上，依偎著黃曉西的大腿旁，對他來說即便自己比黃曉西矮了一大截也應該是件很幸福的事。接著，他鬼鬼祟祟的從褲兜裡掏出了老田收藏許久的手鐲，並如他所願的給黃曉西戴上，出乎意料的是黃曉西不僅接受了那只手鐲，而且還對田鼠拋了個媚眼。

從此，田鼠和黃曉西這兩個名字就被緊緊地聯繫在一起，並以訛傳訛的散播了出去，一直傳到老田的耳朵裡。也因此我們才知道，田鼠偷了老田的「古寶」，老田也因為這件事對田鼠耿耿於懷。接連有一個月的時間，田鼠都不斷地遭到老田的毒打，整個人都變得異常。他每日都出沒在寺廟附近，卻再也不敢踏進柴房半步，目光有些呆滯，且不同任何人講話，當然也包括我。

於是，我嘗試著扒開他的秋衣秋褲，想確定是否有新的瘀青和傷痕出現在他的大腿上，背上或者是屁股上。見田鼠沒有反抗，我便蹲在他面前，擼起他的袖管和褲管，在沒發現任何受傷的痕跡後，又很用力的拍了兩下他的屁股，想看他是否會因為疼痛而神經反射的大叫或是有躲閃的肢體動作。

我的反常舉動重複了一段時間後，田鼠終於開口講話，卻也只對我一個人說，然而田鼠竟然語出驚人，使我驚訝到合不攏嘴巴。

「陸晗冬，老田給我定了娃娃親……」田鼠沮喪的說。

從田鼠突如其來的開口，再到他嘶聲力竭因為無法面對黃曉西而哭泣，我始終都處於精神崩潰的邊緣。為了證實田鼠腦子正常而且並不是在編故事，我提出讓田鼠帶我去看看那個跟他定了娃娃親的女孩，並從田鼠口中得知她的名字叫甜瓜，家中擁有大片的玉米地。

田鼠果斷就答應了我的要求，因為他不想回家，他不僅害怕面對老田，而且每晚都在重複著做一樣的噩夢。他夢見老田把他所有書本都撕得粉碎，然後「母親」會一片一片的撿起那些碎紙片，放在平日裡時常裝麵條的大碗裡，逼著他吃下去……

印象中，我們徒步走了很遠，當我看到那個「金燦燦」的山丘的時候，腳上穿著的那雙拖鞋邊緣都已開膠起皮，雙腿痠軟又渾身乏力，飢腸轆轆的被風吹得瑟瑟發抖。甜瓜家的玉米地很大，大概有幾十畝那麼遼闊，因為實在很餓，我恨不得掰下一穗玉米直接生吞下去，手指尖才剛摸到墨綠色的玉米稈，就聽到不遠處有一個女孩正用粗獷的聲音大喊田鼠的名字。

「田嘉輝，你這麼晚過來，又來拿乾玉米嗎？」她嗓門很大，聲音高亢有力，喉嚨有點沙啞，像是幹農活累到了一樣，聲帶盡是筋疲力盡的滄桑。

「我突然想起妳了，就過來看看妳！」田鼠高聲回應，右手卻有氣無力的搭到我的肩膀上。

這是我第一次領略到田鼠撒謊的本事，編造瞎話時居然一點都不害臊。就在上演了一場伉儷情深的戲碼後，居然把鬍子拉碴的下巴湊到我耳邊，感覺離我耳膜很近，令我耳孔瘙癢難耐，還故作難為情的告訴我：「陸晗冬，她就是甜瓜，跟我定娃娃親的甜瓜！」

「喔……」繼而，我笑個不停，也不知該說什麼。

甜瓜跟我所想像的樣子迥然不同，她一路小跑著過來，綁了個馬尾辮子，在後腦勺上無規則的擺動著，長了一張圓潤的大餅臉，臉蛋上還略微有點高原紅，披了一身紅色大褂，腳上穿了雙軍綠色膠布鞋，鞋頭是膠皮做的，在月色下還會反光，手裡提了個麻布袋子，裡面塞得鼓鼓的，跟黃曉西和大花兒比起來，顯然就是別具一格。我以為她風塵僕僕的奔向我們是為了向我表示友好，結果她視我為空氣，直接撲到了田鼠的懷裡，且十指交叉環抱在田鼠背後，將田鼠摟得緊緊的。

就在我覺得自己站在旁邊略感尷尬時，她居然坦蕩的走到我面前對我說：「田嘉輝就是我的男人，從小爸媽就這樣告訴我，我們早晚都要結婚生子，就連這片玉米地都是他的。」

頓時，我內心備感壓抑，繼而說不出話來。

我只能惡狠狠的瞪著田鼠，深感他罪孽深重，這種惡感來臨的同時，居然讓我失去了餓感。於是，我感覺腿腳愈發的癱軟，撲通一聲坐在了玉米地裡，地上的碎草濕漉漉的，黏在屁股上有點癢又有點潮濕。我不解甜瓜為何初次見我就對我赤裸裸的說那番話，但我卻忽然察覺到些許異常，有一種我最心愛的「玩具」被人搶走了的感覺。

「田嘉輝，你會嫌棄我嗎？」甜瓜突然如此問田鼠，沒頭沒尾的。

「不會。」田鼠不加思考的回答，甚至沒有問甜瓜為何如此問他。

寂靜的玉米地裡，沒有一點風，我本就很冷，繼而滿身都是雞皮疙瘩，不得不起身到離他們遠一點的地方，找了處玉米稈相對密集的地方坐了下來。那真的是一晚靜謐的夜，即使我萬般不想，還是能真切的聽到甜瓜和田鼠的對話，令我髮指。

「前些天，我撞見一個男人躲在玉米地裡，以為他想要偷玉米，就走了過去。竟然被他死死的抱住，他力氣很大，我扭不過他，於是我只能大叫，他用力掐了下我的屁股就跑了，我沒敢告訴任何人，我們是要結婚的，我怕你嫌棄我……」甜瓜聲淚俱下的跟田鼠傾訴。

「這沒什麼，就為這個，將來也不會有人嫌棄妳的。」田鼠安撫的說。

「田嘉輝，只要你不嫌棄我就行。」甜瓜又忽然破涕為笑。

接著，他們都沉默了，很久也沒有說話，也可能是說了，我沒有聽到。或許是太累的關係，我居然在玉米地裡安適如常的睡了。直到凌晨，大概是著涼的緣故，突感心臟絞痛，令我呼吸急促，我猛地坐起，感覺自己像夢遊一般，看到隔壁幾排的玉米稈幾近六十度傾斜且左右晃動得厲害，我驚恐不已，又想探個究竟，便慢慢地爬行過去。

臨近時，隨著玉米稈有節奏的搖晃，我隱約透過間隙看到田鼠一絲不掛的壓在甜瓜身上，甜瓜沒有發出一絲掙扎的聲音。當時，我面熱心跳，接著又按原路靜悄地爬了回去，隨之徹夜難眠。那一晚，我被困在一張糾結的蜘蛛網上，不僅愈繞愈亂，而且愈想愈複雜。

我不知道這到底只是田鼠的秉性還是所有男人的本性，也不知田鼠是因為他真的喜歡上了甜瓜，還只是為了向甜瓜證明他並不嫌棄她，或僅僅只是一個乾柴烈火的男孩沒能控制住自己的欲望，在情急之下的一種生理反應，對此我難過了一整個晚上。

次日，我裝作什麼都不知道，在從山丘往回走的路上，我選擇默默跟在田鼠後面，也沒有看甜瓜一眼。我認定了甜瓜是田鼠的女人，於是我不敢正視她，就如同在這之後的漫長歲月，都不敢正視任何一個田鼠喜歡的女孩一樣。

06 墳墓：

從寺廟回去的途中，田鼠前後接到兩通電話，而且他斷定是同一個人打來的。田鼠在接到第一通電話後，凝滯的看著我，我痴騃的看著他，氣氛異常壓抑。田鼠說：「他跟我說話的語氣，感覺到他很冷，似乎他快要冷死了。我彷彿還看見了他說話時口裡冒出的涼氣，是乳白色的……」

僅僅一分鐘後，田鼠再次接到同樣的電話，他接起電話後，支支吾吾的說了句：「她跟我在一起。」然後，田鼠的臉色煞白，我只是沒有田鼠那麼會說，但他所描述的，也正是我心之所想，不僅僅只是貼切，而是如此地感同身受。

我從田鼠手中接過電話，還未開口就聽到電話中的女人說：「陸晗冬，死無葬身之地本是尉遲艦咎由自取，他選擇自縊是他一生所做的最正確的選擇。我們答允你們，尉遲艦可以火葬，但他不配有墳地，妳如果願意，可以在他火葬後的一星期內辦理手續，並把他的骨灰帶走……」

我心無旁騖的聽著電話裡那個陌生女人的聲音，不僅沒敢吭聲，甚至都沒有換氣。

當她聲音停滯的剎那，我感覺自己已幾近憋死，繼而毛孔悚然，內心的觸動讓我真正意識到：賤人真的不在了，且不再在了。

「陸晗冬，妳想要把尉遲艦帶走嗎？」她拖著長音在電話裡問我。

她試探的語氣，讓我覺得她把我當成了實驗中正在嘗試用藥刺激的小白鼠。我惶恐的看了一眼田鼠，而後難以克制自己的語言，哆哆嗦嗦的說：「我……我想……不知道，但是我一直認為他足夠勇敢，而且他已經跟我說了再見。」

可是，就在我掛斷她電話的瞬間，田鼠卻忽然儼乎其然的對我說：「陸晗冬，真沒想到妳是這樣的人！」

田鼠是在我之前一分鐘接到她的電話，我不確定她是否也有問過田鼠同樣的問題，他臉色凝重，一個字也不曾說。但是，至於我是怎樣的人，我在心裡自問自答了許久，過了好一會兒，我才思緒萬千的對田鼠說：「如果她問你，你大可以說你願意，為什麼一定是我呢？你明明知道我會害怕。」

田鼠目瞪口呆的看著我，我卻惡狠狠的看著他。田鼠的眼神讓我望而生畏，他的眼裡充滿了懷疑，尤其是他眼珠停止不動盯著我的樣子。似乎在絞盡腦汁的思考我是否又在妄想什麼，繼而我開始糾結，田鼠是否在對我的人格做種種假設，畢竟我在他眼裡不再是常人。

可是，我們都清楚知道賤人不能有墳墓，我們不能用這樣的方式來懷念他。況且，電話裡的女人已明確告知我們，賤人不配也不能擁有墳墓，所以有誰真的會帶著一罐骨灰罈四處遊蕩或是放在家裡祭奠呢？事實上，我們都不願意。田鼠也只是口是心非罷了，更多的是難以啟齒而已，那通電話簡直就是赤裸裸的羞辱。

田鼠是最討厭墳墓的人，對他來說那就是一個永遠也揮之不去的陰影。沙土堆成錐形，頂頭插一根香樟木，木棍上繫滿了五顏六色的麻布繩子，我們腦海中的墳墓還一直停留在它最初的時候。

「有時候它像個小山丘，有時候又像個窩窩頭，難得看它也會像是女人的雙乳。」曾經，田鼠總這樣形容它。在我看來，田鼠僅有的那點幽默，無非是為了掩飾他內心的淒涼和不安。可是，它卻無聲又勝有聲的存在，有時在夢裡，有時在心裡。

老田還活著的時候，田鼠曾無數次用極度唾棄的語氣對我說：「他一定是覺得自己作惡多端又罪孽深重，所以才會那麼在意他死後的樣子。」

即使是背對著山頂的那片墓地，我們也都很膽怯。那時，我跟田鼠都沒有想過死亡或者是跟死亡相關的事，對那片墓地的望而生畏，間接加深了我們對生的欲望。

可是，老田卻威逼田鼠的「母親」在佛像前做出承諾：在他死後會竭盡所能的給他埋在山頂那塊陽光最充足且能俯瞰整座小城的墳地裡。在一炷香的見證下，次日田鼠就被送去紅房子裡讀書，他不僅擺脫了繁重的農活，而且再不必因為整日面對老田而擔驚受怕。在我看來那個承諾荒謬至極，田鼠卻對她感遇忘身。

田鼠坦言：「比起肉體的疼痛，心靈的摧殘根本不算什麼。至少，可以遠離他。」可是，憑我當時的學識，根本無法理解田鼠的話中話。

儘管提及墓地二字會讓我跟田鼠喪膽，但卻讓賤人無畏。我仍會想起，昔日黃曉西曾鬼使神差的讓田鼠帶她去山頂那片陰森的墓地時的情景，田鼠被嚇得屁滾尿流，而且嘴唇發紫，最後居然狼狽不堪的離開了寺廟。可是，黃曉西還是去了，我們都親眼目睹是賤人帶她去的，而且是在夜黑風高的晚上，沒有人知道黃曉西要去那裡做什麼。看著賤人威風凜凜的樣子，田鼠卻始終不願承認賤人比他勇敢，只因為黃曉西對田鼠說：「尉遲賤是最勇敢的人。」而且言語間，竟是崇拜和迷戀。

當然，我也崇拜他，但也只是在他們去墓地時，聽田鼠跟我講關於他的故事的時候，就那麼一會兒而已。除此，再無其他的感覺，甚至覺得黃曉西是一個腦子有問題的人，否則怎麼會對賤人甚是迷戀呢！就在他們去墳地的那晚，田鼠悄悄的在我耳邊呢喃，令我耳根陣陣發癢，而後居然面紅耳赤，幸好夜晚漆黑得像墨一樣，朦朧中只能看得到彼此模糊的影子，冰冷且幽暗。

田鼠神神祕祕的說：「尉遲賤在山頂的墳地裡埋藏了一些東西，誰也不知道是什麼，泥石流過後他就常去那裡。」

記憶中，小城的確發生過泥石流，還是在我很小的時候，所以並沒有太多的印象。田鼠無意間在老田口中得知，發生泥石流的時候，寺廟裡的佛像隨著山體一直滑落到後山的榆樹林，後來是賤人獨自徒手搬運回來的，也許正是因為這個緣故，老田才會那麼敬畏他。那時，即使沒有發生泥石流，也少有人在榆樹林活動，不同於現在已有踩踏出一條山路，據說原來長滿了參天大樹，而且根本沒有路，不時有毒蛇四處流竄，還有「怪物」因為飢餓難耐在夜晚撕心裂肺地吼叫……

也就是那時候，我開始崇拜他。雖然我不信佛，但是想到小城裡所有人都供奉祂，久而久之那種寄託便成了一種精神支柱以後，我便對那尊佛像的意義有所改觀。於是，我要求田鼠帶我去榆樹林深處，我想看看那裡究竟是什麼模樣，田鼠卻在答應我後畏畏縮縮的叫了賤人，賤人又叫上了黃曉西。

次日清晨，我們四個人不約而同的出現在距離榆樹林兩百公尺左右的山腳下，本是翹首企足的心情卻因為看見了老田而被扼殺。老田手持棍棒，一馬當先的走向榆樹林，他目光專注且目的明確，對跟在他身後不遠處的我們毫無察覺。直到他走到「小花兒的房子」那裡才停下腳步，我們躲在一棵枝葉茂密的大樹後面，看見幾個僧人和大花兒的

「阿爹」從房子裡面出來，盡是一雙雙咄咄逼人的眼神和一張張寫滿了憤怒的面孔，並聽見老田用挑釁的聲音對他們大叫：「誰也不能把佛像帶走。」

對峙中，猝不及防的事情發生了。我先是畏首畏尾的躲在田鼠身後，看著老田率先掄起手中的鐵棍，幾個僧人與他扭打成一團，混亂中難以區分彼此的臉，而後賤人也沒有預兆的衝出去，就這樣打鬥開始了。當時大花兒也在場，她依偎在「阿爹」旁邊，單薄的身子有點顫抖，一直含情脈脈的看著田鼠，一副楚楚可憐的樣子。

然而，我的目光卻始終也難以離開老田手中的鐵棍，不可抑制的想像著它曾打在田鼠身上時的樣子，這種激烈的場面又讓我產生了一種似夢非夢的幻覺，繼而抑揚頓挫的對田鼠說：「田鼠，我看見小花兒了。看到了嗎？她從房子裡走出來，依舊是那條綁得老高的馬尾辮子，像是一隻陰魂不散幽靈……」

田鼠並沒有理我，而是奮不顧身的衝到黃曉西身邊，像個勇士一樣擋在她身前，我聽不見任何人的任何回應，使勁的揉搓著眼睛。然後，不由自主的大叫，不知道自己都在叫什麼，繼而跑進了「小花兒的房子」，用桌椅堵住了那扇破舊的房門，把自己關了進去，我藏在一張木頭方桌底下，任由外面發出任何聲響都與我無關。

之後的記憶一片空白，也不記得我最終是怎樣從那間房子裡出去的。當我站在房間外面時，天色已漸暗，零星的看到三五個人躺在地上呻吟，一直等到小城裡的「山寨」

（員警）趕來，他們穿著深藍色的麻布衣服，頭頂戴著黑色的高簷帽，把我和我視線內的所有人都帶走。我被兩個「山寨」拖走時，我努力回頭看了一眼「小花兒」的房子，儘管早就得知她們多年前就已不在那裡居住，但還是忍不住想找尋一些曾經溫存過的回憶。

整個過程中，我始終都沒有見到田鼠，也沒有看到賤人，周圍盡是一些熟悉又陌生的面孔，我們都被關進一間黑漆漆的屋子裡，面對著四面灰色的牆體，儼然就是四面楚歌，像是牢籠又像是孤島，也許更像是賤人居住多年的牢房。唯有頭頂那一面牆體是白色的，煞白煞白的顏色，跟我身旁那個同被帶進來的男人一樣，被嚇傻了的臉上沒一絲血色。所有人驚悚的樣子，都像極了沒有魂的幽靈，它們齊聚在一起，試圖各找各的靈魂附體。而那些「山寨」們卻都置之不理，大多只是低著頭，像是睡了，又像是死了⋯⋯

我一直盯著頭頂的那片白牆，竟然在夜裡聽見了牆外的蛐蛐聲，我意識到我們定是在榆樹林，曾經我跟小花兒一起在榆樹林抓蛐蛐時，她曾告訴我：「陸晗冬，只有榆樹林裡才有蛐蛐，牠們只有在這裡才能吃到樹苗。」

「妳抓了蛐蛐做什麼？」我抱著她抓的一罐子蛐蛐問。

「不做什麼，因為蛐蛐生性孤僻，我看不得孤僻的東西。」小花兒很自然的說，自然到讓我忽略了她說話時冷酷的表情。

「妳和他們一樣，都是罪人！」突然，一個戴著高簷帽子的中年男子指著我後腦勺說。

當時，我仍舊在看著房頂發呆，呆滯的想著我跟小花兒的對話，以及麻木的看著一群螞蟻順著房頂邊緣的縫隙爬進爬出，然後房頂的一角開始滴水。我根本沒有留意到那個被嚇傻的女人究竟是何時被帶出去問話，叫到我時我正數到第五千一百零六滴水。

他在我身後一再的恫疑虛喝，我卻只顧低頭往前走，不知要去哪裡，木訥的我雙腳不停的打顫。隨後，因為緊張過度而一頭撞在轉角的石牆上，灰色的牆體瞬間變成了紅色。那個戴著高簷帽子的男子從我身後繞到我面前，並用力按了一下我的頭顱，我一聲不吭的斜眼看著他。

我被問話回去後不久，在傷口未經處理的頭顱上，慢慢的散發出一種被某種生物腐蝕了的味道，也許是昆蟲，也可能是老鼠。我被單獨隔離了一個星期左右才被放出來，在一扇生鏽了的大鐵門那裡，我看見了田鼠，他正鬍子拉碴的看著我，而後摸摸我的腦袋，開始傷心的啜泣。

我們都沒有提及那天的事情，我不知道他在寺廟外面都發生了什麼，他也不知道我把自己關在柴房之後都發生了什麼。然後，我們又都默不作聲的一起去了山上的寺廟，可是寺廟裡的那尊佛像卻早已不在了，而且接連很長一段時間，柴房裡很多曾經熟悉的面孔也再沒出現過，我權當自己是做了一場噩夢。但是對於田鼠，我有一種難以言喻的感覺，也許是傷心，也許是失望，即使我主觀上並不這麼覺得，但內心深處，我知道他當時聽見了，他一定真切的聽到了我當時對他說：「我看見小花兒了……」

因為這場打鬥，不僅寺廟沒了，而且我們也都被遣散了。我時常看到賤人，在那個叫「鬼屋」的鐵皮車廂附近，進進出出的搬東西，其中大部分都是寺廟裡的，他愁眉不展的樣子，讓我大驚失色。田鼠也從此開始了他遊蕩的生活，賤人拉著他整日都守在那裡，那個寺廟裡曾經有尊佛像的地方，當作祂還在原地一樣，象徵性的對佛祖祭拜，而後異口同聲的說著同一句話：「請把所有罪惡都埋葬在墳地裡！」

不同於賤人的是，我從田鼠的口形可以看出，他在祭拜後總是會默念黃曉西的名字，我猜田鼠定是在祈禱，希望佛祖能讓她出現，或是再回到他的身邊。然而，田鼠並不知道，就在我被關押的那段時間，那幾個僧人就夥同大花兒的「阿爹」一起把佛像帶走了，包括大花兒和黃曉西在內，也跟著他們一起憑空消失了。這些，都是賤人告訴我的，我不瞭解他為何只跟我說，但是我卻莫名的相信了。

大花兒留了一張字條給田鼠，託付賤人轉交給他，賤人並沒有照做，而是把字條交給了我。他不識字，但那幾個字我卻認識，字條上工工整整的寫著：田嘉輝，我們還會再見的。奇怪的是田鼠的名字，居然是用紅色筆芯的圓珠筆寫的，在小城裡用紅筆寫的名字只有一種人，那就是死人。

也許是出於憤恨，也許是出於報復，隔日我就把大花兒的字條轉交給了田鼠。就在田鼠看過後，空中忽然飄起了小雨，令我們都很窘迫。田鼠先是落魄的蹲在鐵皮車廂的死角，雙手抓著雙腳，不僅面無表情，而且臉色慘白，隨後愈想愈氣，最後嚎啕大哭，瘋狂的咆哮，嘴裡一會罵大花兒，一會又喊黃曉西。

只是，我們都不知道他們是何時離開，或是怎樣離開的。好奇的田鼠時常和賤人結伴，在離開小城必經的那片榆樹林附近，尋找他們的足跡或是屍體。賤人則是在找那尊被搬走的佛像，而田鼠是在尋黃曉西，那個他第一個喜歡的女孩，也是田鼠唯一一次真正動心的女孩。

直到一天田鼠告訴我，他們在山上找尋無果後，回來的途中在山頭碰到了老田。當時，老田正在用鐵鍬鏟土，全身的衣褲都已被汗液浸濕，鏟鍬把泥土鏟得很深，盡是些暗紅色的泥巴，待泥土堆積成很大一堆時，再把它們裝進木桶。老田一邊用髒手擦拭汗液，一邊自言自語，不知不覺滿臉都是紅色，泥巴和汗液融為一體，像新鮮的血液似的順著兩側臉頰流淌，很是嚇人。接著，僅僅幾日後，田鼠突然叫我和賤人一同去參加他「母親」的葬禮，並用一種很平和的語氣對我們說：「以後我再也不用朗誦給她聽了，免得有人快樂有人痛楚。」

聽後我驚愕失色，田鼠「母親」忽然間就不見了，只知道田鼠很少回家，卻從未跟我和賤人提起過。下葬那天，整個小城的人幾乎都來了，無所事事的站在一旁，很是壯觀。然而，很多人卻在閒言碎語的趴耳朵，聽見有人說：「老田是個畜生，用那把生鏽的斧頭失手砍死了自己的婆娘。」

可是待老田出來時，那些人又都變了張臉，幾個嘴巴碎叨的婦女居然立即改口說：「老田對自己的婆娘真好，把山頭風水這麼好的一塊墳地都讓給了她。」

這樣的話傳進了田鼠的耳朵，他聽後先是肆無忌憚的大笑，然後若無其事的對所有人說：「那塊地真好，死人不知道，活人卻快活著！」

田鼠說這番話時，我不僅膽戰心驚，而且身體也時而陣陣發冷。不禁想起幾天前，賤人和田鼠在山上看見老田時的情景，之後毛孔悚然，賤人雖然什麼也沒說，但卻全體現在臉上。

老田親手把田鼠的「母親」放進一間木窖裡，然後用白布蓋上。接著我沒敢看，緊張之餘下意識的抓住了賤人的手，暖暖的還有些粗糙。我只是閉眼憑空想像著老田埋葬的場景，不禁想起田鼠跟我描述他外公過世時的樣子。我看見田鼠手裡拿了一把生鏽的斧頭，然後被老田奪走，繼而也埋進了木窖裡，我猜想那應該就是田鼠瘋言瘋語的那段時間，嘴巴裡一直念叨的東西。

那段時間，正是田鼠和黃曉西走得最近的時候，具體都發生了什麼，我並不清楚，也不想知道。我跟所有人一樣，只是經常看見他們成雙成對的去山坡上的樹林裡，很長時間後才會出來，而且兩個人都是大汗淋漓。這件事情被傳開後，田鼠又再次遭來老田的暴打，之後田鼠就像丟了魂一樣，在眾目睽睽之下，時常裸露著他青紫色的身子，出現在寺廟的柴房裡，只同我一人講話。他不再用重複的方式跟我確認黃曉西是他的女人，而是精神錯亂一般，一遍又一遍的告訴我：「陸晗冬，我在老田後院的泥巴牆底下，種了一把生鏽的斧頭。」

「種什麼？」我明明聽到了卻不敢置信的問。

「種斧頭！」田鼠大聲的說，然後哈哈大笑。

木窖被抬走時，田鼠的表情看上去很淡然，他直勾勾的看著他「母親」的木窖被抬往墳地的方向，沒有一滴眼淚，也沒有發出一點聲音。直到老田在木窖上撒了最後一鏟子黑土，田鼠的平靜不同於常人，他的眼神裡看不到一絲一毫的波動。

「這條泥巴路很長，周邊長滿了向陽花，我認真的數了很多遍，一共有一百零八株，去那裡路我已記得滾瓜爛熟，妳跟著我走，一定不會錯的，妳在我後面就好，死亡的排列順序跟妳出生的先後順序無關……」在去山頂那塊墳地的路上，田鼠這樣對我說。

我沒有與他搭話，並堅信他是精神錯亂了。因為我始終也沒有看到一株向陽花，他居然看到了一百零八株，當時心想這也許正驗證了我們所看見的死亡和墳墓的關係。

我想田鼠一定是被那塊墳地嚇傻了，一直傻到現在，所以每每聽到墳墓都坐立不安。

即便如此，我和田鼠依舊很難接受賤人無處安放的事實。於是在我掛斷電話後，我們就選擇分道揚鑣，誰也沒有知會對方，也少了一場沒有結果的爭辯。然而，我剛回到自己租住的房子不久，就突然聽到門外傳來匆忙的腳步聲，接著是大力的敲門聲，沒有一點節奏，起初以為那只是一連串的幻覺。可是，不久後強烈的敲門聲再次傳來，我開始隱隱的不安，後知後覺的認為那一定是賤人的幽魂。我急匆匆的躺倒在床上，盡量讓四肢平整，靜靜地閉上眼睛，等待它穿牆入室來找我。

「陸晗冬，妳在裡面做什麼？」我猛然坐起，並確定那是田鼠的聲音，簡直就是在嘶吼。

就在我開門的瞬間，看見田鼠神情緊張的靠在門口的牆壁上，聲音突然變得有氣無力，甚至與我也沒任何眼神的交流，也沒有問我為何過了這麼久才開門，更是沒有生氣，反而用低聲下氣的語氣說：「陸晗冬，我說錯話了。」

事實上，我不知道田鼠具體指的是哪句話，在我看來沒有一句話是對的。可是，我很快就看出了他的心虛，他穿著的那身衣服，不是我們上山時的那件，他定是去找了某個女孩，或是與其纏綿了一番之後，清醒了再來找我敷衍了事，我沒有問他，全是我單方面猜測後給他判定的事實。那種感覺就如同曾經在玉米地裡，田鼠從甜瓜身上醒來，裝作若無其事，過後又纏著我爭辯一模一樣。不同今日，一切都反過來了，無論我們和對方說什麼，心裡都清楚我們都在對彼此說著世界上最難懂的謊言。

「陸晗冬，我就知道妳在玉米地裡什麼都看見了！」田鼠斷定的對我說。

「雖然有點濕冷，但我睡得很好。」我像個竊賊一樣，遮遮掩掩的回答。

「妳不知道人睜著眼睛也可以睡覺嗎？」田鼠繼而激將的問。

「我說過我睡的很好，而且我睡覺都是閉眼的。」我忐忑的告訴他。

之後，我們身體僵硬的面對面站著，他總是怫然作色的看著我，我也會透骨酸心的看著他。起初是眼睛，接著是嘴唇，最後會不自覺的看向他的臀部，眼前立即浮現出它在玉米稈包圍著的那片草地上，上下浮動著的「優美曲線」。掃視中，我看見他腳上的那雙拖鞋，還是那天一早，甜瓜匆匆忙忙從家裡偷出來，親手給他穿上的，左腳是紅色的，右腳是綠色的，不僅同側而且一大一小。

當時的場景和今時今日的場景一模一樣，我聞到了他身上殘留的體香，還有那身不是正常情況下才能在衣服上造成的褶皺，以及腳上那雙鞋帶散開的布鞋，甚至唇角還留有唾液，然後跑來委婉的跟我道歉……

我想即使賤人對墳墓無所畏懼，大概也不會料到自己有一天會無處安葬，最後只剩下一罐誰也不願認領的骨灰。看著眼前的田鼠，不禁想著自己抱著那罐骨灰四處遊蕩的樣子，或是應該懷揣著一種怎樣的心情，無關害怕與否，也不敢想像，他還要帶我去見證田鼠多少段無止境糟糕的愛情……

07 像她一樣……

田鼠佇立許久後選擇知難而退，並沒有進門，他也很少會進門，像是很嫌棄的租住房一樣。他臨走前，居然惡狠狠的瞪了我一眼，我很難猜出他的意思。因為我滿腦子都是賤人的骨灰，這使我很害怕，我也佇立在門口許久，直到再也聽不見田鼠的腳步聲才把房門關上，之後又是很長一段時間沒有再見。

一天夜晚，家裡的座機突然響了，在我看來它一直都是擺設，座機的主人是我租住房的阿婆，所以從沒有人會打過來，房子也是田鼠幫我租的，我並不知道它的號碼。可是，我居然鬼使神差的接了電話，就在我拿起話筒的那一刻，才意識到自己本是有一部行動電話可用，它還在魚缸裡泡著，每次跟田鼠爭吵，受罪的都是它。

「陸晗冬……妳還順利嗎？」我確定電話那邊是瑪奇朵的聲音，他不僅語氣溫和，而且刻意把我名字的最後一個字音拖得很長。

我想起來，在紅房子裡登記個人資料的時候，為了避免不必要的麻煩，在聯繫欄上，田鼠留了這個固定電話，可是麻煩還是來了。我一時間不知怎麼回答，也想不出一個病人跟醫生之間，除了探討病情還能聊些什麼。瑪奇朵也只是客套的問話而已，並沒有在意我是否回答他，而是繼續喋喋不休的說：「我見到了田嘉輝，他很認真的跟我說，希望我能讓妳繼續回到醫院裡接受治療，只是他無法再給妳提供高額的治療費，妳可以不必再住在那間昂貴的單間裡……」

我居然耐心的聽完了瑪奇朵的絮叨，然後轉而很失落。田鼠跟瑪奇朵的對話，聽上去我像是一個病入膏肓的人，這使得他們不會與我正常的交談，我們各自手持話筒，都能清楚的聽到對方的呼吸聲，沉默過後我魂不守舍的問：「前些天他一定是覺得我瘋了？」

瑪奇朵大概從沒有遇到過類似我這樣的人，既不像病人也不像女人，而我到底是怎樣的人，連我自己也不知道。也許是為了免於尷尬，他試圖與我聊些別的話題，於是問：「陸晗冬，妳偷拿的兩本雜誌看了嗎？」

「你確定我是偷的嗎？」我瞬間疾言厲色的質問他。

「額……就這樣吧。」我聽到瑪奇朵吞嚥口水的聲音，隨後掛斷了電話。

離開紅房子的時候，我的確從床頭櫃子上的那一大疊雜誌裡，隨便抽出兩本後順其自然的塞進了自己的隨身物品裡，至今都沒有看過，也不明白自己當時拿它們的出發點是什麼，但就是拿了，因為沒有告訴他，性質上就變成了偷。放下電話，我把它們找了出來，書皮已經被壓得褶皺，聞上去還有點像新鞋剛從鞋盒裡拿出來的味道，白色的紙頁有點泛黃，邊緣零星的還留有一點汙質。

那種類型雜誌是在街邊的報攤都可以隨處買得到的，一本是有關旅遊，一本是關於生活紀實。從雜誌的期刊時間上看，那些詩一樣的文章都是田鼠在他的鼎盛時期創作的，也都是之前賤人並不讓我看的東西，所以我不知道其中都寫了什麼。

發表在旅遊雜誌上的那篇文章很長，占據了幾頁紙，快接近一個專欄，名字叫〈巴林的愛情〉，想想我們曾經在巴林的日子，我大體已經知道了大致的內容，所以也懶得翻閱。而另外一篇卻相對精短，文章的標題是〈瘋狂的女人〉，如此醒目的吸引了我，我依舊難以自抑的想知道和瞭解田鼠身邊的任何一個女人。

我只粗略的在心裡讀了一遍，嘴唇跟著動卻沒有發出聲音。之後，那本書就被我放在鐵盆裡燒了，繼而整間屋子都是灰色的煙，熏得我難以呼吸。

僅此一遍，我的腦子便出其不意的記下了其中令我深刻無比的段落，且比任何時候都要清醒，貌似那篇文章是出自我的手一樣，有些熟悉又有些荒誕至極。

她是個瘋狂的女人，一個渴望愛的女人。我夜夜給她朗誦詩歌，聲情並茂的同時，還必須配有那些讓我面紅耳赤的肢體動作。我很痛苦，她卻猥瑣的告誡我，比起肉體上的疼痛，這種痛苦更能讓我痛定思痛，並在痛苦中快樂著。

她是個瘋狂的女人，一個除了我以外瘋給所有人看的女人。我沉迷於她專情看我朗誦時的模樣，彷彿書本上那些冰冷的文字都被她的呼吸溫暖和融化了。我很痛苦，她卻強行把那些冰冷的東西灌輸給我，她柔情的眼神落在我的酒窩，因此我只能僵硬的笑著。

她是個瘋狂的女人，一個讓我恨之深愛之切的女人。在我絕望時，她一次又一次地拯救了我。我本想為她寫一世的情詩，卻不料她的人生轉瞬即逝……

我只能記到這裡，後面我一直在強迫自己忘記，思緒已和房間裡的灰煙融為一體。我不記得賤人是多久前開始，極為強烈的阻止我看田鼠發表的文字，或是從多久前開始，田鼠的行徑開始變得神祕而詭異。而我回想，自從甜瓜離開後，這些年田鼠身邊走走停停的所有女人，或多或少都和那個瘋狂的女人有著諸多相像的地方，也可能是基因裡自帶了某種天然相似的染色體。

我很清楚，那個瘋狂的女人是田鼠的「母親」。而關於田鼠不是她親生的事實，我也是近幾年才知道的，具體的時間點，應該是賤人被關押的前幾天。

當時，我去約定的地點與賤人碰面，由於租住的房子因水管老舊而漏水的關係，過了約定的時間，我才剛剛出門。我深知賤人的脾氣古怪，於是用了一天的薪水叫了一輛的士，在到達目的地時，看到賤人正在路邊與田鼠激烈的爭執，不知為了何事，田鼠很激動，賤人也面紅耳赤，我坐在的士上，遲遲沒有下車。隨之，聽到田鼠無意間說出：「她已過世那麼久，你不必拿她來威脅我，你明明知道她根本不是我的親生母親。」

我又坐著這輛的士原路返回，就像是聽了一件事不關己的事情，田鼠和賤人都不知道我來過，事後賤人也沒有過問那日我為何失約。過了些時日，隨著賤人被關押進看守所，我也就淡忘了。回想卻甚是覺得可怕，後背一陣陣發涼，我忽然醒悟：原來田鼠渾渾噩噩的人生，都只是為了找尋那個瘋狂的女人曾經的樣子。

一直以為，田鼠淪為浪漫的詩者，大多是因為他生命中走走停停的那些女孩，讓他說盡了情話，久而久之就成了這個模樣，可惜最好聽的話，我們都沒聽過。對此，最有體會的人應該非甜瓜莫屬，她是田鼠的結髮妻子，至少我跟賤人都這樣鐵定的認為。在小城裡，他們辦了一場酒，掀了紅布簾子就算成親了，開始得很突然，結束得也很突然。

迄今為止，除了我以外，知道這件事的人所剩無幾。

田鼠和甜瓜的連理之日，我並沒有在場。因為就在田鼠母親被埋葬後的第二天，我由於驚嚇過度而生了重病，繼而臥床很久。自從生病起，我總是會不由自主的想起小花兒，彷彿我就是她，然後心如刀絞。印象中，我躺在一張破舊的被褥上瞇著眼睛，看見幾個不男不女的人穿著黑大褂，一會兒圍著我「施法」，一會兒又像跳大神似的滿屋子亂蹦躂，或是在火盆四周吐口水，使得整間屋子都烏煙瘴氣的。其中一個穿黑大褂的女子說我印堂發黑，定是在田鼠母親下葬時被魔鬼纏上了，另一個穿黑大褂的男子更是玄乎的說我是被田鼠母親的靈魂附體了。

其實，我只是被這接連不斷的事嚇著了，以至於我在夜以繼日中做著不同的噩夢。直到我被潑了滿臉腐臭的酸水，才徹底的清醒過來，我從床上猛然起身，然後所有人都說我定是著魔了，不僅不易接近，而且誰靠近我誰就會中邪死掉。我離開那張汙穢的被褥，然後不知不覺的往山上走，似乎只有那間破舊的寺廟和簡陋的柴房才是容身之處，直到路過賤人的鐵皮車廂，看到他直挺挺的靠在那裡，才從他那得知田鼠結婚了。

婚禮是在田鼠「母親」下葬的當天晚上，據說他「母親」生前最大的願望就是能看到田鼠早日跟甜瓜成親。老田盛情邀請了小城裡的所有人，大概所有人都覺得不合時宜，所以都選擇了避不出門，只有賤人一人孤身前去，老田因而激動的給了他很多本經書。

據賤人描述，為了能讓田鼠「母親」親眼目睹這一切，田鼠成親的地方就在他母親的墳地旁，陰沉陰森的氛圍讓人不忍直視。他站在田鼠身邊，緊緊拉著他握拳的手，有兩個巫師圍著田鼠「母親」的墳地席地而坐，嘴裡哼哼唧唧的念叨咒語，就連賤人這樣如此懂經書的人都不知道巫師在念什麼。總之，咒語的大致意思是：田鼠與甜瓜成親，可以讓老田「起死回生」。

但是這種迫切感，讓田鼠緊繃了一整天的情緒瞬間崩潰，因為他不肯在墳地前下跪，田鼠被老田狠狠搧了幾個巴掌。賤人說他能夠清晰的看到田鼠臉頰上殘留的血紅色指印，甚至連指紋的形狀都能看得見。然而，田鼠除了面部肌肉有點僵硬以外並無異常，直到他掀起甜瓜的蓋頭時，才突如其來的對甜瓜說了一句話：「妳必須做一個像她一樣的女人！」田鼠指著他「母親」的墳地說。

隔著一條紅布簾，賤人看不見甜瓜聽見此話的表情，但她卻頻頻點頭，她上下點頭的幅度之大，直到把頭頂的那條紅布簾搖晃下來，田鼠順勢接在手上，當作是掀開了，也就算是成親了，賤人的這番話讓我難以置信，對此我食古不化，我驚訝得合不攏嘴巴。

直到賤人忽然好奇的問我：「陸晗冬，田嘉輝的阿媽到底是怎樣一個女人？」

「願意聽他說話的！」我這才把嘴巴合上，而後魂不守舍的說。

「不，不，是沒腦子的！」我緊接著補充說。

賤人看著我神情迥異，繼而又問：「田嘉輝喜歡黃曉西什麼？」

不曾想到我居然不過腦就脫口而出：「喜歡她什麼都懂，什麼都比他懂！」

賤人看著我傻笑，又頻頻搖頭，這讓我很慌張，繼而我又不知所措的說道：「也可能是喜歡她什麼都懂，又看似什麼都不懂。」

賤人對我的回答，似乎感到很滿意。於是，他很開心的帶我參觀他的鐵皮車廂，他還並不知道我跟田鼠曾誤打誤撞的進去過。他又從他隨身攜帶的破布袋裡，翻出一個橘黃色的手電筒，車廂裡被照亮後，居然沒一處空當，不僅塞滿了廢銅爛鐵，而且還堆積了很多「異味尋常」的破爛東西。

在一扇唯一能夠通風的鐵窗旁邊，有一個紅木小櫃，目測還沒不到一公尺高，頂上放了一把黑色的男士雨傘，款式並不像小城裡會有的東西。紅木櫃下面有兩個抽屜，一個抽屜用一把生鏽的鐵鎖鎖住了，另一個抽屜則半開著。車廂裡的味道還是那麼的難聞，我不禁捂住鼻子，眼角餘光中看見他整張臉都陰沉著，接著沒來由的問：「陸晗冬，妳見過爆米花嗎？」

「啊？」我胸中無數的把目光投向他。

「妳不覺得妳臉上的那塊疤像一粒沒炸開的爆米花嗎？」他很認真的說。

那日我不僅沒有往常那麼懼怕他，而且也聽不出他言語間有絲毫嘲諷的意思。但對他這種沒頭沒腦的問話，也不知該接應什麼，我們就都不再說話了。只見他慢悠悠的走到紅木櫃那裡，在半開著的抽屜裡，取出了一張破舊泛黃的老照片。他一隻手顫顫巍巍的拿著照片，另一隻手不斷撫摸著胸前的玉墜，自言自語：「我從來都沒有見過她，只知道她愛吃我阿公在爐子上烤的爆米花！」

「哦……」我拖著長音，小心翼翼的說。

剎那間，他卻淚如雨下，我又開始害怕，像初見他時一樣害怕，很慌亂的看著他，心裡想盡無數種辦法，急於走出這破舊的密閉車廂。就在我還沒有頭緒時，他又從褲兜裡掏出了一把小拇指大小的鑰匙，從那個紅木櫃上了鎖的抽屜裡又翻出另一張照片，比起之前那一張，保存得更加完好，像是新的一樣。

「陸晗冬，妳最好安靜地坐在這裡聽我講話！」他命令的語氣，突然間像變了一個人似的。

他繼而逼著我坐在那堆他從寺廟搬運回來的生鏽的鋼管上，那裡散發出一股濃重的酸臭味，像極了那天我跟田鼠藏匿過的地方，為此我很掙扎，總是會不自覺的挪動著屁股。

賤人看上去很生氣，他總是喜歡用這般脅迫的語氣同我講話，而我也總會因此而習慣性的驚慌。這次，他粗暴的行為讓我始料未及，於是我低頭不語，一隻手按壓著屁股底下的鋼管，另一隻手不知所措的在臉頰上撫摸，食指在疤痕的四周旋轉，順時針一圈，再逆時針一圈，如此循環。

我想也許是田鼠在墳地結婚的事情刺激了他的原因，他居然指著那張老照片微微而笑，然後說照片上的女人是他阿娘，又指著另外一張嶄新的照片眉頭緊蹙，說上面的小男孩是他弟弟，比他小七歲叫尉遲宇。

接著，他變得有些語無倫次，言語也更加誇張，不但表情豐富，且姿態異常，並在鐵皮車廂裡瘋狂的叫喊著：「是我殺了尉遲宇！真的是我殺死了他！」他一邊嘶吼，一邊硬是把胸前那塊玉墜遞給我看，且放在離我眼睛很近的地方，我不敢眨眼，生怕睫毛觸碰到它。

「妳看！他弄壞了我的玉墜，它是她留給我唯一的東西。」賤人聲情並茂的說。

我猜他所指的她，一定是他的阿娘。仔細觀察，那個淡綠色的玉墜上，的確有一條明顯的裂縫，我頻頻點頭，表示自己看見了。這一切都是賤人自己說的，而且是在跟我講了田鼠離奇的婚禮之後，我無法證實他所言的真實性，以及尉遲宇這個人是否真實的存在過，權當是在聽笑話。加之他常年徘徊在寺廟和鐵皮車廂，脾性有點怪異，我很難估測若不順著他，他又會對我做些什麼。

08 如此：

我認定是因為田鼠「母親」的事波及到他的情緒，那天賤人才會跟我提起他的阿娘，在這之前我以為他跟我一樣都是沒有母親的人，畢竟在這小城裡，不是誰都像田鼠那般幸運，居然能有「兩個」阿娘！而關於田鼠的「母親」，在賤人跟我講了他的阿娘過後，他再也沒跟我提過。我也有很長一段時間都沒有機會見到田鼠，也不確定自己是否還想再見到他。

記得賤人入獄後不久，我和田鼠第一次去看守所探望他時，他像是已感覺到自己時日不多，於是強行把陪伴了他多年，對他來說很珍貴的那塊玉墜給了田鼠，田鼠又很不情願的把它轉贈給我，它便成了賤人留給我唯一的東西。

因為一罐無處安放的「灰」，田鼠與我冷戰了許久，我們都已習以為常，也記不得這是第幾次。內心的壓抑和憤怒，促使我一直沒有理會那個還浸泡在魚缸裡的手機，直到兩條金魚因此而喪命，我才把它從魚缸裡撈出來，瞬間竄出一股刺鼻的腥味。

手機四周的邊緣已長滿了青苔，顯然已經修不好了，田鼠居然猜到了這一切，於是郵寄了一個新的手機給我。這次我沒有再疑神疑鬼的猜想這個手機是哪個女孩出錢買的，尤其是在看了那篇〈瘋狂的女人〉過後，就再無其他心思將田鼠和任何一個女人聯繫在一起。

「陸晗冬，我看見街邊有賣爆米花，想著妳可能很久沒吃了，就自作主張買了兩袋……」田鼠慢條斯理的說，語氣如臨深淵。

「田嘉輝，你是在提醒我理應去拿走那罐灰嗎？你放心，我會的！」我意識到自己的語態很惡劣，甚至還波及了賤人，卻並不覺得那只是兩袋單純的爆米花。

我在收到手機後幾十分鐘，就接到田鼠的電話，我認定他是有意討好我而這麼做，可是我並不認為這是很好的主意，繼而還沒等他說完，就已經出言不遜的打斷了他。

緊接著，這支手機也被我丟進了魚缸裡，裡面還有那兩隻沒有被打撈出來的死魚。它被我狠狠地砸進魚缸的時候，魚缸裡的臭水發出「咕咚」一聲悶響，部分水漬還濺到我的臉上，其中一隻金魚的屍體被砸出魚缸外，側身躺在魚缸旁的菸灰缸裡，另一隻則在水中隨著水流的波動而左右搖晃，只能看到牠還沒有完全腐爛的白色肚皮。

我沒敢告訴田鼠牠們死了，而且是用手機砸死的，死後我還用他新買給我的手機，去玷汙牠們的屍體。就田鼠的性情，他若知道了一定會認為我在藉此侮辱他，或是強行把我帶去心理健康中心。牠們是田鼠送給我的，我餵養了牠們很多年，畢竟飼養牠們很簡單也無須多少成本，是我能力範圍之內的事情。

在沒發生這件事之前，我一定會跟田鼠說：「我和牠們之間是有感情的。」而今我若再說，只會顯得自己更加卑劣。即便是跟幾條金魚有感情，也一定是愛屋及烏。

田鼠之所以買了這兩條金魚，是得知我因小甘栗的死而很難過的關係，他送給我的時候，還刻意文縐縐地跟我拽了一番：「陸晗冬，或許妳應該像牠們一樣，若想以後快活，有些事就不必記得太久。」

我實在很難瞭解金魚的世界或是金魚和快活之間的關係，但是關於一些事，我本可以早早忘了，而田鼠卻一直在無情的提醒我，比如他有意而為之的提及那「可惡」的爆米花。我的確很久沒有吃過，主要是因為牙齒不好，而並非其他原因。可是，田鼠突然在這個時候提起它，只會讓我浮想聯翩，甚至讓我念起賤人。

在田鼠和甜瓜剛剛成親的那段時間，我因為那場葬禮而「被中邪」，然後無處可去，便常常去半山腰的鐵皮車廂找賤人，順便打聽有關田鼠的事情。賤人把鐵皮車廂收拾得很乾淨，整個下午我都坐在外面一塊長滿了苔蘚的石頭上，看他進進出出的搬運「垃圾」，見他大汗淋漓卻樂不思蜀的樣子，不僅不解而且厭煩。他卻像是把我看透了，先是用犀利的眼神掃視我，而後從褲兜裡掏出一個雞蛋大小的皺皺巴巴的紙團，我用食指捅了下，感覺裡面像是有東西，就下意識地把手指收了回去。

「陸晗冬，妳要吃爆米花嗎？」賤人聲線僵硬的問我。

我呆楞在原地，摸了摸臉頰上的那塊疤，然後妄自菲薄的搖了搖頭。他卻不以為然的把紙團打開，裡面包裹了很多粒還沒有完全炸開的爆米花，然後執意塞進我嘴裡一粒，我感覺咯吱咯吱的有點硌牙，雖然咀嚼有些勉強，但是口有餘香。

「很好吃，不是嗎？」賤人友好的看著我。

我突然有點害怕，又不知所措的點了點頭。那些爆米花由於過硬，迫使我咀嚼了很久，不僅下顎痠疼，而且由於無處可去不得已在小城裡四處奔走，繼而渾身乏力。我看見鐵皮車廂門前的一角有一張「泡沫床」，不僅厚實而且夠長，未經他的允許就擅自坐了上去，而且遠比我想像的還要自如。

「這裡是妳睡的，那裡是我睡的！」賤人突然瞪大了眼睛，並指著鐵皮車廂裡一公尺以外的那塊鋼板說。

我半睜著眼睛躺在泡沫床上，看見賤人那雙睥睨的眼睛注視我說這樣的話，不禁渾身都驚顫。我認定他一定在爆米花裡放了什麼，否則我絕不會在他的地盤，不知不覺就睡到天黑。我從未嘗試過隻身一人在天黑時下山，僅僅是在夜裡想到山頂的那塊墳地就已經毛孔悚然，況且是近在咫尺的地方。我本能反射般坐起，然後紋絲不動的看著他，心想大概次日整個小城的人都會知道我在鐵皮車廂裡與賤人孤男寡女的共處了一個晚上，當然也包括田鼠。

賤人的那塊鋼板看上去不僅很厚重，而且它在地上顯得很冰冷。仔細觀察後，發現鋼板下面居然還有半條海綿，像是寺廟裡曾祭祀用的拜墊，露出的邊緣有點泛黃，還沾染了些許鐵鏽。我正專注的看著，只見他從地上的雜貨堆裡抽出一把尺，像是老田曾經抽打田鼠的那一把，上面的刻度已模糊不清。

「一共一百六十二公分。」他將尺的一頭頂在鋼板的邊緣上，一點一點的靠近我的泡沫床測量，直到蹲在我腳下，仰頭看著我說。

「哦。」我心不在焉地應了下。

接著，他起身回到自己的鋼板床上倒頭就睡，也許是整日搬運「垃圾」過於勞累，很快就酣睡如泥。我看著熟睡的賤人，然後難以控制的想像著田鼠此時抱著甜瓜睡覺的樣子，一隻手無助又憤怒的摸著臉頰上的疤，另一隻手躁動不安的抓住自己乾枯的短髮。

「我認識小花兒。」突然，賤人半睡半醒著說。

「什麼？」我的眼前瞬間一片漆黑。

「陸晗冬，我認識小花兒。」賤人猛然起身坐起。

在靜謐的鐵皮車廂裡，我聽得真真切切，並猜測一定是田鼠告訴他的，於是在那一刻我恨極了田鼠。我想起田鼠因為黃曉西而被老田暴打後，曾生無可戀的對我說的話：「陸晗冬，書上說所謂的仇恨，就是甘願用自己一輩子的不幸去交換別人一生的痛苦。」此時，田鼠的話像是魔鬼一樣吞噬著我的心靈，我不僅再也不想見到他，而且做了一個最壞的決定。

「我想住在這裡。」我鼓起勇氣對賤人說。

「陸晗冬，既然進來了就別想著再出去，我知道妳無處可去，妳理應住在這裡。我會替妳報復她，我保證再也沒人敢欺負妳。」賤人傲慢不遜的說，讓我產生一種被軟禁了的錯覺，而我猜他一定是寂寥已久，需要一個可以欺凌的玩伴。

夜裡，我聽到車廂發出輕微的鐵皮與鐵皮之間的碰撞聲，由於山上過於安靜，以至於那點微不足道的聲音都會讓我毛孔悚然。儘管背對著賤人，我仍能感覺到在我躺下不久，他就悄無聲息的出去了，對一個被嚇破膽的人來說，一個人在鐵皮車廂裡遠比兩個人一起還要恐怖。

次日天剛濛濛亮，我就飢腸轆轆的沿著泥巴路往山下走，希望半山腰的果樹還能有野果充飢。

大概走了半個鐘頭，看見賤人正用力的拖拽著一個陌生女子迎面而來，我不知所措的楞在原地。儘管已臨近，根本看不清那女子的面貌，只見她滿臉血跡斑斑，滿頭的長髮散亂著遮住了大半張臉頰。

「說，妳是罪人！」賤人大聲對她呵斥，並用力推了她一把，她一條腿半跪在地上，看上去有點體力不支，風吹過她凌亂的長髮，肆意在頭顱上方飛舞，沒一會兒就癱坐在地上。

賤人並沒有因此而放過她，而是大步流星的上前抓住她的長髮，用力的向後拉拽。我看見她的血液沾在賤人粗皮黝黑的手掌上，接著順著他的小臂往下流，最後滴答滴答的落在地上。看得我突然心悸，然後渾身顫慄，且嘔吐不止，最後四肢發麻，一度張不開嘴巴，喉嚨很用力也說不出話。

「我是罪人！」她突然抬起頭說。

那一刻，我認出了她就是小花兒，可是我卻無法開口講話。賤人卻肆意的大笑，感覺整座山都震盪著他的回聲，然後指著她謾罵，我開始後悔自己的輕率，並唾棄賤人自以為是的囂張。為此，我連做了幾個月的噩夢。

之後，我大多時間都是獨自在鐵皮車廂裡，這期間從沒有人來找過我。只有在天亮著的時候才能偶爾看到賤人，他除了給我送些吃的，就是坐在屬於他的鋼板床上看我，漸漸地覺得自己果真如賤人所說，理應如此的住在了這裡。只是不久後，就發覺自己的身體正在消瘦，而且五臟六腑也隱隱作痛，就連皮膚的表皮也開始局部脫落，我難以控制的發出疼痛難耐的呻吟聲。

我總是會在身體感覺最難以忍受的時候念叨田鼠，賤人則不以為然。他會捧著他母親的照片，一邊陶醉的看著，一邊一個勁地跟我講他母親，也只有在說起他母親時，他的口齒才格外伶俐，就連吐字都清晰很多。而後，又像是發現了什麼端倪似的望著我，用一種難以置信的語態對我說：「陸晗冬，貪念太多的女人都會死得很慘！」

而我對他所描述的一切細節都全然不記得，因為他的那句話，不僅讓我自愧不如，而且會讓我誤以為我已經離死不遠了，或者是我已經死了。

直到有一天，賤人帶了些夾餡的玉米餅給我，我很有食欲的吃了很多，然後開心得合不攏嘴，感覺整個身體都充滿了力量，繼而鼓足勇氣問他：「田鼠的阿娘為什麼會死？」

他身體突然抽搐了一下，接著對我瞪大了眼睛，我居然沒有畏懼，也瞪大了眼睛看著他。我們僵持了很久，直到他怒氣未消的奔我過來，拿起我還沒吃完的玉米餅，狠狠地摔在地上，他見我一直盯著地上的殘渣，於是用腳把它踩得稀巴爛。

接著，他一邊屢試不爽的用雙腳蹂躪那塊已破爛不堪的玉米餅，一邊怒髮衝冠的對我嚷嚷：

「陸晗冬，我就是要看看妳不吃東西到底會不會死！」

我以為他瘋了，內心忽然惶恐不安，一邊有氣無力的往鐵皮車廂外走，一邊習慣性的叫著田鼠的名字，然而還沒等走出去，就因為身體太虛弱而重重地摔在地上。

「即使妳死在這裡，田嘉輝也不會知道！」賤人蠻橫的說。他粗暴地抓起我的衣服，繼而從我身後直接將我懸空式拎到泡沫床上。我沒有再回應他，也沒有看他一眼，鐵皮車廂的相處，讓我深知：他是個很難捉摸清楚的人，時而溫情，時而暴躁。

「漂亮的女人從來都不想死！」在他轉身離開前，還不忘用手指指著我臉上的那塊疤，諷刺的對我說。

我意識到，在賤人的潛意識裡，若得罪他就連死的資格都沒有。我不僅不像一個女人，而且也不漂亮，所以我還不能死，我理解為這正是他的言外之意，還不禁讓我連連作嘔。我努力爬起來，而後轉身看向他，他婆娑的背影像個老頭，我不解為什麼他會這麼輕易的放過我，以他的脾性他一定會用蠻力將我從鐵皮車廂扔到山腳下。

這天過後，我覺得自己似乎也沒有那麼畏懼他，他也再沒有當著我的面說過他母親，也再沒有翻看過他母親的照片，就連那個放著照片的紅木抽屜也沒再鎖著，那把生鏽了的鐵鎖也不知哪裡去了，抽屜每天都是半開著。

出於好奇，我時常趁他出門時，把整個抽屜都拉出來看，發現裡面放了一把鐵皮車廂的鑰匙和一個暗黃色的信封，鑰匙上鏽跡斑斑，信封倒是嶄新得很！那把生鏽了的鑰匙，我曾在無聊時擺弄了幾次，每次從拿起到放回原處都很小心翼翼。至於那個信封我一直都沒敢打開來看過，生怕不小心被賤人發現，因而也不知道裡面到底有沒有東西。若有，裡面的東西又會是什麼，我能想到的就是那張他母親的照片。

我覺得自己已經習慣了這樣的生活，以及跟賤人井水不犯河水的相處模式。可是突然間，賤人居然把田鼠帶來了。我有近半年的時間都沒有見過他，我站在半山腰，遠遠的看著他們一同從山下上來，既熟悉又陌生，賤人走在田鼠的左邊，單手勾住他的臂膀，甜瓜走在田鼠的右邊，左手緊緊的環繞在他的腰間。

「陸晗冬，是妳嗎？整個小城的人都說妳中了邪，原來妳還活著！」田鼠厚顏無恥的對我說，試圖用輕鬆的方式打破僵局，可是這樣的話從田鼠嘴裡說出來，一點也不覺得好笑。

我需要一個跟他獨處的機會，迫不及待的告訴他，在這半年的時間裡，賤人是如何對待我，從很不情願的被迫在此，到如今覺得理所應當，都是拜他所賜，可是田鼠卻一直在擺弄著甜瓜的那條馬尾辮子。

這期間，田鼠不值一笑的看了我一眼，接著就一直目光溫柔的看著甜瓜，眼神再也沒有落在我的身上。他的笑容顯得格外冷漠，當然只是對我，瞬間令我掩口失聲，就在甜瓜髮梢搖擺的瞬間，我似乎聞到了玉米的味道。繼而，聽著甜瓜開口跟賤人炫耀：「田嘉輝把家裡的玉米地弄得很好。」

因而我知道，田鼠帶甜瓜過來，似乎只是為了告訴我，甜瓜家的那片玉米地不僅讓他們生活的很好，而且也因為美好的生活全然將我忘記。我側過身子，自覺的一點點後退，感覺腦子裡被甜瓜塞滿了玉米，漸漸地開始討厭她。儘管我們一共只見過兩次，但是兩次都離不開那該死的玉米。

就在我望著田鼠的背影發呆時，賤人突然神不知鬼不覺的來到了我旁邊，然後擺出一副玩世不恭的樣子，左腿把胯骨往上頂的高高的，右腿半彎曲著腳尖點地，並且一抖一抖的對我說：「陸晗冬，玉米是好東西，我們連續吃了幾個月都沒有膩，甜瓜可以把玉米做出不同的味道，煮熟了直接吃，也可以做玉米粥，或者是玉米饅頭，就連妳吃的玉米餅都是甜瓜做的。」

眼尾餘光中，見田鼠始終目不轉睛的看著甜瓜，然後抿嘴而笑，一顆豌豆大小的酒窩在臉頰上若隱若現，與其說是眉目傳情，還不如說是在向甜瓜暗示什麼。事實上，我和賤人連手指都沒有碰過，而我在田鼠的眼裡，卻總能看到些許別的什麼。

當時並我不理解賤人為何要跟我說這些，但是當田鼠牽著甜瓜下山的那一刻我突然

09 死亡定義：

後知後覺，原來田鼠一直知道我在這裡。只見他的右手和甜瓜的左手緊緊的十指相扣著，腳步匆匆且始終沒有回頭，昔日的記憶在我腦海中閃過，我佇立在原地許久，也不敢相信這一切都是真的。

那一刻我發誓：「寧願餓死，也不會接受甜瓜的施捨，而且再也不會吃玉米。」因為玉米讓我反胃的同時，也會讓我想起甜瓜。

然而流年易逝，甜瓜的「長命無絕衰」已成泡影，誓言跟謊言也難辨難非。關於曾經，我從沒有解釋過，因為隨著田鼠的私生活愈發的氾濫，我發現連張嘴都是多餘的。那種難以形容又無地自容的感覺，就如同田鼠含沙射影的對我說：「我看見街邊有賣爆米花，想著妳可能很久沒吃了，就自作主張買了兩袋……」

「妳一個女人，躲在這裡做什麼？」一個男人火冒三丈的衝我大喊。

晨光熹微，我因為想起出租房附近有一家手機維修店，於是就迫切的出門了。房門關上的瞬間，我才意識到自己只帶了一個密封袋，不僅沒有拿房門鑰匙，而且還身無分文。密封袋裡裝了兩支被浴缸的臭水浸壞了的手機，而且滿手都是洗不掉的魚腥味。密封袋底部還有點餘水，不確定是否是從手機裡滲出來的，因為在放手機之前，我還用這個密封袋裝過那兩隻金魚的屍體。

維修店的燈牌還亮著，霓虹燈是漸變色的，一會兒紅色，一會兒又綠色。我在店門口坐下，想等著維修店天亮開門時，第一時間就可以把它們修好。直到感覺腿腳發麻，站起來活動時，不自覺的透過玻璃窗往店裡面觀望，看見裡面有人正在上廁所，他迷迷糊糊的看見我把整張臉都貼在玻璃上，被嚇得變貌失色。接著，他從裡面慌忙的跑出來並迅速的打開店門衝我大喊後，面若死灰的看著疲倦的我，先是吃驚的說不出話，然後昂昂不動，最後也懶得多看我一眼。

「我絕對不是為了偷窺你上廁所，況且我什麼也沒看到。我看你驚嚇過度，應該不會再睡了，不如起來修手機吧？」我厚著臉皮對他說，與此同時還不忘把密封袋舉起來給他看。

「修不好了。」他睚眥必報的說，並準備把門關上。

見狀，我趕緊上前用一隻腳卡在門縫處，和顏悅色的提議：「你肯定不相信，這支手機是新的，我只用了幾分鐘而已，那支舊的也只用了半年，隨便修好哪支，我都把另外一支送給你。」

對待這樣「無理」的提議，他居然一口答應了。然後裝作很嫌棄的從我手中接過那個密封袋，我想他心裡一定樂開了花。

「一個黑色的按鍵式諾基亞，看看……老得可憐，外殼多處都已掉漆，搖晃時還能聽見後殼蓋裡稀稀拉拉的發出響聲……」他自言自語。

我看著他，也只是空有嘴形，卻不說出話來。只見他又迅速把店門關上，生怕我反悔似，與此同時還衝我翻白眼。我正準備轉身離開，他又忽然打開門，強行塞給我一個橢圓形的銀灰色諾基亞，看上去像古董，繼而又陰陽怪氣的說：「那兩支都修不好了，這支妳拿去用吧！」

對此，我竟無力反駁！我想田鼠若知道，一定會罵他是惡貫滿盈的大盜，罵我是一文不值的禍根子。我有些神不守舍，甚至感覺自己有點飄飄欲仙，然後走著走著便聽見有人正語氣生硬的叫喊我的名字。我環顧四周，居然在身後看見了瑪奇朵，他看起來心急火燎，我驚愕片刻後想起來，在紅房子登記資料時，田鼠不僅留了出租房的座機號碼，而且還留了這個出租房的地址。他看上去不僅焦急而且目光凌厲，儼然是以一個醫生的姿態審視我，見我沒有過激反應，才氣喘吁吁的開口說話：「陸晗冬，田嘉輝自殺未遂，現在還在醫院裡……」

我一如往常的平靜，覺得這一定又是田鼠被哪個女人戲弄或者拋棄後自導自演的苦肉計。以往他就時常用這樣的方式來博取同情，比如喝過量的蘇打水後反胃酸吐白沫，卻硬說自己是因為傷心過度而飲盡一瓶農藥，或者是喝過量的血腥瑪麗雞尾酒，嘔吐後乍一看還以為是酒精刺激導致的胃出血……

瑪奇朵看到我極不耐煩的表情便戛然而止，我知道他接下來要說什麼，可是他卻沒再說什麼。他驚訝的看著我，眉頭緊鎖卻閉口翹舌，他的表情是那麼生動的在告訴我：「陸晗冬是一個多麼冷漠的人！」

「田鼠是在病房還是太平間？」我問。

「陸晗冬，妳到底有沒有聽我說什麼？我再重複一次給妳聽，田嘉輝自殺未遂！」瑪奇朵一字一頓的說，而且聲音高亢，我的問話徹底激怒了他。

看著瑪奇朵憤怒的樣子，我居然歡欣雀躍。那一刻，我覺得自己在他眼裡是一個多麼正常的人！我們不僅自動解除了醫生和病人的關係，而且他也不必再對我克制任何不滿的情緒。

我跟隨瑪奇朵到醫院時天已亮，田鼠隻身躺在病床上，臉色煞白甚至有些反光，也許是剛被洗過胃的緣故，有氣無力的衝我傻笑，像一個無助的小孩。瑪奇朵輕聲的對我說：「陸晗冬，其實田嘉輝一直都在想辦法，希望能為尉遲賤申請上訴的機會，在偌大的土地上總會有他的一席之地。」

對於一個已歸天的人而言，何來「一席之地」？上訴的最終目的又是什麼？賤人生前從不曾對自己辯解過，如同默認了一樣，他按部就班的接受了這一切，況且他終於解脫了，再也不必因為自己誤殺了尉遲宇而難過。我只差那麼一點，就把這些壓在心裡的反駁，如洩憤一般拋給瑪奇朵，也間接的說給田鼠聽。然而，我的心思卻不在此，只是一直盯著田鼠床邊的那個四腳方桌以及它上面的一束鮮花，而且露水還在上面。因此，我確定在我來這之前，一定還有別人來過。

瑪奇朵讓我到田鼠的床邊坐下，可是僅僅看上去，就覺得眼前這張白色的床鋪很冷。田鼠更像是在講冷笑話一樣告訴我：「陸晗冬，我的確是吃了很多顆安眠藥，具體吃了多少自己也不清楚，我絕對不是想自殺，只是失眠睡不著。我按說明書上寫的用量，先吃了一顆，過了半個小時沒作用，後又吃了兩顆，就這樣一直循環，後來一共吃了多少我自己也不記得了……」

田鼠講話的同時，他床邊的那束鮮花，居然散發出一股妖豔的香氣，這不僅讓我厭惡，同時讓我產生突如其來的忐忑。打從進門起我就沒有對田鼠說過一句話，甚至也沒有問是誰發現他吃了那麼多安眠藥。能夠確定的是：田鼠還能活著同我講話，間接的說明當時房間裡一定還有其他人。

我看著田鼠虛弱的樣子，實在不忍心再看下去，正準備離開時，卻聽見田鼠跟瑪奇朵嘮叨說：「不知道還要忍受多久才可以回家，實在不想在醫院裡躺著，感覺自己隨時要死了似的，也聽不得隔壁床的大叔不定時發出的呻吟聲，還有走廊裡時不時就會傳來要死不活的叫喊……」

「陸晗冬，妳這樣的態度是來看病人嗎？」田鼠見我依舊沒有說話，忽然使盡全身力氣衝我嚷嚷。

我很難過田鼠用這樣的方式和口氣同我講話，於是不假思索的回敬他：「田嘉輝，你交往了那麼多女人，卻沒有一個能來看你！我來看你是因為想藉此告訴你，我也是女人而且除了我沒有人會來這裡看你。」

我發洩過後，走到病房門口，準備關上房門出去，本想去醫院旁的粥店幫他買一碗白粥，卻聽見田鼠很用力的把床頭那束鮮花摔在地上的聲音。我不禁停了下來，突然間有點心疼，不是心疼田鼠，而是心疼那束美麗的鮮花，我彷彿聽見了花瓣墜落時花心被摔碎的聲音。

我不相信田鼠只是誤食了過量的安眠藥，他從不失眠且睡眠品質向來很好。我雖然從未跟他同床共枕過，但是他交往過的女孩中，絕大多數都喜歡用這種含蓄且具宣示主權的方式告誡說：「陸晗冬，每次我躺在田嘉輝的胳膊上還不到一分鐘，就能聽見他的呼嚕聲，可見我在他身邊是多麼的踏實。」

因此，我即使口是心非，也能夠理解田鼠在病床上那一刻的感受。曾經我也體會過，尤其是在嘗試死亡失敗後，我想我們大多數人都會在主觀上失去再次找死的勇氣，至少我是這樣的。

如果不是田鼠「自殺未遂」，我幾乎已經忘記自己曾經懼怕賤人的程度，他與我之間的距離就等同於我與死神之間的距離。有那麼一段時間，我都是一個人在鐵皮車廂裡呆坐著，外面一點風也沒有，難得會有人經過，他們腳步很輕盈，我不禁有些失望。寺廟裡的佛像被運走後，那裡的佛堂就很少有人往來，大多人都是到山頂那塊墓地去祭祀。也許是山路攀爬了太久的關係，我從腳步聲就能判斷出他們上來時是有氣無力的，下去時是沉靜又唏噓的。由於山上人煙稀少，我已經能準確無誤的辨別出賤人的腳步聲，可能是提著東西的原因，他的腳步聲是「沙沙的」，頻率是：嗒、嗒嗒嗒、嗒、嗒嗒……

每當此時，我都會緊張的躺在自己的泡沫床上裝睡，而且一定要背對著他。也許是擔心我病死在他的鐵皮車廂裡，所以總能感覺到他在我身後假惺惺的觀察我，在確認我只是在睡覺後，他才會把從外面帶回來的食物輕輕的放在泡沫床旁邊，不管他多麼小心翼翼，我都能聽到袋子落地時發出的「嘩啦啦」聲，然後期盼他快點出去。

久而久之，我會對他有所期待，有時也會因為長時間聽不到他的腳步聲而有所失望，無論是哪一種，原因都只有一個，那便是：我飢腸轆轆太想吃東西了。我會趁著他出去時，第一時間去觸碰泡沫床邊的塑膠袋，然後大飽口福。由於他每次回來我都在裝睡，所以他已經有很長一段時間都沒有看到我正面的臉龐，若是他看到我日漸圓潤的臉，大概就不會拿那麼好的伙食供應我了。

關於這些食物，比如他在哪裡弄來的，他給了我是否是真心的，他自己和我吃的是不是一樣的……我都不確定。唯獨能肯定一點，即便背對著他我也知道，他把這些美味「施捨」給我時，定沉著臉、嚴肅且趾高氣昂。這樣日復一日的重複到我已忘記了時間，自從上一次在這裡見過田鼠和甜瓜後，我們就沒再見過，我也沒有再離開過賤人的鐵皮車廂，更沒有主動的念起過田鼠，沒有怨言也沒有想念！

可是突然有一天，賤人在回來的路上格外開心，遠遠的就聽見他伴隨著笑聲自言自語，而且他比往常任何時候回來的都要早，我正站在鐵皮車廂外望風被他撞見，於是他小跑著過來，並把手藏在身後，抑制不住內心的喜悅而聲音洪亮的叫喚著我：「陸晗冬，看我給妳帶了什麼！」

「好吃的吧！」我很配合的說。

「不是的啊，是一樣絕好的東西，女人們都喜歡！」言語間他激動得手舞足蹈。

就在他情緒盎然的瞬間，我看見一塊女人用來裹頭一樣的破布從他身後掉在地上，又或是一塊抹布，他連忙彎腰撿起來，眼看藏不住了便開始自圓其說：「妳看，是條裙子，妳好久沒有下山，現在小城裡的女人都這麼穿。」

我很難把眼前那塊破布跟裙子聯繫在一起，我記憶中的裙子是小花兒的母親藏在衣櫃裡那樣的：花色的布料，表面亮晶晶的，而且邊角自然下垂。賤人把那塊紅布展開後，它卻是皺皺巴巴的，不僅很破舊而且邊緣處還有點打結，上面倒是零星的印了些白色的小碎花。可惜一部分還在水洗時被染上了雜色，腰間有兩條像麻花似的尼龍繩帶子，裙子上一朵大白花格外顯眼，如果它是黑色的，則更像是喪服。

賤人很陶醉的看著這條大紅裙子，然後每看一會兒，就會抬頭看看我，目不轉睛的盯著我身上的泥巴色衣服，從內到外都是泥巴色，已然穿了很久，不僅單薄而且袖口被摩擦得都是毛邊。即便如此，那條裙子也沒能讓我為之蠢蠢欲動，而且內心所有的不悅全然呈現在臉上，賤人看見後，他的興致立刻煙消雲散，接著坐在自己的鋼板床上悶悶不樂，繼而自言自語：「為了拿這件裙子，田嘉輝和我爬了兩座圍牆……」

賤人故意這麼說，他以為帶上田鼠一起，我就會欣然接受它，可是他並不知道我和田鼠的祕密。我曾對田鼠發誓：再也不會穿裙子，它只會讓我想起臉上的疤。因此，我相信田鼠絕不會跟他一起那麼做，可是我並不想激怒他，於是敷衍著說：「已經秋天了。」

他立刻站起來，把裙子放在泡沫床上，一直在抿嘴笑。不經意間，我看見到他的大腳趾衝破了鞋頭，半個指甲都裸露在外，被鞋頭擠壓得有點瘀血，腳趾圓圓的紅通通的，像山上的野櫻桃，令我忍不住想笑。

「你還偷了什麼？」繼而，我有點得意忘形的問他。

「沒什麼，都在妳肚子裡了。」賤人突然又陰沉著臉，看上去很生氣。

我不解他的反覆無常，於是沉默了許久，我一直覺得賤人生氣時，選擇閉嘴是最明智的選擇。可是這次，他卻忽然面目猙獰，憤然的指著我訓斥：「陸晗冬，一定要說偷嗎？妳已經一年沒有下山了，看看自己頹廢的樣子吧！如果妳那麼在意，就把之前吃的東西都吐出來好了！」

接著，我難以置信的看著他從鐵皮車廂的這頭走到那頭，再從那頭折回到這頭，如此重複著，看得我頭暈眼花。繼而，我聽到「咣噹」一聲，只見他一頭撞在車廂的鐵壁上，整個人都愈發的躁怒，最後很惱火的一走了之。

我坐在泡沫床上，一動也沒敢動，甚至一度屏住呼吸。直到天色漸黑，感覺自己很餓，準備開門出去時，我才發現自己居然被賤人反鎖在鐵門內。我無可奈何的呆坐在昏暗的鐵皮車廂裡，飢腸轆轆的看著頭頂的燈泡，眼睜睜的看著它斷斷續續的閃爍，電阻絲還發出吱吱的聲音。以前從不覺得夜晚有多麼的難熬，填飽了肚子也就安然的睡了，就算那時知道我所吃的東西是賤人偷來的，也能睡得心安理得。然而這一晚，卻輾轉反側，每當電阻絲吱吱作響的時候，都讓我格外的煩悶不安。

次日天色微明，我便忍不住對著鐵皮車體唯一的那扇「鐵窗」向外吶喊，然而卻只能聽見自己的回聲在山體間盤旋。窗外靜悄悄的，連微風吹動樹葉的聲音都聽得真切，渾身涼涼的都在起雞皮疙瘩。直到正午時分，我看見了一絲陽光從車廂的鐵窗投射到泡沫床上，而且還聽見半山腰有腳步聲經過，我興高采烈的走到鐵窗邊張望，然而那串腳步聲卻一閃而過，且直到夜晚窗外都是一片死寂。

我的肚子裡發出咕嚕咕嚕的聲音，在沉寂的夜裡格外難熬，即使我變換了很多種姿勢，也阻止不了它對飢餓的抗議喧囂。然後身體開始癱軟無力，一心只想睡覺，卻依舊睡不著，那一晚沒有聽到電阻絲的聲音，可能是被肚子的聲音掩蓋掉了。不記得這一夜是怎麼熬過來的，感覺昏昏沉沉且喉嚨乾澀，醒來時已是下午，從泡沫床上站起來後，盡是一種頭重腳輕的感覺，然後剛走了兩步，就癱軟著身子倒了下去。我努力了很久，才把自己疲憊不堪的身子拖到鐵窗邊，然後扶著欄杆站起來，即使聽見有人去墓地祭拜從鐵窗外經過，也發不出任何聲響，喉嚨像被海綿堵住了似的。

幾日後，我聽到了更多的腳步聲接近鐵皮車廂，貌似有很多腦袋參差不齊的往裡面張望，我一遍接一遍的重複著站起來，直到耗盡最後一點力氣，再也站不住直接重重的摔在地上，額頭著地後，瞬間眼前漆黑一片，睜開眼睛後迷迷糊糊看到了，的確有人從鐵窗外往裡面觀望，好像還不止一個，但也只是瞧了我一眼便都一窩蜂地走了。臨走時，還不忘相互交談說：「她好像就是那個中邪後被鬼神附體的瘋子。」

那是我第一次真切且近距離的聽見有人這樣稱呼我，卻沒有意外也沒有難過，彷彿自己欣然接受了。然而，我卻聽不得田鼠這樣叫我，即使是玩笑，也難以入耳，恨不得想抽他一巴掌。他們走後，我的耳朵開始嗡嗡作響，隱隱約約的聽到他們的腳步聲愈來愈遠，直到周邊寂靜一片。漸漸地，我從最開始的很餓，再從餓到沒那麼餓，然後就真的不餓了，變得意識模糊，繼而很想睡覺。

我想那應該是一種將死的感覺，當真的面對瀕臨死亡的時候，我突然心灰意冷，甚至萬念俱灰。我夢見自己穿上了賤人給我的紅布裙子，田鼠躺在我的百褶裙上，居然流了很多口水。就在那一晚，鐵皮車廂裡的燈泡徹底的壞了，沒有光亮也沒有噪音，我開始想念陪伴了我許多天的電阻絲的聲音，能聽見聲響最起碼還能證明自己是活著的。因為過於安靜，我開始嘗試著跟自己對話，在努力了很久後，我確定我失聲了，隨之我出現幻覺，彷彿在黑暗中的鐵皮車廂裡看見了甜瓜和田鼠，他們居然肆無忌憚的手挽著手在我面前叫囂。

「這應該是臨死前都要經歷的吧，我很確定自己是快要被餓死了。」我在心裡對自己說，卻依舊噤若寒蟬。

這樣的環境促使我很想死，而且這種意念在夜晚會變得愈發強烈，不知道為什麼，我居然在漆黑的夜裡看見了自己死後的樣子：隻身躺在泡沫床上，如此生動形象的看著自己的屍體，沒有腐臭，沒有害怕，也沒有不安，反而覺得那一刻很安詳，沒有哭聲，也沒有墳墓。

再睜開眼睛時，我以為自己身在傳說中的地獄，因為我又看見了賤人，一心覺得他那樣的人還不如行屍走肉，理應出現在地獄裡，也只有在那裡，我們才會相遇。我看見賤人手裡拿著一塊玉米餅在我眼前晃悠，仔細辨認後，我確定那是真的。接著，我蠻橫的把它奪過來，一個勁的往嘴裡塞，幾乎未經咀嚼就吞進了肚子裡，我很清楚那是甜瓜做的，可是在飢餓面前，曾經的誓言猶如狗屁，是那麼的微不足道。

大概是玉米餅的能量在身體裡發揮了作用，我居然很靈敏的坐了起來，只是有點口乾，賤人又遞給我一杯水，在喝之前往杯子裡看了一眼，不僅渾濁而且還有一股腥味，但是舌尖觸碰後卻感覺很清甜。從這之後，我再也沒有嫌棄過賤人所偷來的任何一樣東西，也再沒有想過和死亡相關的任何事情。這些，田鼠並不知道，我也從未打算告訴他。

我看著田鼠躺在病床上的樣子，是那麼的一言難盡，又是那麼的感同深受，使我言語枯竭。

10 我們的：甜瓜

瑪奇朵遞給我兩粒藥丸，一粒是紅色的，一粒是白色的。紅色的藥丸是橢圓形，白色的藥丸是圓形且裹了一層糖衣，我記得清楚，這兩種藥丸我在紅房子時都曾見過。我很難理解他的心境，心理醫生平時都會隨身攜帶這些，又或是他有什麼特殊的癖好，也可能他以為自己是救世主，一切就緒只欠東風……

我離開田鼠的病房後，站在醫院的門前等公共汽車，是那種你對它招手它就會隨即停下的所謂的「招手停」。瑪奇朵神神祕祕的走到我身後，隨之拍了下我的肩膀，我還來不及反應，他便當著那些與我一同等車的陌生人面前把它們遞給了我，讓我「受寵若驚」。

情急之下，我居然破天荒的叫了一輛的士，只為了盡快擺脫他。而在這之前，我從沒有想過叫的士，一心想等攢夠錢可以租一個更大更好的房子。剛坐上的士，我就想起田鼠曾告訴我說：「陸晗冬，坐的士能使人產生前所未有的優越感和滿足感，這是一種私人客製服務，妳說去哪裡就去哪裡，妳說停司機就只會為妳一個人停，只要妳有足夠多的鈔票。」於是，我有意而為之的摸了下錢兜。

我想一定是因為我對待田鼠的態度，讓瑪奇朵再次以為我是田鼠口中的瘋子，畢竟他已經多次聽到田鼠這麼叫我，或者是跟我以前的狀況聯繫在一起，就顯得我特別不正常。而他並不知道，這是從甜瓜離開我們以後，我跟田鼠之間的常態，我很希望看見田鼠，可是見過後又會心生怨念。

的士的車輪還在緩慢滾動，我就迫切的打開車門，想快點離開身後那個跟死亡掛鉤的地方。坐上車後搖下車窗，帶著田鼠所言的優越感和滿足感，用命令的口氣對瑪奇朵說：「不要再陰魂不散的跟著我！」

然而，瑪奇朵並不以為然。反而將雙手撐在的士的車身上，用一副盜亦有道的姿態跟我理論，跟在紅房子時對病人說話的態度一模一樣，就差穿上那一身象徵性的白大褂，一本正經的說：「陸晗冬，醫院本就是個生死訣別的地方，我知道因為田嘉輝，才讓妳情緒低落。可是妳不能縱容自己主觀上的壞情緒，搞砸了所有可以往好的方向發展的事情。妳曾是我的病人，我記得妳離開的時候，跟妳說過，妳覺得可以，就一定可以，所以妳必須學著控制自己的情緒。」

的士司機是個中年女人，梳了兩條麻花辮子，看上去很憨厚，瑪奇朵鄭重其事的跟我講話時，她像定海神針似的一動不動，雙手扶著方向盤，一臉無辜的對著瑪奇朵憨笑。然而，當瑪奇朵說完這番話後，我則透過後視鏡看到了她陰鬱的表情，她一定覺得我是一個精神失常的人，我僅有的那點優越感瞬間就蕩然無存。

「怎麼稱呼妳？」我故作鎮定的問她。

「黃姐。」她付之一笑的說。

我再次把手伸進褲兜，又再次確認隨身攜帶的鈔票，貌似動作有點猥瑣，卻故意理直氣壯的說：「黃姐，沿著這條路開，先離開這裡再說。」

汽車駛動後不久，我聽到一串很刺耳的聲音，響了很久才意識到是自己的電話，鈴聲來自那支橢圓形銀色的諾基亞。這還是它到手以來的第一通電話，也許是過於老舊的關係，聲音參雜了各種老式電器的混響，更像是旱菸抽多了的烏鴉嗓子。

我很躁怒的接起電話：「你找誰？」

「晗冬，妳的脾氣還是這麼差。」電話接通後，他哭笑不得的說。

「是白添？」我有些尷尬。儘管很確定是他無誤，可還是忍不住想再確認一下。

除了白添沒有人會這麼叫我，我不喜歡這個直接去掉姓氏後的稱呼，尤其是在冬天的時候，會讓我瞬間感覺很冷。曾經不止一次的跟他說過，可是他沒過幾天就又忘了，又或是給自己的健忘找了很多理由，其中最荒唐的是他一本正經的對我說：「晗冬（寒冬）符合妳冰冷的氣質。」

因此，就在接到他久違的電話的那一刻，尤其是他突如其來對我的稱呼，我感覺自己的唾液都已結冰，舌頭像是被唾液凍住了一樣，僵硬得說不出話來。

白添是甜瓜的律師，我很容易就能記得他的名字，尤其是在白天的時候，想忘記都很難。卻不記得多年前我是怎麼稱呼他，是直截了當的叫他的名字，還是客套的叫他白律師。但我卻記得那一筆足夠支付我三年房租的律師費是田鼠付給他的，然而關於甜瓜的一切，他卻執意只聯繫我一個人。在我的印象中，一次白添把甜瓜的調查報告分析給我聽，過程中我們產生了爭執，他就曾一語驚人的對我呵斥：「陸晗冬，妳是我見過脾氣最差的人。」在這之前，我一直覺得自己的脾氣很好，可從那之後，我的壞脾氣就一發不可收拾。

白添依舊秉承律師一貫的作風，言語簡潔且直擊要害，電話裡的大概意思是：甜瓜的案子終於結案了，確定她是自殺無疑。

「好的，謝謝。」我說。

儘管如此真摯的回答，卻總覺得自己很是油腔滑調，可是在悲痛又被喚起的同時，我只能這麼說。我又突然很慶幸，還好當時沒有在田鼠的病房裡，否則我會一氣之下把他殺了，瑪奇朵會成為第一目擊證人，也許我還會為了洩憤把他也殺了。

自從甜瓜離開後，我的脾氣就變得很暴躁，尤其是對田鼠，自然也因此弄壞了很多手機。我早就沒有了白添的電話號碼，也不知道他之前是否有嘗試著聯繫過我，但我還是一下子就聽出了他的聲音。其實，是否結案對我們來說早就沒有任何意義，我們心裡都清楚，只是不願意去相信，這樣才能讓我們內心好過一些。至少，田鼠不會再活在我對他無盡指責的陰影裡，我也不會再做任何跟死亡相關的噩夢。

突然，隨著「砰」的一聲巨響，手機從我手中脫落，重重的摔在的士的擋風玻璃上，方向盤的安全氣囊也隨之彈出，我被安全帶緊緊的固定在自己的位置上動彈不得。我看見了血，正順著黃姐其中一條已散亂的麻花辮子滴下，一直滲到她頸後的皮膚上。眼前的場景很嚇人，汽車是接近三十度傾斜著，我從高處的側面看著她，像是在黑夜裡奄奄一息著喊冤的長髮鬼。我在夢裡時常看見它，尤其是在甜瓜剛剛離開的那段時間，它披散著頭髮，只露出三分之一的側臉，腹腔與胸腔產生共鳴，發出淒慘的哀怨聲。

我正嘗試著解開安全帶，想盡快離開這輛陰森恐怖的的士，隨即聽見旁處傳來黃姐虛弱的聲音：「我撞了方向盤，頭不舒服。」

「黃姐，妳撞的是樹。」我瑟瑟發抖的說。

隨著黃姐顫顫巍巍的笑聲，我隨之便鬆了一口氣，長髮鬼是不會講話的，只會淒慘的哀怨。然而，卻絲毫沒有驚訝於自己毫髮未傷，即使跟瑪奇朵嘔氣，我也沒有忘記繫安全帶。

繫安全帶的習慣是在巴林養成的。當時，我跟田鼠的車在麥納瑪的一條主幹道上跟一輛拉石油的小貨車相撞，對此我們印象無比深刻。事故發生時，田鼠才剛取得駕照一個星期，汽車也是向租賃公司租的，我們都有不同程度的受傷，但是完全顧不得，滿心都是害怕，緊張和恐懼，我們不僅不會說英文，而且也聽不懂阿拉伯語。於此相比，我們更害怕那些印度人、巴基斯坦人、菲律賓人、孟加拉人、伊朗人，以及那些穆斯林和猶太教徒，無論是膚色還是身形，我們都無與倫比。

「I am sorry. Are you OK?」

一個印度人用娘腔的姿勢從小貨車上走下來，直接到駕駛座旁問田鼠，他口音不僅濃重，而且嘴裡像含了塊冰似的。田鼠緊張到牙齒打顫，然後渾身跟著哆嗦，我們都聽懂了他簡單的問話，卻很害怕與對方交流。

與此同時，田鼠的額頭一直在滴血，一直順著鼻梁流到嘴唇。我們不僅驚嚇過度又傷痕累累，而且還要支付給租賃公司一筆金額不菲的修車費用，因為沒有繫安全帶，我們還被罰款一千第納爾。從此，無論是開車或者坐車，我們都會在上車後，第一時間查看安全帶，久而久之就成了一種習慣。

可是，就在我們與小貨車相撞後僅僅一個月，田鼠就買了一輛小汽車，他很開心的把新車洗了很多遍。在田鼠看來，那才是真正屬於他的東西，而且他再也不用提心吊膽，一再強調開自己的車心裡踏實。然而，才短短半年的時間，田鼠就對他的新車失去熱情，並且抑鬱寡歡的跟我說：「陸晗冬，我看到方向盤就眩暈，尤其是它轉來轉去的時候，我想我不再適合開車了。」

這輛車，田鼠也只斷斷續續的開了半年，且沒有任何碰擦，就被他以很低的價格賣了。那一刻我才知道，這輛車的車主是大花兒，田鼠只是坐享其成罷了。我想只有一個原因會讓田鼠這般慘狀的賣掉汽車，那便是因為甜瓜的關係，她在這輛車上永遠的離開了我們，而且還留了一封遺書放在方向盤上，且遺書上只留有一句話，那是我曾無數次教她如何書寫的那句話，也是甜瓜這些年一直對田鼠說的那句話。

也許是撞車造成我思緒紊亂，不久後黃姐被送去了醫院，我則隻身去了黃城警署，白添在給我打電話前已經做好了一切前期工作。甜瓜的結案報告是從巴林傳送過來的，就在我拿起圓珠筆，準備在甜瓜的結案報告上簽字的時候，眼淚開始從眼眶裡止不住的往外流，滴滴答答的落在那張單薄的報告紙上。

「你和辛春是什麼關係？」一個員警拿著一疊要我簽字確認的資料問。

從踏進黃城警署的那一刻開始，我的腦子就一片空白，也許是黃姐的車撞樹後所震盪的遲緩反應，以至於大腦反應遲鈍，尤其是報告書上那個陌生的名字，我根本反應不過來。

「妳叫什麼名字？」另一個員警走到我身邊輕聲的問，見我神情恍惚，遞了一杯水給我。

「晗……晗冬，陸晗冬。」我吞吞吐吐的說，第一次我把自己只有三個漢字的名字說了那麼長那麼久。

「陸晗冬，這是辛春的自殺認定書，在妳簽字前，我們要協助巴林警方確認妳和辛春是什麼關係？」他緩慢的問。看我目光飄渺，於是刻意放慢了語速，並認真的打量我。

「你自己看吧，我……我喉嚨堵得慌。」我把白添寄放在警署的一袋資料都遞給了他。

與此同時，我接過他遞給我的另一份文件，這才意識到辛春就是甜瓜。我第一次聽到甜瓜的真實姓名也是在警署，當時由於悲傷過度便一帶而過，而且都已經過八年了，早就忘得一乾二淨。八年後，一切都這樣終結，也包括我和甜瓜的關係。

就在田鼠決定永遠拋棄甜瓜的那個晚上，我曾很認真很嚴肅地問她：「拋開男女的個體，除了田鼠，妳就沒有嘗試過愛別人嗎？」

甜瓜一邊傷心的落淚，一邊又極其固執的告訴我：「陸晗冬，我是完完全全屬於田嘉輝的女人，就連我身上的汗毛都是他的，妳想要拔一根，不要問我，只要田嘉輝同意就可以。」

「就因為那個娃娃親，所以妳這輩子就都屬於田鼠了嗎？」我不依不饒的問，也必須要這麼問。

即使我知道甜瓜會有很多類似的說詞給我聽，可是當我聽到她親口回答的那一刻還是很震撼，尤其是她說到田鼠的名字時，那雙空洞的眼神，透過她的視網膜，我似乎看見了她眼底的黑洞，還有她麻木的嘴唇，每次被田鼠拋棄時，她的嘴唇都會泛白且沒有一點血色，我想她一定是傷心到了極致。

「不，田嘉輝是愛我的。我知道他愛很多人，但我也是其中一個。」甜瓜忽然站起來，趾高氣昂地看著我說，前半句是那麼的動聽和痴情，後半句又是那麼的冷冰冰。

「我和賤人都是妳的朋友，我們也愛妳。」我一動不動地坐著，然後仰視著告訴她，語氣很柔和，這是我跟甜瓜說的最後一句對話，即便這樣她還是離開了。

為此我很悲哀，那是我第一次仰視甜瓜跟她說話，也是跟她說的所有言語中最認真的一句話，以往我都是俯視她，當然這絕非故意。她只比我矮了半頭之多，但我卻習慣性把脖子向上伸長，或者站在地勢較高的地方，只為了傳遞額外一種資訊給她，不管什麼時候，我在田鼠心中的位置都比她要高，哪怕只高那麼一點點也好。

「殉情？真的有這樣的人！」

這是田鼠在得知甜瓜死後，跟賤人說的唯一一句話。即使他說話時表情沉重，且看上去神情憂傷，賤人依舊認定是田鼠害了她，他不相信甜瓜會做出這樣的事，賤人曾經不止一次的跟我說過，甜瓜是他見過的最勇敢的女人。我們互相對視，總想在彼此的眼中看出什麼，卻無一點端倪。誰也不知道甜瓜是怎麼自殺的，還有她為什麼會自殺，甚至不相信她會選擇自殺，尤其是因為田鼠拋棄她而自殺。

我們都堅定的認為甜瓜早已習慣了那種日子，畢竟田鼠拋棄她的次數已經數不勝數。尤其是到了巴林以後，我們都看得出來，田鼠開始嫌棄她，從跟她說話時的表情到做事時的消極態度，都在無聲卻勝有聲的告訴全世界：「田嘉輝嫌棄甜瓜身上洗不掉的玉米味和鑲嵌在她兩側臉蛋上用巴林的海水也洗不掉的高原紅。」

那天一早，田鼠準備開著他新買不久的汽車給我送海螺，足足有一籮筐那麼多，電話裡我跟他明確表示，不必把那些「大號的螺絲」拿給我，可是他卻一廂情願的堅持著。那些「大號的螺絲」是他前一天傍晚趁著海水退潮，跟一個半生不熟的女人一起在海邊嬉戲時隨手撿的，當時他給我打電話時，甜瓜還在我身邊。

「陸晗冬，妳有沒有覺得海螺跟螺絲很像？就是一個大一點在海裡，一個小一點在河裡，各自生存在自己的領域，明明有著相似的人生卻無任何交集。」這是田鼠習慣性的說話方式，也是我曾經最欣賞他的地方，文縐縐又詩意盎然。然而那晚海風吹得他喉嚨略微沙啞，所以聽起來有點憂傷。

「今晚退潮撿了很多，明天我送一些給妳。」我還隻字未說，田鼠卻滔滔不絕，而且說話的分貝也愈來愈大。

「我不要，回頭滿屋子都是海腥味！」我果斷的回答。

與此同時，我聽見田鼠旁邊傳來一個女人的聲音，她用矯情的聲音問他在跟誰通話，田鼠用敷衍的語氣回答她：「小花兒。」

那個女人又不依不饒的問田鼠：「小花兒是誰？」

田鼠不經思索就對她說：「一個從小撿螺絲的女孩。」

就在我掛斷電話後，才有了之前的那段對話。等我反應過來，甜瓜已經掙脫了我緊緊抓住她的手，漸漸地消失在夜色裡，我沒有去找她，每次她都是出去溜一圈，自己消氣後就回家了。

次日一早，田鼠準備開車給我送海螺，可是他把家裡找遍了，也找不到自己的車鑰匙，然後很慌亂的出門去查看自己停在外面的汽車是否被盜，卻意外的發現駕駛座的車門是開著的。於是，田鼠率先看到了甜瓜放在方向盤上的那張遺書，接著通知了我跟賤人。我們趕過來時，才發現躺在後排座上已渾身冰冷的甜瓜，她很安詳的躺著，看上去像是睡著了，身上還穿著田鼠常穿的那件粗線針織毛衣。

我們每個人都因為甜瓜的離開而被巴林警署傳訊了很多次，每次傳訊我都是以淚洗面，賤人則次次都面目猙獰。至於田鼠，他每次在審訊時都面無表情，而審訊後情緒卻波蕩起伏。儘管如此，我當時還是恨他入骨，畢竟在甜瓜自殺的那個晚上，我們都很清楚他做了什麼。

事實上，自從我跟賤人學會了偷竊開始，就再也沒有覺得自己在生活上是多麼的需要田鼠，而我跟甜瓜的友誼，也是在那些並不光彩的日子中建立的，可惜我們可以共甘苦，卻不能同享福。我始終都難以忘記自己從死神那裡走了一圈後，極度害怕的感覺。

曾經，賤人的鐵皮車廂，是我唯一可以被收留的地方，我數不清自己吃了多少甜瓜親手做的玉米餅。

待我身體恢復後，在甜瓜的要求下，賤人居然願意帶我一同下山。從半山腰開始，下山的路不僅泥濘而且多處凹陷，數月前的暴雨淹掉了很多房子，至今還處於垮塌的邊緣，之後小城一直乾旱，導致民不聊生，包括甜瓜家中遭殃的玉米地。小城裡的很多人為了防止偷盜，都用山上的黃泥石沙砌起了很高的圍牆，山腳下還有一群人用農耕的工具熱火朝天的鑿山，說是山下有礦石，也許還有珍寶。

賤人跟田鼠商量，想要給我「拿」一雙帶皮頭的膠鞋，這樣我以後上下山就不會因為泥濘而摔跤，當時甜瓜一直衝我笑，根本分不清她是嘲諷還是在示好。

賤人挑選了一戶人家，家中玻璃被擦得通亮，圍牆也剛只砌了半公尺高，站在外面可以清楚的看到裡面的情況。賤人讓我在周邊放風，他跟田鼠則帶著甜瓜很麻利的溜了進去，不久後我看見他們從房子裡慌亂的逃竄出來，後面一個頭髮凌亂的女人開始大聲的尖叫。

這是我第一次參與偷竊，奇怪的是我不僅沒有任何緊張，而且還心不在焉。就在他們都逃之夭夭之後，我還依然站在原地傻傻的看著圍牆內的女人在獨自抓狂，直到甜瓜隻身回來找我，才一同回到鐵皮車廂。賤人正站在半山腰氣勢洶洶的等著我，我被嚇得渾身發抖，而後四肢僵硬。我很失望，田鼠並沒有為我說一句好話，反而是甜瓜用她的一袋「戰利品」堵住了賤人喋喋不休的嘴巴，並從中拿了一塊烙餅給我，雖然沒有「拿到」帶皮頭的膠鞋，內心卻因為那塊髒兮兮的烙餅而暖洋洋。

如今，隨著賤人對自己的了結，甜瓜的案子也水落石出，曾經我對甜瓜的誤解，顯得是那麼的微不足道。即便巴林警署早在八年前就已經排除了田鼠、賤人和我謀殺嫌疑，可是甜瓜這個名字，依舊成了我、田鼠和賤人之間不能觸及的雷區。

甜瓜的自殺認定書，本應該由田鼠簽字，田鼠是甜瓜的丈夫，雖然沒有結婚證書，可是他們這麼多年生活在一起，早被認定了事實婚姻。然而，田鼠在八年前就委託白添拒絕且撇清了他和甜瓜的一切關係，我不知道他是怎麼做到的，不是怎麼做到撇清關係，而是怎麼做到那麼快就忘記了她。

八年後，甜瓜的那張遺書落到我的手上，這是我在黃城警署第一次觸碰它，感覺紙張上面還殘留了些許甜瓜生前的溫度，紙張表面的凹凸感和她被玉米地風乾的肌膚一樣，在這之前只有田鼠摸過它，在巴林那個遙不可及又生無可戀的地方。那是一張紅格條紋的老式紙張，摺了四折後，剛好是一塊長方形，大小攥在手心裡剛剛好。小心翼翼的打開後，上面用紅色圓珠筆歪歪扭扭的寫著：

11 上癮：

原諒容易，再信任卻很難。

你們的甜瓜

我害怕警署這種地方，無論是巴林警署，還是黃城警署，只要是警署我都害怕。潛意識裡總會把這裡和曾因為寺廟的打鬥而關押過我的那裡聯繫在一起。

「尉遲艦，他還能等嗎？」我在甜瓜的認定書上簽字後，小心翼翼的張開嘴巴問，卻因寒毛卓豎久久難以合攏，感覺自己愚蠢至極。

「他被田嘉輝帶走了。」我緊緊攥著甜瓜的遺書，不知道還能說什麼，反覆思量後還是離開了警署。

在黃城這個不大不小的地方，儘管我對賤人的名字絕口不提，但是就在他入獄後，幾乎所有人都知道了他。然而，讓我不由自主的感到驚訝的是，田鼠的名字竟然也在整個黃城警署都耳熟能詳。

我無法理解「他被田嘉輝帶走了」的具體含義，但是我想田鼠背地裡一定經常過來瞭解賤人的情況，而我也只是象徵性的陪同他來探望過幾次而已。仔細思量，田鼠應該是在「自殺」前就把那罐骨灰帶走了，雖然他並沒有告訴我，但我猜他定是因為這個才失眠，因此才會誤食那麼多安眠藥。畢竟整日跟那罐骨灰在同一屋簷下，吃喝拉撒它都在看著你，無論賤人曾跟我們的關係有多麼密切，那應該都是很嚇人的一件事情吧！

在警署門前，瑪奇朵和田鼠居然並排坐在臺階上等著我，他們正在輪流吸食同一支香菸，像在分享美味一樣。田鼠看上去很憔悴，面色蠟黃而且弓著背，似乎元氣大傷，沒有一點力氣，我想他一定也接到了白添的電話。

「陸晗冬，妳的額頭……有點凸凹不平……」田鼠斷斷續續的說。

我立刻隨手摸了一下，覺得一定是黃姐撞樹時擦傷的痕跡，於是搖了搖頭，算是回應過了。田鼠卻看起來愈發的惆悵，他眉頭微皺，眼睛看著我三十度方向的一棵柳樹，深深地歎了口氣後說：「甜瓜的事我知道了。」

「賤人的事我也知道了。」我一時語塞，除此再不知說什麼。

我正在糾結是否要把甜瓜的遺書轉交給田鼠，這時瑪奇朵開始乾咳，看得出他不是故意的，明顯是不會抽菸而嗆到的。他是在應付田鼠，每吸一口都是直接噴出，並沒有吸入肺裡。而且，我也仔細觀察了他的食指與中指的夾縫間，並沒有時常夾菸而留下的印記。況且他牙齒潔白，大多跟我說話時，口腔裡都會散發出口香糖的餘香，他身上也從不備打火機，加之他的工作性質，我猜他連香菸的品牌都說不出幾個。

「你不知道抽菸會上癮的嗎？」我把瑪奇朵的香菸搶了過來，它已被輪流吸食得差不多，只剩下一點菸頭跟黃色的香菸屁股皺皺巴巴的連在一起。

「對男人來說，除了香菸還有女人，女人也會讓男人上癮。」瑪奇朵齜牙咧嘴的說，那副「色膽包天」的樣子完全顛覆了我對他的認知。

田鼠忽然站起，看起來有些緊張，糾結的表情把眉毛硬生生的擠成了波浪形。我主動地靠近他，繼而在他耳邊說：「看，這是他寫的情書。」

我把甜瓜的遺書露出半形，展示給田鼠時，他居然信以為真，不僅有些臉紅，而且默不作聲。

我看著田鼠突然悶騷的樣子很是得意，與此同時也很是慶幸，田鼠若真是看了那封「情書」，我的玩笑只會讓自己惹禍上身。

的確，正如瑪奇朵所言，同是男人的田鼠已經用行動向我證明了，他對女人的上癮程度比起香菸，真是差之毫釐失之千里。對此，我也只是略有領會，而唯有大花兒才瞭若指掌。

「田嘉輝，我討厭你對性別的有意劃分，在某些方面，存有一定的針對性。」這句話是大花兒當著我和甜瓜的面對田鼠說的，讓我記憶深刻。不僅僅是因為它顛覆了我對性別區分的基本概念，更多的是由於她的話而讓我對她另眼相看，原來她不光會引誘田鼠，還有自己的腦子。

就在瑪奇朵跟我調侃時，尤其是他說「對男人來說」那五個字的時候，我相信如果大花兒在場，她一定會一針見血的質問瑪奇朵：

「會抽菸的女人也不計其數，難道香菸只是男人的專利嗎？如果男人會對女人上癮，那麼反過來女人也會對男人上癮的吧？你看，我不僅視菸如命，而且對田嘉輝也上癮了十幾年……」

可是，我並沒有把我想的話說出來，像是我很瞭解大花兒一樣，也只是在腦子裡過濾了一遍。我很清楚，如果起了這個頭，瑪奇朵會有一大堆的道理招架我。

「偷，偷也會上癮的。」恰巧此時，田鼠脫口而出。

瞬間我們相視而笑，然後瑪奇朵像個楞頭青似的看著我們。不曾想，田鼠還記得甜瓜曾經說的話，儘管是那麼的大言不慚，但是提起菸癮，我們都想到了她。我的眼前頃刻浮現出甜瓜第一次說這句話時的情景，然後絮絮叨叨的講給瑪奇朵聽，根本沒有留意田鼠再次聽到甜瓜二字時的表情。

那天，小城裡一戶人家的女兒出嫁，因而熱熱鬧鬧的來了很多人，大多都是沒被邀請來湊熱鬧的。他們搬了很多塊大石頭，然後疊在一起，並站在濕滑的石頭頂上，我們也在其中，從圍牆外向裡面張望，看見吃的個個都饞涎欲滴。

在一張四方形的小木桌子上，放了一個長方體的紅色盒子，像是「外面」的東西，我小聲對田鼠說：「你快看那個小盒子，上面居然有字。」

「是麗華牌，我看到了。」田鼠興奮的不得了。

「那是什麼？」甜瓜好奇的問。

「是香菸，絕好的東西。」賤人目不轉睛的盯著它。

隨著賤人和田鼠偷竊的手法愈來愈佳，不記得是從哪次開始，他們每次出去偷東西，都開始有針對性，也不再像以前那樣，看到什麼就順手拿什麼，而我只顧沉浸在享用的樂趣中，早已習以為常。

就在新娘被掀蓋頭，所有人都為之起鬨時，賤人帶領甜瓜和田鼠趁機熟練的溜了進去，自從我初次望風被抓，他們就再也沒用過我。我不甘白吃，也擔心他們真的把我當成白痴，這次我沒告訴他們任何人，也神不知鬼不覺的溜了進去，沒有任何偷竊的伎倆，混在起鬨的人群裡，直奔那張四方形小木桌，趕在田鼠之前，隨手拿了那盒麗華牌香菸。得手之後，我第一個回到山間的鐵皮車廂，接著甜瓜也到了，她開心地跟我展示她的成果，一個青銅色髮飾和一對墨綠色耳環。還沒等賤人和田鼠回來，甜瓜就把其中一對墨綠色耳環送給了我，並在我耳邊小聲說：「陸晗冬，別跟他們說，它就是妳的。」

這已經不是甜瓜第一次把偷來的東西分給我，為了不讓我落空，她每次都會想方設法的多偷幾樣東西，可是每次在分贓時，她都從不承認自己是偷，一再強調那是順手拿的，無論她拿的是什麼，都會從中分一樣給我，生怕我會因為一無所獲而受到賤人別樣的待遇。甜瓜一定要我趁著賤人和田鼠還沒回來前，把耳環戴在耳朵上看看是否漂亮，還從衣兜裡掏出一塊手掌心大小的鏡子，鏡面的玻璃有點反光，即便車廂裡昏暗，卻還能感覺它是亮晶晶的，這讓我心亂如麻，我很害怕看到那種光面的東西。

「陸晗冬，妳試試啊，真的很好看。」甜瓜左手拿起一只耳環，試圖放在我耳垂上，右手的鏡子在我側臉處徘徊。

「我連一個耳洞都沒有，妳再看看我臉上的那塊疤，還有我雜草叢生的頭髮和蓬頭垢面的樣子，哪裡能看得出好看？」我立即把她推開。

頃刻間，甜瓜整個人都定住了，她站得很穩且一動不動，看上去很懊惱，耳環被她攥在手裡，不知道自己該說什麼，然後用大拇指在它墨綠色的表面上不停的用力摩擦。

聽著賤人和田鼠回來的腳步聲，甜瓜很緊張的把那對耳環塞進我手裡，隨後馬上進入另一種狀態。她先是不慌不亂的去迎接田鼠，並且對他笑臉相迎，然後再殷勤的接過賤人手中的東西。田鼠垂頭喪氣，看起來沒一點精神，像虛脫了似的坐在地上。

「什麼都沒拿到嗎？」甜瓜步伐輕盈的走到田鼠身後，雙手搭在田鼠的雙肩上，左側臉頰緊緊地貼著田鼠的右側臉頰，輕聲的問。

「不是什麼都沒拿到，是沒拿到自己想拿的東西而已。」田鼠焦躁的說，看上去很煩悶。

見狀，我把那盒順手牽羊的麗華牌香菸從衣兜裡拿出來，故作神祕的用手掌蓋住大部分菸盒，在田鼠面前搖晃。

「我還在想它怎麼就不見了呢，是妳……」田鼠瞬間就辨認出來，然後飢不擇食的奪過去，表情也立刻大變。

他迫不及待的打開菸盒，我和甜瓜一臉茫然的在一旁看著，菸盒開啟後，裡面雖然只有兩根香菸，卻也讓田鼠開心許久。接著，田鼠隨手拿起其中的一根，貼在鼻子上聞了聞，又給我和甜瓜聞了聞，我們都覺得像是鞋盒發黴的味道，而後田鼠把其中一根留給了自己，另一根則象徵性的給了賤人。

就在田鼠和賤人意猶未盡的吸食香菸時，甜瓜卻一個人坐在我的泡沫床上，在賤人偷來的東西中，挑出一塊鐵鍋煎的玉米烙，狼吞虎嚥的往自己嘴裡塞，一邊開心的吃，一邊自言自語：「玉米真香，比山上的野花還香。」

我很佩服甜瓜的自癒能力，尤其在吃玉米的時候，瞬間就能把所有的不愉快都忘記。就在幾天前，甜瓜還很沮喪的跟我抱怨，自從她家裡的玉米地被暴雨淹掉後，田鼠對她的態度發生了很大的變化，我很不理解的問她：「甜瓜，妳吃玉米會上癮嗎？怎麼就吃不夠呢？」

這時，田鼠叼著已抽剩一半的香菸從鐵皮車廂外走進來，像被打了亢奮劑似的心情大好，臉部表情極度誇張的說：「甜瓜是在玉米地裡出生的，所以看見玉米就開心，沒有任何理由。」

我的眼前又再次浮現初次見到甜瓜時，她與田鼠在玉米地裡親熱的情景，有那麼一段時間我總是很想忘記，但在多次嘗試失敗後，索性就放棄了。於是，我不懷好意的問她：「甜瓜，嫁給田鼠和再給妳一片比之前還大的玉米地，哪個最能讓妳開心？」

我內心認定了甜瓜一定會毫不猶豫的回答是嫁給田鼠，這樣就能緩和她和田鼠之間的關係。可是田鼠的表情卻在悄然的告訴我，他認定了甜瓜會選擇再給她一片更大的玉米地。只是，我們都不曾想到，一向老實本分的甜瓜不經思索就很大聲的脫口而出：「最開心的事情是偷，偷會帶來快樂，也會上癮的。」

此時，賤人從車廂外大步流星的進來，為甜瓜拍手叫好，我相信這是他截止到那會兒，所聽到的最能讓他歡喜的話。此後，我們每次下山，甜瓜都只偷香菸，所有的香菸不管是什麼牌子的，她都會偷來給田鼠，然後田鼠會把它們放在那個他喜歡的麗華牌紅色菸盒裡，夜晚無聊時拿出來解悶，心情好的時候還會上山分我一口。

不久後，賤人的鐵皮車廂就成了這座小城的眾矢之的，主要源於甜瓜對偷竊這件事一發不可控的上癮程度，她總會不告訴任何人而私自行動。即使賤人再橫行霸道，但在甜瓜被抓住幾次後，我們就再也沒有下過山。賤人出於防範，他和田鼠一起在鐵皮車廂後的地底下，挖了一個很深的地洞，並把大多偷來的東西都藏匿在底下。

甜瓜和田鼠不僅沒有了玉米地，而且也都不敢獨自上山，於是他們跟我和賤人一同住在了空間狹小的鐵皮車廂裡，依靠賤人的地洞來生活。我與甜瓜共同睡在一張泡沫床上，雖然擁擠也時常會在半夜因為她的一個翻身而把我壓在身下而莫名的開心許久。所有的香菸都放在甜瓜身上，這是賤人決定的，他決定的事，我們都不會問為什麼，我們要依靠他生存，就必定要聽他的。只有在我們菸癮難耐的時候，甜瓜才會坐立不安的發一根給我們輪流吸食，也就在那段時間，我受田鼠的影響，很快也愛上了香菸。

我時常趁著甜瓜熟睡時，在靠近她那一側的泡沫床底下翻騰，因此那些香菸絕大部分都是被我吸食掉的，它不僅讓我很過癮，而且打發掉了我很多時間。田鼠卻恰恰相反，沒有菸抽的日子讓他神智不清，更像是服了毒藥或吸食了白粉。

一天夜裡，甜瓜發現神智不清的田鼠獨自一人偷偷地去了山頂，於是叫我和賤人一起跟她去看看，隨之讓我們意想不到的事情發生了。我們見田鼠先是在他母親的墳頭哭泣，然後目光呆滯的用雙手刨土，田鼠就這樣一邊徒手挖墳，一邊自言自語：「我一定要把它找出來。」

我猜想田鼠一定是因為菸癮產生的幻覺而在尋找甜瓜藏的香菸，賤人卻認定了田鼠是在找老田藏在棺材下的經書。我從賤人的眼神中看得出，他太想要那些經書了，所以他只是默默地看著，並沒有阻止田鼠的舉動。待田鼠把土都刨開，我們立即湊過去，腐臭的泥土下面只有一個青木棺材和一把生鏽的斧頭，瞬間一股惡臭刺鼻。

田鼠見到我們後反應激烈，居然拿起那把斧頭瘋狂的揮向我們每個人。我畏畏縮縮的四處閃躲並試圖逃跑，甜瓜卻勇猛的奔向田鼠，還沒有觸碰到他就因為地上濕滑的泥土而重重的摔倒在田鼠腳下，繼而撕心裂肺的對田鼠大喊：「田嘉輝，我們都有過去，那沒什麼。」

那一刻，甜瓜的聲音在山間迴盪，田鼠沒有放下斧頭，而是拿著它走向甜瓜，我跟賤人面面相覷，都以為她死定了，我緊緊地閉上了眼睛。過了好一會兒，山頂開始變得跟往常一樣安靜，儘管閉著眼睛，卻也能盡情地想像它恢復了原樣——墳頭有點陰森，雨後濕滑的泥巴路上沒有一只腳印，樹葉在此情此景的薰陶下散發出略帶苦味的清香……

如此，我才敢睜開眼睛，接著做足了心理準備，以為我會看見甜瓜血淋淋的屍體，或是賤人凶殘的將田鼠擒獲在墳墓裡，也可能會看見田鼠正舉起那把殺了甜瓜和賤人的斧頭準備劈向我的眉心中央。可是，浮現在我眼前的場景，居然是甜瓜和田鼠緊緊地擁抱在一起，賤人正俯身去撿田鼠扔在腳下的那把生鏽的斧頭，他起身的時候，還刻意用眼角餘光看了我一眼，然後將那把斧頭又埋到墳墓裡。

那一刻，我在賤人的眼神中看到了畏懼，被我看穿後的他，此後像是無顏面對我似的，我們再也沒有同時在鐵皮車廂裡待過。甜瓜卻成了賤人心中最勇敢的女人，當時我也這麼覺得，尤其是想到甜瓜迎向田鼠的斧頭時義無反顧的樣子。但奇怪的是，當我從驚嚇中緩解後，又一度覺得甜瓜急中生智時對田鼠說的那句話是那麼的虛偽。

那天過後沒多久，除了我以外，田鼠和賤人還有甜瓜都陸陸續續生病了。我天真以為那是由於他們長期悶在狹小的車廂裡憋出病的，而我沒病只是因為曾經被鬼附體後大難不死，必有後福罷了。

賤人是率先生病的，他上吐下瀉嚴重，大多時候都因為體力不支，不得不在屬於他自己的那張鋼板床上昏昏欲睡。起初我以為他只是吃壞了什麼東西，後來我和甜瓜聽到他一邊打寒顫一邊說夢話，才知道他是被那日田鼠的舉動嚇病的。我猜那應該是他第一次害怕，他向來理直氣壯慣了，竟然也會被田鼠嚇到不堪一擊，可是他俯下身後，瞬間看我的眼神，讓我一心覺得他不是害怕田鼠，而是害怕驟然死亡。

「他那樣的人也會有害怕的時候，一定被嚇破了膽！」

我明知賤人聽不見，故意這麼跟甜瓜說，即使他聽見，那病病殃殃的樣子也無力反駁。可是甜瓜卻告訴我，田鼠發瘋那日，我閉緊雙眼且滿腦空白的時候，賤人卻一直赤膊擋在我前面，他不是害怕死亡，而是害怕我死在他前面。

「我若死了他會失去很多生活的樂趣。」我想當然的對甜瓜說。

甜瓜言語間卻很堅定，並告訴我她對田鼠就是這樣的，她看得出賤人沒有虛假。當時，我全然不信，一心覺得如果喜愛一個人，更願意和能夠接受的是同生共死，幹麼連死亡都要排序呢？甜瓜的話並沒有在我的腦海中儲存許久，我就很自信的認為我抓住了賤人的把柄，我很快就要翻身了，他被田鼠嚇病的這個把柄是夠讓我緊緊抓住，以我對賤人的瞭解，足以保全我一輩子。

可是，就在賤人沒有任何好轉的情況下，田鼠也跟著生病了，他臉部時常抽搐，大多發生在夜裡，偶爾還伴有四肢痙攣，我覺得他是菸癮難耐，於是一直逼著甜瓜下山去找香菸給他。甜瓜不知用了什麼辦法，居然可以接連不斷的拿到香菸，大概小城裡所有的香菸都盡在她衣兜裡。然而，田鼠卻病得愈發的嚴重，他身體發熱，皮膚的溫度足以把一個生雞蛋燙熟，而且還經常乾咳，我和甜瓜都懷疑他得了肺炎，即便如此，他只要稍有些精神，就會問甜瓜索要香菸。

沒幾日，甜瓜又說田鼠是心病，便把她偷來的所有香菸都給了我，為了避免田鼠偷食，讓他的病情惡化，我在很短的時間內，就把甜瓜拿來的香菸都吸食掉了。之後，甜瓜突發奇想的用玉米梗泡水，每天都給田鼠和賤人喝。我始終覺得甜瓜的歪門邪道會害死他們，但就在喝了一個星期後，賤人居然痊癒了，田鼠也有了好轉，促使我不得不對甜瓜刮目相看。

甜瓜得意了幾日後，也並未僥倖逃過此劫。她時常會因為呼吸困難而憋得滿臉通紅，我想她是忙於照顧我們而累的，她卻說是被我的香菸所熏，導致她的呼吸道像煙囪似的，總感覺有菸質在裡面燃燒。病癒後的賤人性情大變，不僅冷靜且溫和，只是他一直都不想下山，田鼠也是一樣，而且他再也沒想過香菸，只有我一直在心心念念。每天山上山下奔波的只有甜瓜一人，偷讓她上癮，也漸漸取代了賤人獨領的霸權。

◎

當我察覺自己臉上的笑容僵硬時，瑪奇朵早就不知不覺的離開了，只剩下田鼠一人孤零零的呆坐在原地，那個菸頭在他鞋底被碾得粉碎，我隱約還能在空氣中嗅到一股殘留的菸香。其實我已經有很長一段時間沒見過田鼠抽菸，但偶爾看到，尤其是他用鞋底碾菸頭的動作，還是會讓我想起那個我很忌諱的名字，儘管手裡還攥著甜瓜的遺書，也只會讓我想到她——黃曉西。

田鼠是因為黃曉西才抽菸的，起初他死不承認，後來喝多了甜瓜家中的玉米酒才吐真言說：「飄渺的煙，讓黃曉西的臉在樹林裡若隱若現。」我討厭他用詩一樣的話語來形容她，若隱若現絕不會是因為飄渺的煙，只會是黃曉西太黑了，在月光下一會兒能看見，一會兒又看不見。

而我抽菸卻不是因為誰，只是一股腦的跟風，一直看田鼠抽，久而久之也跟著抽，田鼠做的事我都要跟著做，否則就像吃了很大的虧似的。可是，田鼠戒菸的時候，卻是我菸癮最重的時候，而我戒菸的時候，恰巧又是田鼠重操舊業的時候。

我們都有上癮的東西，我戒掉香菸是因為我意識到它讓我依賴，這種依賴在感覺上沒什麼不好，只是在心理上，自己會對自己失望，因為我漸漸地發現，我依賴香菸勝過了依賴田鼠。

12 這裡：和那裡

「給你！」我在心裡說，然後把甜瓜的資料袋遞給田鼠，僅僅幾張紙，卻感覺沉甸甸的。

「好。」田鼠也在心裡說，像是真的聽到了似的。然而他有些走神，我鬆手後他並沒有接住，裡面的紙張全部散落在地上，我慌亂的逐一撿起，生怕被風吹走。

「陸晗冬，那上面寫了什麼？」田鼠指著我手中剛拾起的一張紙頭問。

「沒什麼。」我忐忑的說。

「陸晗冬，那妳手中的遺書上又寫了什麼？」田鼠繼而又問，且跟剛剛相比，說話的音量明顯提高了。

我向來都瞞不住他任何事情，然而他卻總能把自己隱藏得很好。我堅信田鼠看過甜瓜的遺書，他是第一個發現它的人，然而此刻的表現卻是全然不知，或是將往事隨風一般忘得一乾二淨。我故作鎮定的看著他，突然又不確定他是有意的，還是真的忘了。

「我們都有過去，那沒什麼。」我語調平平的告訴他。

「陸晗冬，我想回去了。」言語間，田鼠很平靜卻難掩有些失落。

「哦。」我勉強擠出一張笑臉。

「陸晗冬，我是說我想回去，去那裡看一看。」田鼠忽然看向我說。

瞬間，我想說什麼，又說不出什麼。我知道田鼠是認真的，他每次認真的時候，都會在每句話開頭刻意加上我的名字，生怕我以為他在開玩笑，而且音量是遞增的。

田鼠一直都把這裡和那裡劃分的很清楚，在田鼠的思維中，這裡是他的現在，那裡就是他的過去——那個他很想揮去又很想回去，卻怎樣也揮不去也回不去的地方。田鼠格外的糾結，我不知道他是為什麼，卻又暗地裡企盼，有一部分糾結因素是因為我，只有甜瓜那種神經大條的人，才會沒心沒肺的把什麼都說出來。

在田鼠富貴得志時，他在黃城買了一套三室兩廳的房子，我們都記得，因為它是田鼠離開那座小城後，唯一一次靠自己所買的東西，沒有借助他身邊任何一個莫名其妙對他愛得死心塌地的女孩。那些死心塌地的女孩中，當然也包括我和甜瓜，可惜我和甜瓜都只各占了其中一條，我只是莫名其妙，甜瓜卻是死心塌地罷了。

當時田鼠很開心，他一個人坐在客廳的水泥地上傻笑了一個晚上，硬說這裡是鐵皮車廂，像得了失心瘋似的。那時他總會在開心的時刻，不明所以的想起那裡，殊不知那是我最痛恨的地方。那是田鼠第一次在我們面前炫耀，也是他第一次有資格可以跟我炫耀，所以有點忘形、忘我，也有點妄自菲薄。

「我終於有自己的鐵皮車廂了，這最大的一間房理應我自己留著，畢竟牆上的那幅壁畫很討女人喜歡，而且房間足夠寬敞，可以容納很多女孩。隔壁那間有個壁櫥的是給尉遲艦，他最喜歡藏東西了，可惜那拉門不是不鏽鋼，沒有那麼牢固也不能上鎖。另外一間自然就是陸晗冬的了，雖然有點小，卻有獨立的廁所……」田鼠忘情的說，任由賤人怎麼用眼神暗示他都無動於衷。

沒過多久，田鼠又像是吃了過量的興奮劑一樣，挨個房間排查並指手畫腳的為我們安排，例如：賤人的「工具」要放在櫃子第二層的隔板上會比較牢固，自己的內褲一定要放在床下自帶的抽屜裡才不會落灰，甜瓜用過脫毛膏後要在浴室裡靜置一個小時，待味道散去才可以進他的房間……

直到賤人一拳重重的打在田鼠視線正對面的白色的牆體上，隨著白色的乳膠漆漸漸的變成紅色，田鼠才清醒過來，隨之自言自語的說：「鐵皮車廂裡是看不見鐵皮的顏色的。」

當時，若不是我站出來東拉西扯，賤人一定會把田鼠的腦袋按進浴室的馬桶裡，等他被尿味熏醒，再遞給他一桶洗頭水，讓他把頭髮洗乾淨，然後當作什麼也沒發生一樣。過度興奮也可以醉人，如喝了幾斤玉米酒似的，甜瓜根本沒有機會知道黃城這個地方，她也從不用脫毛膏，更不可能知道脫毛膏是什麼，但她卻不知從什麼時候開始，居然清楚的知道自己就是田鼠過去裡的那個「沒什麼」，然而田鼠的房子裡卻什麼都有，唯獨沒有她。

田鼠拿著的那張產權證書上也沒有甜瓜的名字，卻炙手可熱的寫著另外一個女孩，並在公共的街道上氣急敗壞的對田鼠大聲嚷嚷著：「田嘉輝，你的這個家裡到底住過幾個女孩？」

我和賤人趕來的時候正看到這一幕，誰也不知發生了什麼，我只顧著喋喋不休的勸解田鼠，這樣的舉動讓我對面的女孩很煩躁，於是她很氣憤的把產權證書摔在田鼠身上，並對田鼠大聲唾罵，部分詞彙我無法理解，大致意思是說田鼠是個「土包」。田鼠並沒有因為她的氣憤而沖昏頭腦，他俯身撿起地上的產權證書後，大步流星的走了。

眼前的情景很是熟悉，曾經田鼠一不留心，終於把藏在心裡的實話說了出來，而且沒有文縐縐的拽詞，用我們都能聽得懂的方式，在我們面前指著甜瓜的鼻子說：「我討厭妳渾身上下，從內到外都揮之不去的鄉土味。」我跟賤人看著他的背影好一會兒，然後相視無言。

曾經，我們跟田鼠失聯了將近兩年的時間，他從不跟我們說起那兩年間的任何事情，在我們問起時，他也只是輕描淡寫的為自己辯解：「我總是運氣不好，不得不流竄在不同的房子裡，當我真正想安家的時候，最不希望的就是別人問我家在哪裡。」因此，我和賤人都能夠理解田鼠對那個女孩所抑制著的情緒，卻不能包容他在眾目睽睽之下那樣對待甜瓜。

在我舉棋不定的目光下，田鼠堂而皇之的走了。他先是不慌不亂的從警署前的臺階上站起，然後敏捷的拿起甜瓜的資料袋，沒有一點躊躇和徘徊，最後還不忘拍了拍屁股上的灰塵。

「回去？」我弱弱的說，不得不閉口翹舌面對田鼠的背影。

「回去！」田鼠走了幾步後說，頭也沒回卻語氣堅定。

「瘋人院？鐵皮車廂？榆樹林？還是那片令我毛髮悚然的墓地？」我在心中默念。我第一次意識到同樣的兩個字用不同的音調說出來，居然有這麼大的區別。我們是回不去了，我想田鼠比我還要清楚，他一定是瘋了！不久後，我收到田鼠傳送給我的短訊：陸晗冬，妳家中的空魚缸已經被我扔了，連接浴缸的水龍頭也被我拆了，我會盡快準備東西，順便也會替妳準備好，我們一起回去。

我飛快的回到自己租住的房子，打開門後眼前一片狼藉，簡直是慘不忍睹，真的很後悔自己為何要留一把備用鑰匙給田鼠。這種所謂的慘不忍睹不是髒亂不堪，而是相反的乾淨得嚇人，該扔的不該扔的都被田鼠扔掉了，房子像被重新裝飾過似的，房間的櫃子裡只給我留了兩條內褲和一雙襪子，大概是沒捨得扔的緣故，畢竟這三樣東西中，其中有兩樣是他買的，而我卻一樣也沒有動過。

它們都出現在同一天，我清楚記得那天是我三十歲生日，賤人和田鼠像商量好了似的，統統忘記了。我自己買了一個打折的廉價大蛋糕叫他們過來吃，賤人是率先到的，我去開門時，他見我手裡拿了蠟燭便想了起來，然後立即轉身說自己忘了點東西在的士上，馬不停蹄的下去查看，並嘟囔著：「也許車還沒有走遠。」

十分鐘後，賤人手裡拿了一雙女士襪子，不加掩飾的出現在我面前，還是黃城剛剛流行的大綠色，乍一看顏色和款式就知道是在樓下小店裡買的。

「這……給妳的，生日快樂。」賤人吞吞吐吐的說，然後不好意思的把它放在沙發上。

當時，我一點也不覺得這個禮物很暖心，反而可笑至極，我看著他老氣橫秋的樣子，想想他已經四十歲出頭了，也就客氣的說了聲：「謝謝，我就喜歡這種實惠的東西，比花之類浮誇又奢侈的東西好太多了。」

隨後田鼠也趕來了，我給他開門時，賤人正背對著我坐在蛋糕桌前，他龐大的身子把整個蛋糕遮擋得嚴嚴實實，且紋絲不動的坐在那裡看著。

「蛋糕呢？蛋糕呢？」田鼠大聲的嚷嚷。

這時賤人轉過身，他默默的把一整盒蠟燭都插在蛋糕上，也不知多少根，看上去五顏六色的眼花繚亂。田鼠探頭望了一眼，隨之立刻反應過來，拿起我房子裡的座機給附近的鮮花店打電話，當時他的表情比那些鮮花還要浮誇。花店的號碼還是我給他的，源於一次他跟某個女孩鬧彆扭，讓我幫他盡快買一束鮮花，他要給那個我不知名的女孩道歉，我因為沒有自己的交通工具，便沿路邊走邊找，出門不遠就看到了這間花店。

店主是個單身男子，動機不純的把自己私人電話號碼給了我，我知道他醉翁之意不在酒，就在送花時把號碼給了田鼠，結果他一直存在手機裡。我之後每次路過那家花店，老闆都很熱情的跟我打招呼，說我的朋友田先生經常照顧他生意，為此要多謝我，簡直令我汗顏。

「陸晗冬，妳想要什麼花？隨便妳挑多少朵都沒問題！」電話還在接通中，田鼠就迫不及待的問我。

「對不起田先生，我父親生病了，我在家中陪他，花店這週不營業，耽誤您約會了，不好意思。」電話剛剛接通，還未等田鼠開口，花店老闆就用低沉的聲音對他說，免提的聲音很大，我和賤人都聽得清清楚楚。

儘管賤人一直忍不住的偷笑，他已經很努力的在控制，可是口水還是從他捂著嘴的手指縫間噴到蛋糕上，奇怪的是我除了也想笑，沒有一點犯嘔的感覺。我想盡可能的給田鼠留點顏面，故裝作什麼也沒聽見似的回他：「我要一株向陽花。」

「花店可沒這東西。」田鼠鬆了一口氣，然後一屁股癱坐在門口的沙發上。

可是剛坐下，田鼠就如坐針氈的跳起來，拿起那雙賤人剛放在沙發上的綠襪子，哭笑不得的跟我調侃：「陸晗冬，妳也趕時髦穿這種東西？」

我尷尬得不知說什麼，賤人難為情的在一旁苦笑。接著，田鼠又晃晃悠悠的走到我的蛋糕桌前，大致看了一眼就斷定的說：「陸晗冬，這蛋糕不是鮮奶做的。」我沒有理會，猜想他在來我這裡之前，一定又被哪個女孩嘔氣了，然後隨機切了一塊蛋糕遞給賤人。

「除非你自己養一頭奶牛，否則沒有一滴奶是新鮮的。」賤人冷淡的說，與此同時他面無表情的把蛋糕接過來。

「好吃嗎？」我怯怯的問。

賤人只顧著低頭吃，並沒有回答。但我知道他聽到了，果然不一會兒，他就舉起已被他一掃而空的蛋糕盤子給我看。

田鼠卻依舊不肯放過賤人買的那雙綠襪子，挑三揀四的告誡我：「陸晗冬，這種東西真的是華而不實，我敢保證每天早晨妳至少浪費十分鐘的時間去打理它，而且洗後會殘留很多皂液，它會腐蝕妳本就不夠光潔的肌膚，況且妳已經是一個三十歲的女人，應該穿點成熟的東西，妳不覺得黑絲襪很性感嗎？……」

我跟賤人都不言不語的坐在蛋糕桌前看著他，其實我們早就習慣了田鼠這樣。每次我或者是賤人跟他一言不合，他都會找各種茬，然後喋喋不休許久，然而每次當他真的開始長篇大論時，又都會因為他的語出驚人而倍感疲憊。關於黑絲襪，田鼠在這很久前就跟我提議過，源於他曾看見大花兒穿過，他覺得很風騷也很有韻味。於是，他逼著甜瓜也要穿，可是甜瓜的大象腿，每穿一條就會撐破一條，於是甜瓜經常跟田鼠抱怨說：「在小城裡，我們從不穿襪子也很好，既能看見雪白的皮膚，又能看見每個女人腿上有多少根汗毛。」

田鼠每次都會嘲諷的回甜瓜兩個字：「粗糙。」久而久之，甜瓜就再也不提絲襪的事了。

田鼠一心覺得，每個女人的衣櫥裡至少都應該有一條黑色的絲襪，我問他為什麼，他也只是草草回應了事：「以防不備之需。」

可是，我並沒有田鼠所謂的像樣的衣櫥，也不喜愛任何有顏色的絲襪，我不止一次的告訴過他：「如果我哪天穿黑絲襪，一定是看見了哪個讓我欣喜若狂的男人，然後如飢似渴的想勾引他，就像你交往的那些女人一樣，很『性福』卻又不幸福！」

即便如此，田鼠這麼多年也沒有放棄過，依然會時不時跟我提議穿一條性感的黑絲襪。我跟賤人一起在有滋有味的分享蛋糕，並沒有留意田鼠是什麼時候出去的，直到我們把蛋糕吃剩一半時，才聽到田鼠回來敲門的聲音。當時，田鼠手裡拿了一個長方形的紙盒，紙盒用藍色包裝紙包裹著，邊緣沒有黏貼牢固，隱約能看見透明的膠水，盒子頂端貼了個蝴蝶結絲帶。田鼠拿著它時，儼然變了張嘴臉，說是補給我的生日禮物，並強烈要求我當著賤人的面拆開，然後自己衝到蛋糕桌前，抱起剩下的半個蛋糕狼吞虎嚥，一邊享用一邊嘟囔說：「我就說不是鮮奶做的，一點都不好吃。」隨後，卻口是心非的把剩下的蛋糕都吃掉了。

田鼠的判斷很對，蛋糕的確不是鮮奶做的，我也不可能去買。對我而言，它的奢侈程度遠遠超過了田鼠刁鑽的嘴巴，而且我沒有任何交通工具，要坐一個小時的公車才能到達距離我居住地最近的那間鮮奶蛋糕店。

我仔細的把眼前這個長方形紙盒拆開，瞬間我和賤人都被驚豔到了，裡面居然是兩條妖媚的三點式內褲。賤人奪去一條拿在手裡看了許久，絲毫無一點羞澀的鋪在田鼠的蛋糕桌上，繼而好奇的叨念：「女人的東西太神奇了。」

田鼠早就習以為常，一本正經的把桌上的那條內褲摺好放回紙盒裡，然後不滿的看著賤人，儘管極力掩飾，還是掩蓋不住他不屑的表情。我雖覺得它過於驚豔卻也不足為奇，賤人並不知道，早前我還收到過田鼠送的內衣，上面鑲嵌著金光閃閃的亮片。

的確，外面的一切對賤人來說都是神奇的，也是神祕的，對此他很少反駁，只是默默地聽著，一改他在鐵皮車廂時的性情，也不知究竟是什麼原因，能夠讓他今非昔比。然而對我們來說，最神奇的事情應該是一樣的，那便是：我們總是會在某個節點，不約而同的回到記憶裡的那個讓田鼠稱作故鄉的地方。

13 粉絲：

田鼠提著兩個行李袋站在路口，遠遠的看過去，他似乎有點猶豫，我猜他左手提著的斑馬紋的行李袋是我的，右側單肩背著的軍綠色徽章的行李袋則是他的。

我心無旁騖的走過去遞給他一瓶水，田鼠一口氣都喝光了，還把空瓶倒過來給我看，傻乎乎的笑了好一會兒，我覺得他有點不正常。還沒等我開口問他，如何安排我們的行程，就看見瑪奇朵駕車停在路邊，田鼠很紳士的幫我打開車門，我楞在那裡很難挪步，不敢相信自己的眼睛，我還是第一次享受他這樣的待遇。

隨後，田鼠俯身提起暫且放在地上的那個旅行袋，又拍了拍斜挎在右肩的軍綠色旅行袋，並用眼神示意那是我的，與我想的截然相反。他彎下腰把它遞給我，我見他身後還背了一個暗紅色帆布包，裡面不知什麼，看上去鼓鼓囊囊的。

「背後的是什麼？」我指著它問。

「哦……那個，那個我想……他應該跟我們一起吧。」田鼠支支吾吾的說。

剎那間，我渾身都起滿了雞皮疙瘩。坐在車上的瑪奇朵很安靜，手中拿著一枝筆在一個小本子上在記錄什麼，一句話也沒有說，我在後視鏡裡看見他表情嚴肅，右側嘴角時而抽動，像在跟誰賭氣似的，這不禁讓我更加不安且魂不守舍。之後，瑪奇朵把車開到一間粉絲湯店門前停下，然後很不情願的回過頭看著田鼠，愁眉不展的說：「出發前總要填飽肚子才有力氣。」

我與田鼠相互對望著，用同樣驚訝的表情回應彼此，黃城總是有很多「風俗」讓我們措手不及。早前田鼠與一個女孩分手時，女孩就曾要求田鼠帶她去吃粉絲湯，說是曾經相愛過的人分手時一定要請對方吃粉絲湯，粉絲的寓意是「順」，希望離開彼此後一切都順意。說罷，瑪奇朵一馬當先的走進粉絲店，我看他說話時的樣子，儼然是真的什麼也不知。其實，田鼠最愛的食物就是粉絲，跟黃城的「風俗」沒有任何關係，可以是鴨血粉絲、牛肉粉絲、酸辣粉絲……只要是粉絲，隨便搭配什麼都不介意。

可是，田鼠大多時候都強忍著自己對粉絲的欲望，而不肯踏進黃城路邊的那些小店一步，生怕那些女孩知道或者看到了，會誤以為他又遇新歡捨舊愛，或是會笑話他品味低俗，卻不知道他為此成了我跟賤人茶餘飯後的笑話。能夠被各種形形色色的女人圍繞，一直都是田鼠最值得吹噓的事情。有一點值得肯定的是：那些女孩，那些形形色色的不同女孩，在多個方面都提高了田鼠的層次。

尤其體現在田鼠以討好女孩為前提的情況下開始寫詩，加之他本就較好的文化功底和才情，在其中一個女孩的介紹下，田鼠成功的出版發行了他的第一本詩集。在詩歌盛行的那幾年，也是田鼠的創作頂峰，於是他有了自己的粉絲，亦讓他有了足夠的精神食糧，那些數不勝數的求愛信件，足已讓他膨脹到再也不需要吃這種只會讓他胃部膨脹的粉絲充飢。那時膨脹中的田鼠，看不得賤人住在員工宿舍，也看不起我所租住的廉價房子，他卻執意流竄在不同女孩的住所，我們誰也不會主動去說他，總感覺田鼠脹得像個氣球，生怕不小心被不知輕重的我們捅破了。從此，田鼠就再也沒去過那些小店裡吃粉絲，而且我和賤人都在潛意識裡感覺到，田鼠正在試圖疏遠他和我們的關係。

田鼠的膨脹點總是源於女人，除舊布新是他的慣用伎倆。最先體會到的人，當然是那段時間被他稱為「傭人」的甜瓜，我跟賤人都看得出他和甜瓜之間的關係變得很微妙。田鼠曾私下告訴賤人，他和甜瓜親熱時，都彷彿還能聞到她身上有玉米味，繼而讓他犯嘔。賤人也許並不知道，田鼠第一次碰甜瓜，就是在空氣中都彌漫著濃重的玉米味的大地裡。那時，玉米、甜瓜以及甜瓜家中的一大片玉米地都讓田鼠為之炙熱和瘋狂。田鼠一定不會想到，賤人會傳這種男人間的私話給我，他若是知道，一定會面紅耳赤。我不知道自己出於何種心態，居然又把這番話轉述給甜瓜，甜瓜聽後很委屈的跟我哭訴說：「陸晗冬，我不僅很久沒有吃過玉米，而且每天都噴很多香水在身上……」

當時，甜瓜淚眼汪汪的樣子，看上去既可憐又可恨。我很清楚對甜瓜而言任何安撫都是無濟於事的，她的自癒能力很強，只要田鼠還願意見她，之前所有的情緒都會在頃刻間煙消雲散。但是，我依舊咬牙切齒的告訴她，同樣的也告誡我自己：「一個人開始厭惡另一個人，總會有很多理由為自己辯解，我們曾經沒有理由喜歡的東西，總會在某一天有無數個理由拋棄它。」

甜瓜常說我像個哲學家，田鼠並沒有教會我認識過多的漢字，但我卻能夠說出很多出其不意的話。甜瓜雖然並不懂我在說什麼，卻似懂非懂的跟我舉了很多例子，比如：田鼠不再跟她同用一個餐盤吃飯，理由是田鼠覺得甜瓜的餐具上沾滿了口水，不僅噁心而且讓他食欲下降。可是，無論甜瓜列出多少條田鼠的「罪狀」，都始終不願意離開他。

田鼠只有在他的詩歌出版時，他才會主動聯繫我們，問我和賤人索取地址，卻絕口不提甜瓜。他的詩集無論銷量怎樣，都會「心存歹念」的給我們郵寄幾本，並在書的扉頁寫上這麼一句話：你窩在風平浪靜的小城裡享福，永遠也無法體會我隻身站在風口浪尖上時舉步維艱的孤獨。

甜瓜和賤人都因為不識幾個字，所以我不得不情感充沛的把那句話念給他們聽，然而我也只能念這麼一句給他們聽。我們一致覺得，當時的生活的確令我們舉步維艱，但是田鼠並不孤單，我們也不孤獨。詩集並沒有多少紙張，然而卻是阿拉伯語，我從沒有問過田鼠，究竟是他富有絕高的語言天賦還是哪個女孩樂於代勞，這只會讓田鼠誤以為我在對他的詩歌評頭論足。

賤人聽前和聽後始終都是一樣的不卑不亢的表情，然後象徵性的隨手拿一本。甜瓜卻一言不發，且像受了什麼刺激似的面色慘白，我擔心地問她：「田鼠發行詩集，妳不開心嗎？」

甜瓜卻始終不作聲，直到幾天後的晚上，她忽然忍不住對我嚎啕大哭：「陸晗冬，田嘉輝是不是打架了？」

「誰告訴妳的？」我被驚嚇出一身冷汗。

甜瓜抽泣的說：「他不是在書上留言給我們的嗎？還是妳念給我聽的。」

那一刻，我腦子飛快的運轉，然後發現再高的智商也抵不過甜瓜的低情商，於是「風口浪尖」和「舉步維艱」這些冠冕堂皇的成語在我腦海中浮現，那個瞬間我絕對是理解田鼠的，他們大概太「層次分明」了，一起生活真的很艱難吧！

就在我呆頭呆腦的回想這些時，瑪奇朵為我叫的那一大碗鴨血粉絲端上了桌，在黃城這麼一大碗又足夠分量的粉絲湯只要兩元五角，滿滿的鴨血浮在頂層，看上去有點眩暈，根本無從下口。田鼠問店員要了一個空碗，然後把鴨血一塊一塊的挑了出去，我急忙仔細的跟瑪奇朵解釋：「粉絲湯沒問題，我只是受不了那種血淋淋的東西，與誰的血沒有任何關係，也不是跟鴨子有過節，只要是紅色的東西就會讓我產生各種生理反應。」

就在我跟瑪奇朵說話期間，田鼠已經把挑出去的鴨血都吃掉，然後又叫了一碗牛肉粉絲湯給我，這樣場景雖然很熟悉，卻再無一絲一毫的波動。記憶裡，我、田鼠和賤人剛到這座城市時，為了省錢常常一起吃粉絲充飢，因為賤人喜歡吃鴨血，所以大多時候我們都會選擇吃鴨血粉絲湯，那時像這樣一碗鴨血粉絲湯只要一元五角，牛肉粉絲湯是兩元五角。我們每次都各叫各的，田鼠會問老闆多要一碗湯，然後賤人挑出碗裡的粉絲，我挑出碗裡的鴨血，都放在那碗湯裡，這樣田鼠一個人可以吃到兩碗。

即便如此，我也從不會跟賤人共用一碗，他也從沒提過這樣的要求，唯有田鼠從不嫌棄我們，奇怪的是他卻嫌棄跟他相濡以沫的甜瓜，曾經我很惱火的為此質問他時，他不僅沒有回答反而問我：「陸晗冬，妳還不是一樣，怎麼就偏偏嫌棄尉遲艦呢？」

那一瞬間，我突然明白了。曾經，我們一起居住在那個髒亂不堪又時而充滿異味的鐵皮車廂裡時，我很討厭賤人，即便他很邋遢也很粗糙，卻沒有嫌棄過他，我願意吃他用拾垃圾的那雙手做的任何東西。大概是由於他年輕力壯的體魄和清新俊俏的臉頰，或是因為當時的自己並不具有女人基本的美貌和像甜瓜一樣賢慧又麻利的手腳。可是，就在我們到黃城後，尤其是賤人四十歲以後，工作的勞苦和飲食不周，讓他的容貌突然間顯得格外蒼老，且體態又婆娑，加之穿衣老土以及說話沒水準還自以為是的樣子……類似於這樣詆毀他的話，我可以說出一籮筐，恨不得把所有貶義詞都用在他身上，卻從未感激過他或是為之感到慚愧。

「陸晗冬，我沒有騙妳，是真的很好吃吧？妳看田嘉輝狼吞虎嚥的吃相！」瑪奇朵得意的對我說。

「人在飢餓的時候會失去味覺，吃什麼都很香。」我不以為然的瞄了田鼠一眼。

我並沒有察覺到瑪奇朵對我的「執迷不悟」早已厭煩，不禁有點自怨自艾，依舊意猶未盡的回味著說：「粉絲是一種很容易有飽足感的東西，尤其是和湯一起的時候，它可以膨脹在肚子裡許久。曾經賤人為了省錢，每天都躲在員工宿舍裡吃粉絲，我為了支付租住的費用，每週至少也要吃三次，所以早就吃膩了。」

田鼠卻始終都鍾情於它，大概早就忘記了我們第一次吃的粉絲，還是甜瓜偷來的。

那時候的冬天，無論什麼時候想起來，都會覺得很冷，哪怕頂著炎炎烈日，渾身都會打寒顫，可能是因為鐵皮車廂特別冰冷的緣故吧，我們總會不自覺的想起車體四周都凍滿了冰霜的樣子，本就冰冷的鐵壁顯得格外蒼涼。

那天一早，甜瓜就獨自下山了，直到天濛濛黑才回來，田鼠絲毫沒有一點擔心，只顧著跟賤人一同謾罵山下那些自以為是鑿山的人們，我躲在車廂裡也能聽到他們洩氣的同時，肚子裡發出的「咕嚕嚕」的聲響。

「你們都來看，我拿到了什麼？」車廂外忽然傳來甜瓜的聲音。

伴隨著塑膠袋發出的嘩啦啦聲，我好奇的走出去，還未等我看到讓甜瓜如此喜悅的戰利品究竟是什麼，就聽見賤人和田鼠異口同聲的大叫著：「粉絲，是粉絲……」

在小城裡，粉絲是極為罕見的東西，在此之前我只有在寺廟裡見過一次，有人拿它來祭拜佛祖，想以此為家中求一男嬰。可是幾天後粉絲就不見了蹤影，因為沒有人敢碰祭品，所以都以為是佛祖顯靈。

隨後，賤人點燃了廢棄的木炭，用鐵鍋燒了滿滿一鍋的熱水，冬日裡燒水的過程很漫長，我們各自找了一截廢棄的木樁，圍坐在燒水的鐵鍋四周取暖，目不轉睛的等著它發出「咕嘟嘟」的聲音，恨不得馬上就把粉絲放進去，卻不知是什麼時候開始，我們的哈氣已經和水蒸氣混合為一體。粉絲是甜瓜放進鍋裡的，她右手拿著粉絲左手扠腰，從我額頭上方俯身而過，那一刻我覺得她的身軀像男人一般偉岸，且特別有派頭的說了句：「你們吃吧！」

我們就這樣圍著那個鐵鍋開吃了，那是一種很奇怪的味道，沒有任何佐料卻吃得我們渾身發熱，在冰凍的冬日裡大汗淋漓。當時，田鼠為了能獨吞掉最後那坨已被泡爛了的粉絲，居然故作噁心的表情，並使出下三濫的伎倆，說甜瓜凝固在鼻孔下方的透明色鼻涕跟粉絲像極了，結果沒噁心到我們，反而噁心到他自己，因為我和賤人從來都沒有仔細留意過甜瓜，只有他看的最多。

我以為田鼠沉默不言，只是因為他沉浸在「大餐」過後的幸福裡，或是被粉絲撐到無力敷衍。可是就在我「回味」得正盡興時，他忽然「熱氣騰騰」的走到我旁邊，嬉皮笑臉的對我說：「陸哈冬，我知道妳在想什麼，最好什麼也不要說出來！」

儘管我討厭田鼠軟禁我自由的嘴巴，但我還是會身不由己的故意迎合他。對此，我和賤人都很佩服甜瓜，只有她很成功的堅持了自己，並把自己塑造成一個只鍾情於田鼠和玉米的人。不知為什麼，她會想盡一切辦法來取悅田鼠，就是不肯嘗試再次做些田鼠最愛的粉絲。

田鼠第一次跟甜瓜冷戰，是在遙遠的巴林。儘管甜瓜心裡很清楚，田鼠早已對她「深惡痛絕」，可是仍舊在用她的方式來平衡玉米和田鼠之間的關係。她會趁田鼠不在家時，偷偷的買玉米回來吃，然後用很多洗潔精把烹製玉米用的鍋具反覆的清洗很多遍，在確保沒有玉米味後，再滿屋子裡噴上刺鼻的香水，卻絲毫不介意那些香水都是大花兒送的，即使在她和田鼠的家裡，空氣中都能彌漫著大花兒的味道。

「陸晗冬，妳是不是想讓我用鴨血堵住妳能言善辯的嘴巴？」田鼠突然對我怒目圓睜。

我驚愕的看著田鼠，全然像是被他看透了一般，可是我確信自己只是在回憶，什麼都沒有說。像是觸電一般，還來不及有其他反應，便看見田鼠右側額頭已青筋暴露，隨後扭頭朝著相反的方向走去，我盡可能的邁大步伐，加快速度追上他。

「我們沒有也不會吵架！」我很確定的對跟在我身後的瑪奇朵說。

我們就這樣集體唐突的從粉絲店走出來，瑪奇朵忽然從衣兜裡隨手掏出十元錢，示意我回去給店家結帳。他掏錢時嫻熟的動作，跟他從白大褂的口袋裡掏出那些藥丸時一模一樣，看上去他想單獨跟田鼠說些什麼，我很知趣的接過他手中的錢。

「八元五角。」店家接過錢，還送了我一顆透明塑膠紙包裹的糖球。

我毫不猶豫的剝開糖紙，把那顆玻璃球大小的糖球放進嘴裡，實在難以置信。回想，我曾在巴林買過一包木薯粉，一包只有四十五克，卻用掉了二第納爾。若不是我跟田鼠嘔氣，我絕不會因為粉絲和木薯粉的差異而與他發生激烈的爭執，更不可能買下那包價格昂貴的木薯粉。那次爭吵也是我跟田鼠第一次衝突，不僅因此被一群穆斯林圍堵，而且更讓彼此狼狽不堪的面目全然暴露在眾目睽睽之下。

◎

那天，甜瓜欣喜若狂的告訴我：「陸晗冬，我在街邊一間只有幾平米大的商店裡看見了粉絲，放在門前一個金屬色的雜貨架上。妳幫我看看，我很想做給田嘉輝吃，他已經很久沒有來看我，也許這會讓他跟我有更多的話說……」

甜瓜的話還沒說完，我就已經迫不及待的出發了，我很願意為此效勞，只因為如果田鼠來看甜瓜，我無須為自己找任何理由，也可以看見他。可是，就在距離那間商店不遠的路邊，我無意間撞見田鼠懷中緊緊摟著一個身材妖嬈的女人，他們不慌不亂的從狹窄的路口旁的一棟白色的房子裡走出來，即便留給我的只有他一身臃腫的背影，那件紅得刺眼的條紋T恤，也足以讓我確信他就是田鼠無誤。

我本想放輕步伐，慢慢地跟在他身後，可是很快我就後悔了，並把自己陷入了無盡的思索中，也沒能控制住自己的怒氣，就在臨近他時，忽然喊了出來：「田嘉輝，甜瓜讓我叫你回家吃粉絲。」

田鼠回過頭，看上去他並不確定自己將如何化解這樣的尷尬，繼而與那個女人面面而視許久，也沒有任何語言交流，他跟隨我去了街邊那間商店，我猜他一定是因為我撞破了他的約會而心事重重，憂慮我會用怎樣極端的方式告知甜瓜，或是在暗自祈禱我會看在彼此的情分上而對他大赦，我逕自走去甜瓜所言的門前那個金屬色的貨架，生怕晚一步就被別人買走。

「陸晗冬，這個是木薯粉。」田鼠心不在焉的說。

「看上去明明就是粉絲。」我氣急敗壞的說。

「上面寫著是木薯粉，粉絲和木薯粉不一樣。」田鼠把它從貨架上取下，仔細的看著包裝上的字，然後指給我看。

「你難道不知道我不懂阿拉伯文嗎？都是粉絲沒錯了！」我有些急躁，語氣也並不好。

也許是因為剛剛自己看到的場景，一時間實在難以抹去，我對田鼠較真的樣子開始厭煩，更難以忍受他滔滔不絕的跟我大論它們之間微不足道甚至我根本聽不懂的關係。在我看來，田鼠並不是在跟我展示他的學識，只是無厘頭的想要為此糾纏，我們就這樣開始了無止境的爭吵，萬幸的是除了我們彼此，誰也聽不懂我們在說什麼。

由於店主是穆斯林，因我們在店裡爭吵的關係，不久就被一群穆斯林圍堵，我居然不得已用了二第納爾買下了這包木薯粉，田鼠也被迫與我回去看望甜瓜。看著甜瓜手忙腳亂的為田鼠做木薯粉湯，臉上也難掩內心的竊喜，我也隨之平心靜氣。可是，田鼠卻沒有吃任何東西，包括擺在桌上的已煮成漿糊的木薯粉，一副憂心忡忡的樣子，我雖為之憤憤不平卻也不想告知甜瓜，那樣只會抹殺甜瓜最後的一絲期待。

可悲的是兩天後，甜瓜不知聽說了什麼，忽然跟我聲淚俱下的哭訴有關木薯粉的各種問題。整整一天的時間，我都一直在跟甜瓜解釋木薯是什麼，甚至還不得不充分的發揮想像力，去告訴甜瓜木薯是怎樣加工做成的粉絲。就在我以為自己大功告成時，甜瓜卻梨花帶雨的哭得更加激烈，一直在撕心裂肺的對我大喊：「陸晗冬，妳早就知道木薯粉跟粉絲不一樣，對吧？」後來我才意識到，木薯只是甜瓜發洩悲傷的替代品罷了，一切都源於田鼠沒有吃、不想吃、也不會吃她做的任何東西。

那次過後我暗自發誓：再也不跟甜瓜解釋一些她全然不懂的東西，因為真的很吃力，也很需要耐心。甜瓜很笨，儘管我很不願意這樣去形容她，但這是認識她的所有人都公認的，她自己卻從不願意承認這個不爭的事實，偶爾只會用哭泣的方式給自己找一個很好的理由，且聽上去是那麼的合乎情理。

甜瓜說：「笨的人都很好，因為不會有壞心，所以都很善良。」

旅程：14

「陸晗冬，怎麼去了那麼久？」瑪奇朵愁雲滿面的看著我問。

我嘴裡含著糖球，尷尬的笑了笑，猜想他與田鼠的聊天一定不順利，因為他棕熊一般的眉毛已荊棘密布。忽然間，我看到田鼠正蹲坐在瑪奇朵的汽車旁邊，從他身後那個暗紅色的帆布包裡拿出了一個白色的陶瓷罐，我的胃部即刻開始翻騰，雖然並沒吃什麼，但是回想起剛剛與粉絲同在一個碗裡的鴨血，還是在距離瑪奇朵的汽車沒幾步的草叢裡嘔吐不止。

「陸晗冬，妳太緊張了，就不能當作是普普通通的旅行嗎？」田鼠走到我身後輕聲說，並輕輕地敲打我的後背。

可是，並沒有起到任何緩解的作用。那一刻，我恨不得把口中所有的嘔吐物都丟在田鼠的臉上，我想田鼠很清楚的知道，在這之前我從沒有離開過黃城。若是田鼠硬要把旅行定義為從一個地方到另外一個地方，那麼我的確有過兩次旅行。一次是我隨同賤人、田鼠和甜瓜一起從小城到巴林，另一次是我跟賤人兩個人一起從巴林到黃城，確切的說這兩次都不普通，可惜我很難把它定義為「旅行」。

這次也是如此，田鼠無意間的安撫，卻讓我對他的行為更加憤怒：「田嘉輝，會有人在旅行的途中，一直都背著那個驚悚的罐子嗎？」

田鼠漠然的看著我，這已經不是我第一次察覺到田鼠異常的眼神，他看著我更像是在看一個陌生人，尤其是我直截了當地叫他田嘉輝的時候，他儼然不想理解也無法理解我的感受。就在我的眼淚即將憤怒的滾出眼眶時，田鼠居然淡定的與我提議：「陸晗冬，既然如此我們分開走吧！妳坐火車，我坐汽車，一起在丹亭會合。這樣或許能減少許多妳跟這個罐子相處的時間，到了丹亭我們的心情都會平復些。」

在我看來，這就是田鼠最擅長的陳詞濫調，本想即刻否決他如此荒謬的想法，畢竟過去我從沒坐過火車，也從沒去過丹亭，可是田鼠很快又去瑪奇朵耳邊輕聲嘀咕，再次被我真切的聽見了。他像無賴一般對瑪奇朵說：「中途我想去丹亭旁邊的縣城一趟，有個女孩想見我。」

我不知道瑪奇朵作何感想，至少我相信了田鼠的話，也什麼都沒有再多問，田鼠的這個理由讓我很爽快就答應了，並決定先送田鼠。去汽車站的途中，瑪奇朵一直好奇的問我們：「丹亭會合後，你們的終點是哪裡？」

我見田鼠在虛無縹緲的看著窗外，像是有很重的心事一樣，於是我回答他：「我也不知道，在丹亭會合的時候再問田鼠。」

我在汽車的後視鏡裡再次看見瑪奇朵驚愕表情，加之田鼠的沉默，他一定覺得我是信口開河。這是一趟被迫的旅行，我不清楚田鼠是否真的要回去，也不確定他所謂的回去又是回去哪裡，跟隨他是我唯一能做的。瑪奇朵雖然不相信我所言都是真的，但是在人流擁擠的汽車站，我們還是一同目送田鼠走進候車大廳。田鼠將剛買的一張車票對摺後放進左側的褲兜裡，右手提著旅行袋，左手時不時反摸著自己的後腦勺，乾枯的頭髮如野草，彷彿長滿了蝨子，身後的帆布袋也跟隨著他的步伐而有節奏的搖搖晃晃，我不想再看下去，便數落瑪奇朵趕緊離開，而之所以選擇先送田鼠，只是因為順路罷了。

只剩下我們兩個人後，瑪奇朵終於沒有顧忌的開口問我：「陸晗冬，妳真的不知道要去哪裡嗎？」

我實在不知道怎麼回答他，於是搪塞的說了句：「那麼好奇，不如跟我一起去好了！」

我只是隨口一說，心裡很清楚瑪奇朵的工作性質，紅房子裡的那些病人跟曾經的我一樣「如飢似渴」，他也並不像我跟田鼠這樣的「無業遊民」來去得自在，況且我也不知道要出去多久。可是，我不曾想到瑪奇朵居然果斷的答應了，然後把車停靠在路邊，拿出手機開始打電話請假，我在旁邊聽得瞠目結舌，不僅理由之多而且個個荒謬，瑪奇朵又讓我長了見識，看來男人撒謊的本領都是天生的。

為了能讓他的謊言得以更加自在，加之我也實在很難入耳，於是去查看田鼠留給我的行李袋。打開後大致看了下，裡面有一對奶白色的馬克杯，兩支一次性牙刷，兩條黑白格紋的毛巾，兩塊透明香皂，幾乎所有用品都是雙數，像是早就預料到我們會兵分兩路，且瑪奇朵會沿途跟著我似的。

「陸晗冬，妳在幹什麼？我們去買票了！」瑪奇朵開心的叫喚我。

「請到假了？」我問。

「當然，有十天。」瑪奇朵得意的說。

「你找了什麼理由？」我很驚訝於他十天之久的假期，且都要寸步不離的跟著我，對此我半信半疑。

「我只是如實說自己新接收一個病人，她需要我來陪護。」瑪奇朵故作淡定的說。

接著，瑪奇朵的一股壞笑聲傳進我的耳朵，再轉頭看他捧腹且笑不可抑的樣子，瞬間覺得自己愚蠢至極。剎那間，瑪奇朵儼然就是黃城山丘動物園裡的猴子，被投餵久了成了人精，把我耍得團團轉。

瑪奇朵把汽車停在火車站站前，在把他的證件交給我後，就心安理得的去安放自己的座駕，並一再囑咐我：「陸晗冬，節約時間，愈早出發愈好。」

火車站的售票廳內，售票視窗只有兩個，且都排著長龍，我隨意站了其中一隊，就開始了煩躁又漫長的等待。也許是從沒有離開黃城遠行的關係，我居然不知道有這麼多人往返於黃城這樣的盈尺之地。我拿出瑪奇朵的證件，乍一看才知道他的真實姓名：李安生。大概是因為稱呼他為瑪奇朵太久了的緣故，便覺得李安生這個名字不僅陌生，而且一點也不適合他。

半個小時後，我已腿腳發軟，看見瑪奇朵安頓好自己的座駕，正朝著售票的方向迎面而來，我試著在人群中大聲叫他：「李安生，李安生……」

瑪奇朵卻像全然沒聽見似的轉頭而去，飛快的離開了這鬧騰得讓人窒息的地方。這時，排隊在我身後一個小夥子似乎在跟女朋友打電話，雖然看上去很亢奮，卻欲語淚先流，而後身體無意識的向前碰撞我，即使在如此嘈雜的環境裡，依然能凸顯出他高亢的嗓門，且讓我胃裡泛酸的是他一直在用自己帶著鄉土味的口音，親切的呼喚電話那頭的另一伴：「哈尼……」

在排隊買票的焦躁中，不僅耳膜受到衝擊，而且內心莫名失望。曾經在巴林的時候，田鼠也是這般模樣，百般親切的稱呼大花兒為「哈尼」。我初次親耳聽到時，也受到了極大的碰撞，可惜不是身體，而是心靈。我開始在心中默默地抱怨瑪奇朵，為什麼偏偏把這樣的苦差事交給我，如果換作是田鼠，他一定會打理好一切，最起碼他會陪著我，即使嘴巴無休止的念叨，也比自己隻身一人在此排隊好過許多。

瑪奇朵提著一大袋乾糧過來時，我已買好了兩張去丹亭的車票，正坐在售票門前的臺階上，周邊橫七豎八的躺著等車的人，他見我滿頭大汗且面色焦灼，於是從袋子裡拿出一塊麵包給我。

「陸晗冬，這個給妳。我最討厭香芋，所以這些香芋味道的麵包都是給妳的。」言語間，瑪奇朵舉起裝著麵包的袋子。

「你怎麼知道我喜歡香芋麵包？」我下意識有些激動，自以為田鼠又跟他說了什麼。我們曾在鐵皮車廂外的泥土坡上種過芋頭，因為沒有玉米的關係，甜瓜會給我們做一些香芋饅頭充飢，田鼠知道那是我最愛吃的東西。

「因為只有香芋麵包，正巧我又討厭香芋而已。」瑪奇朵居然滿臉通紅，我知道他又認真了。在猶豫片刻後，他又忽然問我：

「難道妳就沒有特別討厭的東西？」

「只是一塊麵包而已！」我心想，並哭笑不得的看著他。

如此認真的問題，我確實從沒想過，在我和田鼠離開小城之前，也沒有絕對讓自己討厭的東西，似乎除了甜瓜以外圍繞在田鼠身邊的女人們，其餘的一切都還在我能接受的範疇裡，瑪奇朵大概永遠也無法想像曾經我和田鼠一起歷經的生活，能夠吃上一個香芋饅頭是多麼幸福的事。我雖沒有回答他，卻感覺到瑪奇朵看我的眼神異常，就像在紅房子裡醫生看病人時那般異樣。於是我岔開話題問他：「李安生，我剛剛在排隊買票時一直叫你，你是不想一起排隊還是真的沒聽見呢？」

這時，他扒開自己像棕熊一樣濃密的眉毛給我看，同時不斷的問我：「看到了嗎？一條很深的印子，妳看到了嗎？跟一個女孩打架留下的，我只是跟她鬧著玩，可是她當真了，是用吃飯的勺子打的，當時流了很多血，印子再也下不去了。」

「嗯。」我用力的點了下頭，感覺自己的下巴碰到了鎖骨。

「我讀書時為了給自己賺學費，在一間咖啡館打工，有一種咖啡叫 Caramel Macchiato，在香濃的牛奶上加入濃縮咖啡，再淋上醇正的焦糖，客人都喜歡我做的，於是久而久之每次見我，就直接稱我為 Macchiato。Macchiato 義大利文的意思是『烙印』和『印染』，中文音譯為『瑪奇朵』，『Caramel』意思是焦糖，焦糖瑪奇朵就寓意為『甜蜜的印記』，正巧跟我眉毛上的印子吻合，大家在醫院裡也叫我瑪奇朵，我已經不記得自己的名字是李安生。」說完，瑪奇朵沉浸其中開懷大笑，彷彿又回到了那會兒他被自己喜歡的女孩用飯勺打破眉頭的時候。

我勉為其難的配合他，竭盡所能的舞動自己臉頰上僵硬的肌肉，並把一直握在手中的車票和證件遞給他。瑪奇朵很開心的接過，看了一眼後就用極度誇張的音調問：「陸晗冬，是硬座？」

「現在回去還來得及。」我悶悶不樂的說。

瑪奇朵看見我不悅的表情後不再說話，我的確是心事重重且坐立不安，他並不知道我獨自買票的時候都發生了什麼。

「我要買兩張去丹亭的車票。」等待許久後，我把自己和瑪奇朵的證件一併遞給售票員，並深深的鬆了一口氣。

「到丹亭要十七個小時，只有硬座車票，十八塊一個人，確定要嗎？」坐在裡面一位戴著擴音器的售票員問。

「是不是坐汽車過去丹亭會快一些？」我楞了一會兒後問。

「不知道，黃城沒有直達丹亭的汽車。」瞬間，我的腦袋一片空白，根本沒有留意她說這番話時的表情和語氣。

我在售票窗口前呆滯了許久，直到聽見排在身後的人催促的聲音，才慌亂的說：「要，我要兩張去丹亭的硬座。」

就在我愁眉不展地坐在石階上等瑪奇朵的過程中，那個即將散架的諾基亞手機居然還收到了田鼠發來的簡訊：陸晗冬，我正在去往丹亭的汽車上，還有五分鐘發車，我們丹亭見。

隨之，我立刻撥打田鼠的電話，想跟他再次確認他的汽車是否直達到丹亭，可是田鼠的電話卻一直處於無人接聽的狀態。我無奈地回覆了一條訊息給田鼠，並在訊息裡告知他：我也買好了火車票，兩個小時後發車，列車車次是L849。

我並沒有在訊息裡告訴田鼠瑪奇朵將一路隨我同行，一心自私的覺得我們在丹亭跟田鼠會合後，再隨便找個理由讓瑪奇朵回去。手裡攥著的火車票已被手心的熱汗捂濕，還在糾結於田鼠是否真的在去丹亭的汽車上。一個小時前，我與瑪奇朵一起親眼目睹田鼠在汽車站買了車票，然後真真切切的看見他頭也不回的走進了候車大廳，我想也許那個售票員並不知曉罷了。

我們乘坐的火車是綠皮車，是最慢的那一種，丹亭是個小鎮，也只有綠皮火車才會停靠，車體內的顏色像極了曾經我們居住在賤人的鐵皮車廂。硬座車廂裡擠滿很多人，而且空氣中伴有各種雜味，頓悟賤人的鐵皮車廂竟然比這個要好很多。一位看上去年歲很大的老奶奶晃晃悠悠的從我們身邊經過，一邊步履蹣跚一邊自言自語：「下一站就到了，五十分鐘很快就過去了。」

瑪奇朵連忙起身，很有風度的把自己的座位讓給她，為了讓她坐得安心，還強顏歡笑的說：「我們要十七個小時呢，坐久了腰痠背疼。」

接著，瑪奇朵率先受不了綠皮車廂裡的味道，跑去兩節車廂間的廁所裡嘔吐。他回來後，臉色蠟黃，大概吐光了胃裡所有的東西，然後有氣無力的癱坐在我腳下，再也沒有心思顧及車廂內四處可見的髒亂不堪，也聞不到一丁點的雜味，卻還留有最後的一點力氣跟我抱怨：「陸晗冬，我發誓這一定是我最煎熬，也是歷時最久的一次旅行。」

我很嫌棄的對他搖了搖頭，總覺得這個男人多少是有那麼一些矯情的，他不同於我們所歷經的貧瘠，一定曾經過著豐衣足食又安富尊榮的生活。為了分散注意力，瑪奇朵不斷地跟我聊天，他聲音很微弱，所以大多是他在說，我安靜的聽著，自認為跟瑪奇朵聊天不易太深刻，我的智商和學識根本聽不懂他在說什麼，我肚子裡所有的墨水都是田鼠灌注的。

「陸晗冬，我打賭這也一定也是妳最煎熬的旅行！」瑪奇朵忽然把嘴巴湊到我耳邊說。

瑪奇朵並不知道我從未有過旅行，但是我一想到有人沿路都會在我耳根念叨長達十七個小時之久，的確覺得很煎熬。我的目光一直落在坐在我對面的那個鬍子拉碴的大叔身上，他一直盯著我身旁的老奶奶，像是圖謀不軌，又像是彼此熟知。

「陸晗冬，妳都去過哪裡？」瑪奇朵順勢將半個身子躺下，一隻手肘支撐著半個身體，斜眼看著我問。

我遲疑了好一會兒，然後含糊的回答：「這裡和那裡。」

「那裡……是什麼？」這時，瑪奇朵漸漸地坐起，那樣子像在投石問路一般。

「你都去過哪裡？」我連忙反問他，沒敢直視他犀利的眼睛。

「我……太忙了。在這之前，我一直想去沙漠，然後，就再也不想出去了。」瑪奇朵有點結巴，看上去有點沮喪，還有一點鬱結。

「沙漠裡除了沙子還有什麼？辛苦的過去，吃了滿嘴的風沙回來，去或不去也沒多大的區別，我和田鼠都見慣了泥土和黃沙，也都不會覺得沙漠有什麼稀奇之處。」我試圖用我的方式寬慰他。

「三毛寫過一本書叫《撒哈拉的故事》……」瑪奇朵義正詞嚴的說。

「我不如田鼠懂得多，也沒讀過什麼書，更沒有過像樣的旅行，所以並不知道三毛，更沒有讀過……什麼什麼的故事！」我忐忑不安的打斷他，生怕他又開始跟我講一些深奧的長篇大論的東西，可即便如此也沒能夠阻止他。

「陸晗冬，我曾經看過的一個病人，我第一次見她，她手裡就緊緊握著這本書。她有嚴重的妄想症，在來我這裡之前，她已在精神病院裡住了兩年。進門時，她被母親架著胳膊，如果不說話，一點都看不出有什麼異常，她坐在我對面的椅子上，表現得很安靜，無論我問她什麼問題，她都不回答。後來我們熟悉後，她每次過來做心理諮詢，都會一口氣跟我講很多關於沙漠的故事，我們的聊天也僅侷限於沙漠，或是跟沙漠相關的東西，印象最深刻的是她告訴我說她鍾情於沙漠，就像鍾情於她摯愛的情人。有一天，她母親懇求我，想讓我帶她的女兒去沙漠看看，也許真的看過了，她的病也就好了，我明知道那是一件不可能的事，可還是勉為其難的答應了。但是就在出發前的一個月，她突然不再跟我說沙漠的事，而且跟正常人一模一樣，可以有說有笑的跟我聊任何事情，直到出發的前一天，她過來找我做最後一次心理治療時，執意要把那本《撒哈拉的故事》送給我，見我並沒有收下的意思，她就用桌上的飯勺打了我的眉骨……」瑪奇朵一鼓作氣的說。

因為這個我當時並沒有完全聽懂的故事，在枯燥的綠皮車裡感覺時間飛快。其實，我那時的智商和情商都容不得我一下子聽人講那麼長的一段話，加之那個沙漠和情人的故事有點深奧，也不知道他為什麼要莫名其妙的講給我聽，只是看著他沮喪也跟著有些沮喪而已，然後我不知所措的摸了下他的額頭，像是發了高熱，滾燙滾燙的。

「然後呢？」我小心翼翼的問。

隨之，我在瑪奇朵的眼裡看見了晶瑩的淚水，且斷斷續續的閃爍，而後聽見他哽咽的說：「就在那天夜裡，我接到她母親驚慌失措打來的電話，說她從陽臺上縱身一躍跳了下去，我一再問她母親在這之前她都說了什麼或有什麼異常，她母親痛苦的告訴我，說她接受不了她的情人不再屬於她一個人……」

當時，我感覺整個車廂變得特別悶熱，悶熱得分不清瑪奇朵臉上的水珠到底是汗水還是淚水，也難以琢磨他此刻在想什麼。只是覺得瑪奇朵跟我講了一個淒慘的故事，可惜我聽不太懂，也更不會有什麼所謂的感同身受。

也許是出於想寬慰他，或是覺得我知道了他的祕密，也要分享一個我的祕密才公平，我突發奇想的說：「我們做個交易，你吃一塊香芋麵包，我也給你講一個故事。」

這個提議讓瑪奇朵即刻亢奮起來，敏捷的從我腳底下的塑膠袋裡拿出了一塊香芋麵包，然後一股腦的往嘴裡塞，看著他狼狽的樣子，似乎失去了味覺，也忘記剛剛還沉浸在哀愁的往事裡，隨著最後一口香芋麵包下肚，他立刻瞪著眼睛問我：「陸晗冬，妳就跟我講講那裡吧？」

「那裡的什麼？」我難以置信的看著他，很不情願又故作玄虛的問。

「比如，妳和田嘉輝為什麼離開那裡？」瑪奇朵直截了當的說，一點也不客氣。

「因為，因為田鼠，田鼠他燒掉了老田所有的經書……」我下意識地脫口而出，像是一個罪人急於洗清自己的罪狀一樣。之後我很慌亂，斜視中我看到了瑪奇朵驚愕的眼神，然後自動遮罩了他所有的問話，似乎需要解釋的問題太多，頃刻間滿腦子都是那個關於經書的祕密。

「老田，是田鼠的父親……」我像丟了魂似的說，感覺自己的五臟六腑都被掏空了，真不明白為什麼突然間自己會說起這個。

「我知道，然後呢？」瑪奇朵好奇的問。那一刻，他看我的眼神像個獵人一樣，我知道我已經被他用獵槍瞄準了，他不會就此放過我，我也很難跑得掉。

「然後？沒有了。因為你只吃了一塊香芋麵包，所以只能講一個故事。」我不甘示弱的說。

接著，我總覺得有什麼東西在我的腿邊遊動，像是蛇又像是老鼠，我低頭看下去，居然是瑪奇朵的手，他在試圖摸索那個一直放在我腳底下的麵包袋子。

「你想再吃一塊香芋麵包？」我不可思議的問。

「陸晗冬，妳真是個得寸進尺的人。」瑪奇朵不懷好意的說。

瑪奇朵看上去只是在撥雲撩雨，而我卻不敢相信他居然說了這樣的話，然後猛然站起，卻裝作絲毫沒有生氣的樣子，內心卻恨不得給他一巴掌。

「得寸進尺」四個字充盈在腦子裡久久不願褪去，我受不了這樣的話，曾經田鼠也跟我說過，令我火冒三丈。我不記得當時我對田鼠說了什麼，促使他很生氣的「回敬」

栽贓者：15

我：「陸晗冬，妳都不覺得我對妳比對其他所有的女人都要好嗎？妳太得寸進尺了！」

於是，我牢牢記住了這句話，卻始終也想不起來在此之前我到底對他說了什麼，那些不同於其他女人的好又都體現在哪裡。

「陸晗冬，妳腳下的行李袋不見了。」瑪奇朵突然焦急的對我說。

我本以為這只是瑪奇朵為了不想多吃一塊香芋麵包而跟我開的一個玩笑，卻忽然發現與旅行袋一起消失的，還有本應該坐在我身旁的老奶奶和對面那個一直盯著奶奶看的腳臭味十足的大叔，隨後恍然大悟。

「陸晗冬，妳只有我了。」瑪奇朵光明正大的坐回我旁邊本就屬於他的位置，面無表情的說。

我很難揣測瑪奇朵的言外之意是什麼，他就像是一個古井無波的怪物。十七個小時的車程才剛剛過半，我就弄丟了田鼠給我的旅行袋，我居然還粗心大意的把自己的錢包和證件都放在那個旅行袋裡，思來想去整個旅途中，也不會再有什麼事情比這更讓人難過的了。

行李袋丟失後，瑪奇朵終於不再坐在我腳底下，我也不用低頭俯視他，只不過他一直在我耳邊念叨，試圖說服我而講一大堆的道理，目的只有一個，就是慫恿我去找列車員幫忙，把丟失的行李袋找回來，他很不解我為什麼就此認栽。

我不看他，也不言語，就是悶不作聲，我愈是這樣，他的反應就愈激烈。瑪奇朵一心覺得我不說話是在自責，與其懊悔不如理智一些，也許那個丟失的旅行袋還會自行物歸原主。可是不久後，我的腦袋就被瑪奇朵說到嗡嗡作響，我一心只想讓他閉嘴，然後居然自己主動跟他講起了關於經書的事情，我就知道瑪奇朵會對此感興趣，從我開口說第一句話開始，他就自動進入了安靜的聆聽模式。

「你可以不信奉，但你不能毀滅它。」

這是我們所聽到的老田這輩子所說的最後一句話，當時在場的所有人都很確定，他是對田鼠說的，可是我知道那明明就是在說我。隨後，我不斷地為自己的行為辯解，當然都是啞口無聲的辯解。很久以後的我才意識到，那時之所以言詞鑿鑿，都是因為自己知道的太少，所以很難讓自己說服自己去信奉它，但我知道我燒毀了它，是千錯萬錯的，我會為此懺悔，但不會因為我燒毀了經書去救田鼠的初衷而祈求老田的諒解。

事實上，老田是我在小城裡最憎恨的人，當時我們無冤無仇卻不明所以的憎恨他，甚至比田鼠對他的憎恨還要深。那時住在賤人的鐵皮車廂裡，一向膽小的我不知多少次在夢裡詛咒他橫屍街頭，然後被野豬咬到面目全非。但客觀的說，我所憎恨的那個老田，只是田鼠口中曾跟我描述的老田，如果他描述的那個人是甜瓜，我照樣會憎恨她，也可以這樣理解：那時的陸晗冬只有主觀情緒，憎恨所有對田鼠不好的人。

我們窩在鐵皮車廂裡很久，久到不記得有多久，我很麻木的看著田鼠整日跟賤人遊手好閒的圍著車體四周轉悠，甜瓜卻只知道呆呆地看著我。我們漸漸地一天只吃一頓飯，那就是甜瓜做的香芋饅頭，實在難耐就會去靠近山頂的那條河溝旁摘一朵向日葵，吃其中潮濕的葵花籽，它雖不能充飢，但是可以消耗很多時間，我們意識到所有飢餓都源於空虛的時間。我向來都是看著他們三個人圍在一小堆葵花籽前，然後看著那個沒有「腦子」的葵花偷著樂，似乎只有那一段時間的光陰才是和諧的，我杜絕自己去碰它，鬼魅又深沉的顏色，不僅把整個花心都掏空了，而且我總會夢見它，一個沒有頭的黑鬼總是在夢裡問我：「陸晗冬，妳看見我的腦袋了嗎？」

一天，我無意低頭的瞬間，眼角餘光掃過坐在我正對面的甜瓜的面孔，我發現甜瓜的大餅臉已經略有塌陷，兩側的顴骨下像是被重擊了兩拳，凹陷後再也無法復原，真不敢相信自己所見的。然後，我又察覺到甜瓜開始喜歡渾身上下四處抓癢，田鼠取笑她說：「一定是太久沒出去偷東西，手癢的緣故。」

我想從那時開始田鼠就開始厭倦她，其實甜瓜只是長了濕疹罷了。我們的確很久沒有下山，在鐵皮車廂裡坐吃山空的感覺難以言語，這源於賤人上次從山下回來後，慎重的告訴田鼠：「暫時不要出去了，我們成了所有人的獵物。」

這話是賤人說的，我們知道他是怕了，所以我們也很害怕。我們偷了太多東西，在甜瓜被發現後，鐵皮車廂便成了眾矢之的，然後我們只能小心翼翼地在山上聽山下那些愚昧的人每天用各種致命的工具拚命鑿山的聲音，發出很大的聲響，偶爾都感覺到連鐵皮車廂都在搖晃，卻從沒有聽說有人鑿出過金子或是珍寶。即便有又能在這窮鄉僻壤的小城裡做什麼，還不如鐵皮車廂外的芋頭，在關鍵時刻能夠填飽肚子。

那天，甜瓜被田鼠取笑後，居然興致勃勃的下山了，我們誰也沒有攔著她，都像商量好了或是註定了要發生似的，接著她一個星期都沒有回來，我們都自顧自的盡量多睡覺，這樣才能讓那些飢餓難耐的時間過得更快一些。也不記得睡了多久，我們同時被劇烈的踹門聲驚醒，隨後嚇到面目表情抽搐，老田帶了一群人圍堵在車體四周，跟老田一起同仇敵愾的大喊要手刃田鼠，除非他肯交出所偷的全部經書。

賤人慌亂的走去自己早就挖好的密室裡，把自己所有的經書都拿給了田鼠，示意他拱手讓給老田，田鼠始終沒有為自己辯解一句，只在麻木的執行賤人的指令時，故作一副事不關己的樣子對老田說：「你應該知道，我是不會偷那些東西的。」

老田怒視著田鼠，雖沒有動手也沒有說話，但他的眼神早就認定了他，除了田鼠沒有人能在他的地盤偷走經書。後礙於賤人的關係，老田帶著賤人的所有經書同一行人下了山，我們心裡都很清楚，老田要的絕不是賤人的經書，他們還會再回來，要麼手刃田鼠，要麼田鼠乖乖地把老田所有經書都交出來。我和賤人都不相信田鼠會偷老田的經書，畢竟我們一直在一起，可是我們又有誰敢保證或是確切的說，那些經書不是田鼠偷的。

那些人離開鐵皮車廂不久，田鼠就帶著我和賤人一同下山去尋找甜瓜。走到山下時，天色已漸黑，鑿山的人們都已不見蹤影，路過一個山石前的洞穴時，隱約聽見裡面有人在哭，頓挫的回聲像是隱藏在洞穴深處的幽靈。賤人好奇的走了進去，我站在洞穴外緊緊地抓住田鼠的胳膊，也許是被懼怕沖昏了頭腦，忽然有一個很糾結的意念出現，很希望他快點出來，又希望他再也出不來。

「田嘉輝，你怎麼還不跟著進來？」賤人的叫喚聲在整個洞穴中迴盪。

田鼠下意識地用力甩開我緊抓著他胳膊的手，飛快的衝了進去，由於害怕我只能緊緊地跟著他，生怕自己被落下。洞穴很深很黑，地上凹凸不平，坑坑窪窪的積滿了水，看不見田鼠的身影，只能憑藉著腳步聲前行，跟隨了一會兒後，田鼠的腳步聲突然消失了，我也隨之停下，佇立在原地。

眼前一片漆黑，我下意識地大喊田鼠的名字，這時一束光亮照在我的臉上，眼睛像被太陽灼傷了一般刺痛，我開始害怕，然後用手捂住眼睛，那束光卻一直照著我，我如驚弓之鳥一般，從指縫間往外看，居然看見了賤人，他正拿著一個破舊的手電筒對著我傻笑，我深深地吸了一口氣，然後又緩慢的吐出，有一種如釋重負的感覺。接著，我慢慢地往賤人那裡走去，黑暗中他站在一塊濕滑的大石頭上，看見我被他嚇到魂飛魄散的樣子而笑得前仰後合，隨之腳底滑了一下，屁股順勢重重地坐在石頭上動彈不得。

這時，我和賤人發現田鼠不見了，一瞬間很慌亂。我很擔心田鼠，也很害怕跟賤人獨處，尤其是在這樣的洞穴裡，比鐵皮車廂還要恐怖。

「真不明白我們為什麼要進來！」我故意這麼說，然後小心翼翼地從賤人身邊繞過，逕自往洞穴深處走，一心想著田鼠一定走在前面。

「妳聽，哭聲不見了，是不是？」賤人在我身後也很快跟了過來。

我沒有理會他，更沒有留意那愈往深處走就愈加嚇人的哭聲，只想快點找到田鼠。賤人走在我身後，他步履輕盈得像個幽靈，我只能看見他破舊的手電筒照在我腳下的微光，卻聽不到他的腳步聲，與此同時我只能加快腳步不敢回頭，然後每艱難的邁出一步，就會呼喚一遍田鼠的名字。

「尉遲，你們快來看，這裡有好多經書！」大概幾分鐘後，田鼠的聲音從我們正前方傳來。

賤人也許是聽到了田鼠說了經書的緣故，他突然間很亢奮，上竄下跳的用手電筒發出的很微弱的光線四處環射，我亦是跟著他的光線向四周摸索，因為田鼠在說了那句話之後就不再說話，無論我們怎樣用力的叫喊他的名字都無濟於事。在沿著田鼠的聲音尋找時，他像是從洞穴中蒸發了似的。

「陸晗冬，過來！」賤人用極低沉的聲音叫我，那樣的音調聽上去只會有兩種可能，一種是田鼠出事了，另一種是我們即將走投無路。

賤人用電筒的微光指引我走向他那裡，我頭重腳輕險些摔倒，然後又不得不屏住呼吸且始終讓自己的臉部表情看上去是矜持的，我不想讓他看見我害怕的表情，尤其是田鼠不在身邊的時候。

臨近賤人時，我發現他正靠在一塊大石頭上，像雕塑一般坐得筆直，使我不敢跟他對視。我默默地朝著他目光的方向看去，眼前的情景令我措不及防，就在兩塊大小不一的石頭的夾縫處，甜瓜身邊圍著一疊經書盤坐著，她的衣領被田鼠緊緊揪住，他們相視無言的看著彼此，我跟賤人目不轉睛地看著他們。

僵持了一段時間後，我率先走近他們，發現甜瓜臉上自帶的高原紅消失了，這是我第一次見到甜瓜煞白的臉頰，先是有些詫異，然後覺得大事不妙，我聲嘶力竭的在洞穴中叫喊田鼠的名字，試圖讓他把緊緊揪住甜瓜衣領的那隻手放下。賤人把手電筒僅有的那束光照在田鼠的臉上，田鼠漸漸地開始眼角泛酸流淚，隨之不得已把手鬆開，並且使勁的揉眼睛，整個眼皮都被蹂躪得通紅。

「這些經書都是老田的，看上面有印記，一定都是她偷的。」田鼠氣憤的說。

甜瓜則趴在她身後那塊光滑的大石頭上無助的哭泣，整個洞穴裡盡是回聲，與我們在山石前聽見的哭聲一模一樣，像是山頂墳地裡埋藏的冤魂撕裂了喉嚨地狂叫。我看著甜瓜，久久也開不了口，也許真有那麼巧合，但卻更離譜一些，那段時期在她和田鼠之間我總是很糾結，我很想相信她，卻又很難相信她。

甜瓜看起來很消沉，也沒有為自己解釋為什麼會隻身出現在山洞深處，或是告訴我們她離開鐵皮車廂，離開我們以後都去了哪裡，只是啜泣的說：「這裡原來是礦石，根本沒有金子，只有些殘碎的黑金。」

那一刻，田鼠咬牙切齒且頭也沒抬一下，不僅沒有把甜瓜當作女人，更不必說是他的女人，完完全全的把甜瓜當作了盜竊老田經書的小偷，並且嫁禍給他。瞬間，彷彿我身體裡所有的血液都湧到臉上，滾燙滾燙的把皮膚灼燒，然後口不擇心的對田鼠說：「我們趁著天黑一起悄悄地把經書送回去給老田，你知道他喜歡藏在什麼地方。」

空蕩的洞穴裡，沒有人回應我，田鼠始終在用尖銳的眼神看著甜瓜，似乎認定了就是她，只是等著她確切的回答。我只顧著察言觀色，賤人則只想著自己的鐵皮車廂，我們都不關心這些經書是否是甜瓜所偷，而是擔心老田是否還會把矛頭指向田鼠，如果是那樣，我們就再也無法在鐵皮車廂內生活。

田鼠沒有回答，賤人也沒有回應，只有我在黑漆漆的洞穴裡拚命地對甜瓜點頭，然後似懂非懂的去看了下那些根本就不可能看得清楚的經書，我用手摸了下，至少有一半經書都被洞穴的積水浸濕，而且紙張只要稍微用力觸碰就會軟化破裂。

隨著甜瓜的哭聲愈來愈激烈，賤人的手電筒忽然沒電了，剎那間的黑暗促使我不知所措的去抓住甜瓜，我只是因為自己很害怕，然後緊緊地抱住她，甜瓜的淚水很快就把我的衣服浸濕，她的手觸碰到我的手，我的手掌內莫名其妙的多了一個方型紙盒，我感覺到它是火柴，以往甜瓜在鐵皮車廂做吃的給我們，我都會把放在紙盒裡的火柴遞給她。接著，聽見甜瓜在我耳邊不斷的重複同一句話：「陸晗冬，我知道妳怕黑，也知道妳會相信我，經書真的不是我偷的！」

「比起怕黑，我更害怕田鼠被老田抓回去！」我雖怫然不悅，卻仍舊不想因為老田帶人來鐵皮車廂滋事的事情而遷怒於她。

我話音剛落，甜瓜就率先離開了洞穴，她走起路來雷厲風行，我想她跟我一樣都無法理解經書對老田的意義，但是她一定覺得我跟她一樣都不想田鼠再次遭到老田的虐打。隨後，賤人也離開了洞穴，我想他是去了老田的住處與他談判，他是我們當中唯一一個能夠讓老田心平氣和講話的人。

黑暗中，田鼠始終背對著我，不禁讓我很難過，他全神貫注的看著石頭上的經書，隨之我的腦子一片空白，拿出甜瓜留給我照亮的火柴，田鼠覺得背後愈發的火熱才回過頭看我，我卻把整盒火柴都點燃後丟在經書上，薄薄的紙張已然在劇烈的燃燒，直到它觸碰到經書潮濕的邊角才得以慢慢熄滅。

田鼠居然很平靜的看著它們一點點燃盡，與我腦海中設想的截然相反，儘管他幾度要開口說什麼，結果又不知為何嚥了幾口唾液便匆忙的拉著我走出洞穴。

「沒有了經書，老田就不會再找你，除了你誰也不知道是我燒毀了它！」我淡淡的說，一心覺得我幫田鼠解決了眼前的難題。

「陸晗冬，妳記得是我幹的，跟妳沒關係，否則我們就徹底決裂！」田鼠急切的對我說。

凌晨時分，感覺田鼠的聲音在整個山間迴盪著，我很害怕田鼠這樣的威脅，但我堅信我沒做錯什麼，燒掉經書是明智的選擇。然後，我們誰也沒有跟對方說話，默默地蹲坐在洞穴口等待賤人，直到天亮也沒有看見他的蹤影，便猜想一定是出事了。

於是，我跟隨田鼠去了老田的家，院子四周圍了很多人，像辦紅白事一般，在小城裡只有婚嫁一類的紅事和喪葬一類的白事才能見到這麼多人聚集在一起。院子裡，甜瓜和賤人都被麻繩捆綁著，那一刻我跟田鼠都很清楚地知道，賤人再也不會有以前那樣的鋒頭了，站在田鼠身邊的我很忐忑，不知道老田將要對田鼠做什麼，也不確定田鼠會對老田做什麼。

田鼠在跟老田的對視中，他率先開口：「我說我沒有偷經書，你一定不會相信我，但是我告訴你，我燒了它們，你必須相信那是真的！」

老田先是有點猶豫，然後看著田鼠堅定的眼神，又有點模稜兩可，最後只能跟著田鼠去洞穴中查看。老田的神情告訴我們，他不會相信那是真的，在他的心裡，也許田鼠是個不倫不類的壞蛋，但還不至於瘋狂至極。在洞穴中，老田木訥的看著那團灰燼，並試圖上前翻看那些浸濕在水裡並沒有被燃燒完全的經書，沒有人敢阻止他，他看了好一會兒，接著似乎看出了端倪，然後不得不去相信，田鼠所言是真的。

就當我在院子裡看見賤人和甜瓜被老田用麻繩捆綁住的那一刻，我知道再也沒有人能救田鼠。我以為老田會一氣之下把田鼠打死在洞穴裡，或是叫上一群馬首是瞻的暴虐者將田鼠五花大綁，然後將田鼠祭祀供給佛祖，任由他自生自滅。

不曾想到，老田只說了一句：「你可以不信奉，但你不能毀滅它。」

接著，老田便孤零零的走了，留給我們一個滄桑又哀怨的身影。之後，我們都不記得一起窩在鐵皮車廂裡多久，又度日如年的過了多少個日日夜夜，因為這件事，田鼠成了眾矢之的，賤人也無法再囂張跋扈，甜瓜也只能整天自怨自艾的躲在我的泡沫床上，像是一個犯錯的小孩，凡事都變得畏首畏尾。

我多次想替田鼠澄清「罪名」，都被他用同樣的理由嚇怕了，也許是膽小如鼠，居然天真的覺得那句決裂的脅迫之言是真的。但是，有一點我始終都很難理解，田鼠原本可以不用跟老田「自首」，畢竟除了我誰也不會知道經書是怎樣變成灰燼的，也沒有人看到是我做的，何必要替我跟老田撒謊是自己幹的呢？然而，也只有我自己單純的以為別人不知道，賤人知道，甜瓜也知道，只是他們都不說罷了。可憐的甜瓜卻一直因為我而活在自責裡，田鼠告訴我說她一直後悔她留給我一盒火柴照明，甚至以為田鼠一定是為了袒護她才這麼做的。

直到一天，賤人不知出於何種目的，告訴我：「陸晗冬，妳可能還不知道，佛經裡寫著，誰燒掉自己已有的經書，就意味著他生命的終結……」

我很忐忑，不是因為所犯的彌天大錯，也說不出具體在忐忑什麼，也許是因為我離

16 走出塔帕山：

死不遠了，或許是田鼠離死不遠了！

「丹亭快到了。」列車員用渾厚的聲音叫喊著，我卻還沉浸在意猶未盡的夢境裡。睜開眼睛，瑪奇朵已不在身邊，車廂內所剩的人也寥寥無幾，自己是何時開始入睡的已全然記不得，我的記憶還停留在經書的故事中。瑪奇朵中途遞給了我一瓶看似有些渾濁的水，由於口乾舌燥，我接過後將它一飲而盡。醒來後覺得頭腦有些混沌，但得知丹亭就快到了，依舊滿心的歡喜。

「陸晗冬，妳是黃毛豬嗎？」瑪奇朵不知從哪裡竄出來，眉開眼笑的看著我，他看起來很亢奮，我卻悵然若失。

黃城郊區有一個很有名的豬舍，人們總是風雨無阻的去那裡排隊買當日宰殺的新鮮豬肉。據說是因為那裡的豬肉不僅格外鮮美，而且豬的毛色也異乎尋常，就像黃城的大地一樣，土黃的塵埃色。我雖然很少食肉，但是田鼠卻無肉不歡，他曾一本正經的告訴我：「陸晗冬，那些黃毛豬每天至少睡二十個小時！」

當時我信以為真，並一本正經的告訴田鼠：「我希望自己也是豬圈裡的一頭黃毛豬，能睡一晚好覺是多麼奢侈的事情！」轉眼已過，那還是田鼠結婚前些年的事情，那時我已經出現了嚴重的睡眠問題，全靠食用氟伏沙明才得以緩解。

下車後，我頭暈得愈發厲害，且感覺天旋地轉，在問過了幾個人後，我們決定先步行到丹亭客運中心。瑪奇朵沿路都在環顧丹亭的風貌，雖與我同路卻不苟言笑，他一心覺得我過於小氣，不願意讓他花五毛錢去坐那輛六分鐘就能到達的小巴車。我因為丟失了行李袋後身無分文，且那輛小巴車需擠滿了人後才會開車，所以在與瑪奇朵幾番交涉後，導致他筋疲力竭不願與我交談。於是，他迷迷糊糊的跟著我在小鎮上兜轉了三圈，原本十五分鐘的路程，我們足足用了五十分鐘，直到我帶著瑪奇朵第三次繞回原地時，他終於忍不住衝我大聲吼叫：「陸晗冬，妳是不是故意的？」

接著，我們目目相覷，瑪奇朵的臉色與我的心情一樣都是灰色的，之後他再沒有主動與我說過話，無論我說什麼，他都是敷衍的點點頭，大概覺得我對他撒了彌天大謊，只因為我支支吾吾的對他說：「我來過這裡，但是過了太久，我記不得了……」

我的確曾經來過這裡，在這之前我也不知道。我深刻的記得它的樣貌，卻始終也不知道它的名字，原來這個地方叫做丹亭，繼而我知道了田鼠為何要與我來這裡。似乎也是在同樣的地點，田鼠也曾這般惱羞成怒的對甜瓜大喊大叫：「甜瓜，妳是不是故意的？」我不記得是因為什麼，也許是甜瓜又說了田鼠不喜歡聽的話。

在兜了三圈後，我跟瑪奇朵擠上了五毛錢一個人的小巴車，想想總比以前免費搭載我們的毛驢車要好的多。丹亭的汽車站很小，我數了下候車的地方，只有七張座椅，但對於這個小鎮來說，相比多年以前已經很「大方」了，畢竟以前連一張座椅都沒有。

那時，我們剛從小城出來，所見的第一個地方就是丹亭，在丹亭的第一個棲息地就是丹亭汽車站。昔日的這裡在我們眼裡是那麼的「富麗堂皇」，現在這裡顯然已經重新翻修過，但時過境遷後，覺得它有些落魄，更像是給流浪漢的收留所。雖沒一點當時初見的感覺，卻也不是毫無觸動，如果田鼠看見，他一定會用盡他肚子裡的所有墨水，找出成千上萬個貶義的形容詞來描述它，也許還會即興做首詩來貶低它存在的價值。

我和瑪奇朵各自找了一張椅子坐下，彼此背對著僵持了幾個小時，不僅沒有等到田鼠，也始終沒有看見任何一班汽車進站，我再也按捺不住壓制的情緒，去車站裡唯一的一處售票窗口詢問：「阿婆，請問今天有從黃城到這裡的汽車嗎？」

「我不曉得妳說的那個地方是哪裡，我這裡每天就兩班車去縣城。」她目不轉睛的看著我，滿臉都寫著不高興，我猜一定是因為我叫了她阿婆的關係。

曾經我們在丹亭時，也不知道周邊有一個地方叫黃城，後來即使在黃城生活很多年，也依舊不知道黃城周邊有個地方叫丹亭。我斷定瑪奇朵聽見了，但他仍舊賭氣似的背對著我而坐，我猶豫了一會兒，走到他旁邊，幾近泫然欲泣的說：「李安生，我要給田鼠打電話。」

瑪奇朵終於看在「李安生」的情面上，抬頭看了我一眼，而後拂然起身，不知所措的把自己身上所有的東西都攤放在座椅上，看上去楚楚可憐。一個炭黑色的錢包，嶄新的外皮像是剛買的，一些零錢散落在外面，還有一個僅剩下一格電量的手機，因沒有手機殼的緣故，四周邊緣的內漆已赤裸裸的露在外頭，另有一個寬度不超過十公分的正方形筆記本，封面是黑白條紋鑲嵌的，看上去很精緻，與他曾在汽車上記錄東西的那個極其相似。我小心翼翼的把壓在手機上的本子移開，見瑪奇朵沒有作任何反應，立刻拿起他的手機，然後在反覆確認自己輸入的號碼無誤後，連撥了兩次田鼠的電話，都是處於關機的狀態，就在我準備撥打第三次時，瑪奇朵的手機沒電了。我再次想起出發前在黃城火車站買票時，那個售票員所說的話，而後從頭到腳都癱軟無力。

我和瑪奇朵不僅沒有等到任何一班經停在丹亭的汽車，而且更加手足無措的事情發生了，我們在天色漸黑時，被車站內我叫她阿婆的女人驅逐。走在我前面的瑪奇朵看上去比我還落魄，他似乎把丹亭想像得過於美好了一些，看著夜色中瑪奇朵的背影，忽然覺得這裡還不及流浪漢的收容所，沒有一杯自來水喝，更不會提供溫暖的被窩！我只能寸步不離的跟著瑪奇朵，不敢再說話，更不想惹怒他，可惡的是我還弄丟了瑪奇朵的證件，我們不得不找一個無須登記就能入住的地方。

「如果等不到田鼠，我也許會去巴林！」我很失落的說。

這時，瑪奇朵敏捷的轉過身，貌似把之前所有的不悅都拋之腦後，反覆的追著我問：「陸晗冬，巴林是不是田嘉輝得獎的那首詩裡提到的巴林王國？」

「嗯。」我無精打采的說。

「就是被田鼠的詩形容得像是小時候看到的安徒生童話故事一樣的巴林，對吧？」

「嗯。」我無奈的說。

「那時候編故事都是這麼編的，沒錯吧？」

「嗯。」我敷衍的說。

我不知道怎麼回答瑪奇朵，我和田鼠小時候都不知道安徒生，我們生活的地方造就了我們離開那裡後看見什麼都像童話，於是我每每回答他一次，都會不以為然的點點頭。如果我這時問他安徒生是誰，或是把心裡想的原話告訴他，他一定以為我是故意在找茬。他是我今晚，也許還是明天和後天的飯票，我勢必不能再得罪他。

接著，瑪奇朵就我們之前發生的不悅與我滔滔不絕的講了一連串的道理，我同樣還是只記住了也只聽進去了他所說的最後那段話，至於其他被我自動過濾掉的那部分，自然就成了廢話，也不必追問了。

「陸晗冬，我知道妳不喜歡聽，我早前就發現每次與妳連續講話超過兩分鐘，妳的臉上就寫滿了煩躁。」瑪奇朵情緒激昂的說，恨不得給我一片氟伏沙明，讓我即刻睡覺。

我們很幸運的在距離汽車站近五十公尺的地方找到一間名為「住宿」的小旅館，沒有做任何身分登記，只是付了兩張床錢就可以住下了，簡直讓一向優越慣了的瑪奇朵大開眼界。推開房間簡易的木門，四張鋼絲床醒目的映入眼底，木門一旁的玻璃門是浴室，門上清晰可見的貼著四個大字：男女共用。夜晚窗外開始起風，看著另外兩張空床的白色床單上下飄動，不禁有些害怕，腦海裡不斷地閃現出另外兩個陌生人在這樣的環境裡，一同睡在一個屋簷下的情景，然後浮想聯翩。

瑪奇朵沒有任何介懷，隨即選擇靠窗邊的那張鋼絲床躺下，他看上去極度疲勞，儘管一個哈欠接著一個哈欠，讓他自己都猝不及防，卻還是不忘好奇的接著之前的話題問我：「陸晗冬，去巴林一定不是妳的主意，對吧？」

「嗯，不是！」言語間，我感覺到自己的發音和吐字都變得生硬。

瑪奇朵躺在窗邊的鋼絲床上，瞪大了眼睛看著我，好奇心帶走了他所有的睡意。從汽車站出來後，我便有一種不祥的預感，我想田鼠之所以沒有出現在丹亭，定是與他跟瑪奇朵所說的那個途中要見面的那個女孩有關，比起失約，這才讓我最為之惱羞成怒。

「也許田嘉輝會說服那個女孩，跟她一起過來丹亭找妳。」瑪奇朵看出了我的心思，雖然聲音很小，也並不是有意說給我聽，但在只有我們兩個人的屋子裡，我還是真切的聽見了。

「我不知道田鼠在哪裡，如果他沒有來丹亭，我想我應該去巴林。如果運氣夠好，也許明天我們就能見到他……」我自顧自的說。

「陸晗冬，如果田嘉輝始終沒有來丹亭，妳預計在這裡等他多久？」還未等我說完，瑪奇朵就連忙打斷的問。與此同時，他拿出自己的炭黑色錢包，將那些零錢拿出來再放回去，反覆無常的重複著。

「十天，就十天，你的假期只有十天。如果他不來，你大可以回到黃城，我會去巴林找他。」我堅定的回答，這是我下意識唯一的想法，從未想過身無分文的我如何再去遙遠的巴林。

我並不善於察言觀色，所以並沒有閒情逸致去觀察瑪奇朵聽到我如此出其不意的回答後是怎樣的表情，我只是隱隱約約的聽見他似乎在唾棄的嘀咕著：「巴林有什麼……」

「愛情，因為巴林有愛情。」我驚訝於自己居然這麼說，而且脫口而出，未經思索就再次下意識的重複了田鼠的話。

我們滯留在丹亭時，我也曾問了田鼠同樣的話：「去巴林一定不是你的主意吧？那你為什麼還要去呢？」

田鼠咧著嘴樂不思蜀，然後像個要出嫁的黃花閨女似的，扭扭捏捏的說：「因為巴林有愛情。」

我不確定如果當時田鼠這樣對甜瓜說，甜瓜會是怎樣的表情和心情，但至少我是麻木的，從臉上到內心都是麻木的，且那種生冷的麻木感一直持續到現在。巴林是亞洲西部的一個島國，住在那裡的大部分人都是阿拉伯人，我們在那裡的那些年一直都跟著大花兒住在首都麥納瑪市。田鼠為了不受當地人的排擠，沒多久就不得不入鄉隨俗的加入了伊斯蘭教，整天都隨波逐流的默念：「萬物非主，唯有真主。」我們都不敢相信，一直信奉佛教的田鼠，就這麼把自己的信仰都改變了！

「能讓一個男人為之瘋狂的事情只有兩樣：要麼金錢，要麼愛情！」這句話是大花兒的「阿爹」親口對田鼠說的，目的是讓田鼠知難而退，可惜田鼠並沒能聽懂其真正的意思。

那是一個讓我極為詫異的國度，一切都源於一次田鼠跟隨大花兒的「阿爹」從作業的漁船上回來，他收穫頗豐且滿臉都是自豪感，不加掩飾地對著我說：「陸晗冬，信奉什麼都不重要，重要的是我的真主只有一個，大花兒才是能給我創造一切的真正的主人。」

我風塵僕僕的站在碼頭看著田鼠對我說這番話時的神情，覺得自己已病入膏肓，海風吹得我渾身冰冷，感覺自己的身體跟死人一樣。我扶著碼頭的一根木樁，被一根木刺穿破了手掌，瞬間的疼痛讓我忽然意識到：巴林就是田鼠的一場「春夢」，痛並快樂著。看著站在田鼠身後不遠處的大花兒，多麼希望田鼠能夠即刻間大夢初醒，巴林如夢如幻的一切改變了田鼠天然的「美色」，比噩夢還要可惡得多！

「陸晗冬，妳為什麼要離開黃城？」瑪奇朵又突然睡眼惺忪的問我，之後就酣睡如泥。

「因為田鼠啊。」我脫口而出。瑪奇朵顯然並沒有聽見，他的鼾聲已迴盪在整個房間。

甜瓜也曾反覆問過我類似的問題：「陸晗冬，我們為什麼要離開小城？」

我一再的問自己，即使有了答案，也沒有告訴她。事實上從那天起，這樣噩夢般的對話就一直震撼著我的耳膜，然後是根本不堪一擊的心靈，最後是一觸即發的神經。

在我燒毀老田的經書之後，我們四個人一直孤立無援的住在山上的鐵皮車廂裡，我們腳下的那座山，成了我們最害怕的東西。我們不敢下山，害怕真的被亂棒打死，我們也不敢繼續在車廂裡住下去，總是擔心那些鑿山的人會把山體挖空，我們也跟著山體坍塌而沉陷下去，沒有墳墓卻仍舊亙久長眠在山石之間。如果不是親眼目睹，真的很難相信一群人每天都重複鑿山的動作試圖找到珍寶，是多麼的驚心動魄！

賤人的話似乎靈驗了，就在我燒毀佛祖經書的第二日，就開始日日都做同一個離奇的夢：隻身獨自在五層樓的一間房間裡，屋子裡黑漆漆得鴉雀無聲，所有電燈都沒有開關。從陽臺的窗戶望下去，在樓下不遠處的鐵門旁邊，看見一群人圍繞在一起，一個留著中長髮的女子躺在血泊裡，雖看不清樣貌，但我卻意識到那個人是我的母親，隨後內心絞痛並試圖從陽臺跳下去，可是所有的窗戶都是封閉的，於是我拚命地跑向樓梯，而後夢就醒了。

這樣的夢幾乎出現在每個我不能安睡的夜晚，夢境是那麼的真實，甚至醒來時都清晰可見。直到我無法忍受，在夢裡嘗試著用極端的方式改變以往重複的夢境，我用頭撞破陽臺的窗戶，然後縱身一躍而下，我很快就從夢中醒來，之後再也沒做過同樣的夢。我以為一切都結束了，不曾想只是換了一種方式，不久後我夢見自己站在那棟五層樓的樓頂，樓房在沒有預兆的情況下坍塌了，我在搖搖欲墜中的往下跑，試圖從五樓那個黑漆漆的房間裡拿走什麼，似乎覺得自己丟了很重要的東西。

我把這個可怕的夢告訴了賤人，覺得他一定有辦法幫我從中解脫出來。可是，賤人卻告訴我更多更可怕的事，才得知做夢的人遠遠不止我一個，且他們的夢最終都成了現實。比如，有人夢見小河裡的白魚全部浮出水面，次日牠們就果真成群結隊的死在已腐臭的河水邊，而且河水上漲並夾有大量的雜草和樹枝。還有人夢見自家乾旱許久的土地居然長出了麥田，幾日後那片土地滲出白色的水流，水流中還夾雜了金黃色的麥穗。甚至，就連田鼠都會做夢，他夢見怪物總是在夜裡發出「沙沙」的聲音，後來賤人確認那「沙沙」的聲音來自山頂的墳地。

即便如此，我們也都不以為然。直到有一天我們聽說有人夢見了那尊曾隨著黃曉西一同消失的佛像，並繪聲繪色的說就在田鼠燒毀經書的山洞裡，佛像早已面部全非。於是，他們認定是田鼠得罪了佛祖，要求老田手刃田鼠去山洞裡祭奠。

那日夜裡，我們匆忙逃離了鐵皮車廂，甚至都來不及多看一眼令我唾棄的泡沫床，在慌亂中我竟然尿了褲子，田鼠在取笑我的同時，還即興賦予了它一個很好聽的名字，叫做：塔帕山，諧音「她怕山」。

17 守夜：

凌晨，瑪奇朵的手機發出「叮叮」的警報聲，我從夢中驚醒後就再也無法入眠，只鋪有一層單薄被單的鋼絲床無比冰冷，瑪奇朵使出渾身解數將房間裡的四張鋼絲床拼湊在一起，自己睡在最左邊，我睡在最右邊。

次日一早，「住宿」的老闆來送熱水，我們都沒有聽見敲門聲，在臨時搭配的混合住宿房間，敲門似乎是多餘的。我們聽見她放熱水瓶的聲音後猛然坐起，渾身都不自在的被她犀利的眼神盯著，硬是說兩個人睡了四張床，無論如何都要再補交兩張床錢。對我和瑪奇朵而言如同晴天霹靂，直到她離開房間許久，我們都驚魂未定。

我用瑪奇朵的手機繼續嘗試給田鼠打電話，可是田鼠的電話依舊處於無人接聽的狀態，最後我跟瑪奇朵說想回到丹亭汽車站等他，沒錯就算只有我！瑪奇朵獨自盤坐在鋼絲床上，在那個精緻的黑白條紋筆記本上計算著我們所剩無幾的錢，是否還能支撐我們度過剩下的時間。

「陸晗冬，妳真的執意要去嗎？」瑪奇朵欲言又止。

我知道他在說什麼，這種等待無論多麼的痛苦和煎熬，我想都遠比不上甜瓜等待田鼠回心轉意的心情。我不屑的看了一眼正在數錢的瑪奇朵，內心很清楚他不會也不可能再跟我一起耗費時間回到汽車站望眼欲穿。

夜晚，我獨自回到「住宿」時，住宿老闆很開心的告訴我：「妳的同伴已經補交了另外兩張床的床錢。」我尷尬的對她笑了笑，並且接過她手中的熱水。

推開房門，那四張鋼絲床已恢復到原來的位置，床單被風吹得顫顫巍巍，像是田鼠派來打探消息的幽靈，瑪奇朵正捧著那個精緻的筆記本，平靜的坐在自己的鋼絲床上，沒有越雷池一步，淡定的對我說：「陸晗冬，妳應該吃點東西，這樣才有力氣繼續跟田嘉輝耗下去。」

的確是因為田鼠的關係，我一整天都食不下嚥，更糟糕的是瑪奇朵居然用了「耗」這個字，來形容我痴痴等待田鼠的決心，顯然他對此是不抱任何希望的，而我也是一心覺得自己只是在履行跟田鼠的約定罷了，我對田鼠的失約早就習以為常。只是等待的這種感覺很糟糕，就像我曾被賤人軟禁在鐵皮車廂的時候，我急切的盼望田鼠能立刻出現一樣，然後我似乎預料到如果接下來他還不出現，我會開始怨恨他，恨不得把他罵得一敗塗地，但是一段週期後，只要田鼠再對我好一些，我還是會原諒他，自己把自己說過的話吞進肚子裡，如此周而復始。

「我為什麼對田鼠這樣？」我撫心自問，因為難以入眠的關係，在鋼絲床上翻來覆去，與此同時鋼絲床發出「吱吱」的聲響。

「陸晗冬，我們後面的那座山綠植的覆蓋率極好，住宿老闆說若有熟路的人帶著，就可以去山頂看見丹亭旁邊的村落，明天我們可以去看看。」瑪奇朵成提議，而後遞給我一杯水。

可是，就在我喝過這杯水後，腦袋沉重且心慌意亂，尤其是當身下的鋼絲床不斷發出聲響的時候，我感覺自己彷彿像躺在鐵皮車廂裡的泡沫床上。起身去打開房門，就像在打開鐵皮車廂的鐵門一樣，出去時還隱約聽見瑪奇朵熟睡時的呼嚕聲，與甜瓜熟睡時的聲音極為相似的。夢境中，我似乎走到「住宿」後面山下的草叢裡，黑暗中真切的聽見田鼠在用虛弱的聲音呼喚我。

待我醒過來時，發現自己正體力不支的躺在一片濕漉漉的草叢裡，周圍漆黑一片，我拖著僵硬的身體努力坐起來，再垂死掙扎一般回到「住宿」。當我再次打開房門，瑪奇朵正紋絲未動的在鋼絲床上熟睡，我像什麼也未曾發生過似的看了他一會兒，再輕手輕腳的回到自己的鋼絲床上。

「已經兩天了，她除了喝一點稀粥，就再沒動過一下，會不會睡死在這裡……」我猛然睜開眼睛，發現房間裡的那兩張空床上放滿了衣物，一男一女分別在床上坐著，男人在看著我，女人在看著男人，也不知是誰在說話，我驚愕的坐起來，瞬間彷彿渾身上下盡是使不完的力氣。

「我們要在這裡住兩個晚上，你呢？」女人問。

「我不確定，等我朋友回來問問他。」男人防範著說。

接著，我又再次入睡，突然一陣渾身上下的乏力感與在紅房子時吃過那些藥丸後的感覺是一樣的。直到我眼前浮現出一個有我臉大小的白底紅花的大碗，我才清醒過來，並聽見瑪奇朵在我床邊說：「陸晗冬，妳居然喝了整整一大碗白粥。」我看著他空洞的眼神，似乎還聞到了一股泥土味。

「他們說我睡了兩天？」我難以置信的問瑪奇朵。

這時，瑪奇朵瞪大了眼睛看著我，隨後訝異的提高了嗓門：「他們是誰？」

「就是空餘床上新入住的男女，他們剛剛還在與我講話……」我指著那兩張空無一人的鋼絲床說。

「他們今天一早就走了，出發去縣城，住宿老闆親自送他們去了汽車站。他們的確有與妳講話，那還是兩天前的事情，今天是我們在這裡入住的第六天。我跟旅店老闆在山下把妳抬回來後，妳就一直渾渾噩噩的在說夢話，丹亨沒有像樣的醫院，我想等妳好些了再帶妳回黃城……」瑪奇朵有條不紊的說。

「我好像做了一個夢，夢裡自己一直跑，始終也無法停下來，感覺很疲倦，一點力氣也沒有！」我模稜兩可的對瑪奇朵說。

「不是夢，是住宿的後山發生了滑坡，我聽到碎石的聲音就出去叫上住宿的老闆出去找妳，索性不嚴重。我確定妳沒事，我想妳可能是累了，放心睡吧！我會在住宿守著妳。」瑪奇朵輕描淡寫的說，這一切我全然記不得，只能暫且相信這都是真的。

那一瞬間，頓覺瑪奇朵是一個很美好的人，那句「我會在住宿守著妳」充滿了希冀與溫存，我除了點頭並沒有對他說什麼，也沒有任何感激的表情寫在臉上，唯有他看不見的內心為之顫動。我想起田鼠，憶起曾經他也為甜瓜這樣守夜來著，動作和神情與眼前的瑪奇朵一模一樣。這讓我一度覺得自己的腦子出了問題，很有可能是住宿後面的那座山滑坡時，有什麼東西從上面滑落下來後撞到了我的腦子，我不僅後腦勺悶疼，而且閉上眼睛後，眼前會浮現出綿延不絕的塔帕山。

之後，我又看見坐在另外兩張鋼絲床上的男女，他們好奇的看著我，並向我詢問住宿後面的那座山，說好為我守夜的瑪奇朵卻已黯然不見。這時耳邊一直傳來我們離開塔帕山時，賤人告訴我們的那句話：

「山體要滑坡了，我們要盡快走出榆樹林。」

當時，我們離開鐵皮車廂後，因為體力不支，正靠在洞穴旁的石頭墩上休息時，同時感覺到那塊巨大的石墩在震動，賤人憑著他對大山的敏感程度告訴我們，之前小城裡出現的種種異常，一定是泥石流的徵兆，然後對我們說了那句話。

我竭盡全力的在甜瓜身後緊緊地跟著她的腳步，突然之間她像是失去了知覺一樣，一頭狠狠地摔在榆樹林的草叢中，只有我在她身後第一時間近距離目睹了這一切。有好一會兒，甜瓜都是頭朝下躺在那裡，一動也不動，就像是體力透支而睡著了。不久，我看見有暗紅色的血液從甜瓜厚實的頭髮裡溢出，接著順著她的馬尾辮子一滴一滴的流到草叢裡。劇烈的疼痛又讓她恢復了知覺，只見甜瓜癱坐在地上，田鼠心急如焚的上去抱住她，因為擔心泥石流，我們只能扶著甜瓜繼續走，我慌張的用手掌壓住她頭上的傷口，血液順著我的指縫間流淌，看著甜瓜煞白的臉，我想我也是一樣的，甜瓜是失血，而我是害怕。

賤人在榆樹林深處採了很多淡綠色的葉子，一大坨都放在口腔裡，用牙齒攪碎後放在甜瓜的額頭上。不久後，傷口就不再流血，甜瓜看上去也沒有之前那麼痛苦，也許是失血過多的緣故，她一直是昏昏沉沉地靠在田鼠的手臂上，就連睜開眼睛看一眼田鼠的力氣都沒有，否則她一定會睜大了眼睛盯著田鼠看，美滋滋的享受著田鼠緊緊環抱她的樣子，對她來說那是夢寐已久的溫度。

幾個小時後，我們聽見了霹靂般的雷聲，之後下起了大雨。我們跟著賤人一直在雨中四處遊走，希望能在天亮前找到出路。我已經沒有多餘的力氣在榆樹林中尋找他的足跡，或是去想我若迷失了，他是否還會回來。因為甜瓜實在無力前行，我們只能靠在一棵榆樹下半瞇合著眼睛休息，被淋成落湯雞也不敢閉上眼睛，更不想睜開。山上的夜晚漆黑，烏雲密布沒有一顆星星，但我還是能夠看見田鼠目不轉睛的看著甜瓜的眼睛，透亮透亮的像是夜晚的貓頭鷹。田鼠始終沒有合眼，寸步不離的看著甜瓜，生怕她會死掉一樣，偶爾還會輕聲嘀咕著他曾念給他「母親」的詩歌給甜瓜聽，不知是在安撫甜瓜還是想在黎明前撫平自己內心的幽怨，就在她身邊整整守了一個晚上。

突然間，我透過上下眼皮間被睫毛遮擋住的縫隙看見了瑪奇朵的眼睛，在同樣漆黑的房間裡眨動頻繁地盯著我，他強壯的體魄像塔帕山一般，紋絲不動的佇立在我床邊，外面天色已漸亮，他果真就這麼坐在我床邊守了一整個晚上。

「我想我又做夢了，田鼠沒有來丹亭，會是出事了嗎？」我忽然坐起來問瑪奇朵。

「不會。」瑪奇朵隨口一說，顯然他並沒有把我的話當真。貌似關於田鼠，我說什麼他都已經見慣不怪了。

「我夢見了塔帕山！」我很認真的告訴瑪奇朵。

瑪奇朵沒再說話，但是他看我的眼神讓我覺得自己已行將就木，我想他大概真的是沒法理解我在說什麼。每次夢見塔帕山，我總是會有一些不好預感，儘管每次都沒有發生什麼不好的事情，卻一直隱隱約約的被各種憂慮困擾著。對於我做夢這件事，瑪奇朵不僅見怪不怪而且早就習以為常，曾經我住在他工作的紅房子裡，也是時常做一些不著邊際的夢。

「陸晗冬，我再去給妳買一碗熱粥。」天亮後，瑪奇朵離開了房間，並把他的手機留給我。

我想瑪奇朵的心思應該都放在如何找到一間無須登記且男女分開住的旅店，順利地度過在丹亭剩下的幾個晚上。在等待田鼠的這些天，我看得出他早已厭倦了這裡，如果再多住些時日，他也會厭倦我。

我並沒嘗試用瑪奇朵留給我的手機給田鼠打電話，也沒有等待瑪奇朵的那碗熱粥，而是拖著沉重的身子，匆忙的去了丹亭汽車站。車站門口兩扇透明的玻璃門用一根又粗又長的鐵鍊捆鎖著，往裡面望去空無一人，不僅沒有售票的阿婆，而且也清空了座椅。

一張醒目的告示牌貼在玻璃門旁邊的白色牆體上，落款的日期還是前幾日，因此瑪奇朵應該早就知道丹亭旁邊的縣城發生了泥石流，而他並沒有告訴我。總覺得這一切都是因為我夢見了塔帕山的關係，也不禁讓我對田鼠的境況更加擔憂。

之後，我滿腦子都在想田鼠會不會出事，或者他會不會死在一個無人知曉的地方。我害怕他會像當初的老田一樣情景重現，在不知道泥石流發生的同時，我居然在距離縣城一百多公里外的丹亭夢見了塔帕山。

待我回去時，瑪奇朵已買好一碗熱粥，隻身在空曠的房間裡打轉。我突然發現瑪奇朵的沉默很可怕，這遠遠比他囉嗦地對我講一大堆道理要可怕得多。尤其是他在聽我跟他描述那些至今仍歷歷在目的情景時，那樣子看上去似乎是覺得我已無藥可救，心裡的猜忌全部顯現在臉上。他看我的眼神，在我看來明明就是一個心理醫生在審視一個重症病患，在紅房子時的情景又歷歷在目。

「我看到了丹亭汽車站的告示，你知道田鼠在哪裡嗎？我想我不能接受田鼠用那樣的方式離開我，尤其是在賤人和甜瓜都離開之後……」我絮絮叨叨的說。

瑪奇朵又選擇了沉默，我希望他的沉默是因為我所言條條是道，而不是腦筋錯亂或是從後山回來後產生的一連串幻覺。印象中，我曾在紅房子時與瑪奇朵說起過泥石流的事情，也只是略微提及，他就已經一心覺得我是因為服用了氟西汀的關係。

就在田鼠為甜瓜守夜後的第二天，甜瓜精力充沛得跟賤人一起採了很多榆樹林的野果子給我和田鼠，看著她活蹦亂跳的樣子，我很難把眼前的她跟昨晚那個奄奄一息的她聯繫在一起。甜瓜額頭的血液依然殘留在我的指縫間，它不會作假，我親眼目睹了那一切，我不相信甜瓜會如此傷害自己，只為了得到田鼠那個未知的擁抱。

賤人在夜晚遊走時，發現了一條新的出路，我們跟著他順著半山腰的密林下去，幾個小時後就到達山底的泥河。在河灘邊，有兩個年輕的壯漢目光呆滯的盤坐在長滿苔蘚的岩石上，臉上被一層厚實的泥巴包裹著，見到我們迎面過來顯得格外緊張。甜瓜給了他們幾個野果子，他們狼吞虎嚥的吃下後，我們從他們嘴裡得知，小城果真發生了泥石流，塔帕山突然坍塌，那些鑿山的人都被埋在底下。如果他們所言是真的，那麼我們選擇離開塔帕山居然成了不幸中的萬幸，否則我們會跟鐵皮車廂一起墜落。

突然間，其中一個男子在看清田鼠的面容後，先是把手裡的野果丟在地上，隨之不受控地指著田鼠大叫，最後兩個人像撞見了鬼似的，沿著榆樹林向上方的山體逃之夭夭，田鼠卻很淡定的說：「他們一定是被泥石流嚇破了膽。」

泥河的水是黑色的，河邊的泥土踩上去像是沼澤，我的右腳忽然陷下去，與此同時甜瓜也大叫了一聲，並指著前方河水順流而下的方向。一個男人半裸著臂膀在兩塊大石頭的轉角處漂著，他面部朝下而且四肢僵硬，我則被她的尖叫聲嚇到說不出話來。

「有人好像在泥河底下拉著了我的腳。」我對身旁的賤人說。瞬間，我的指尖觸碰到他的手臂，他的肌膚冰冷卻面不改色。

賤人對我的處境視而不見，而是拉著田鼠一起去那兩塊大石頭的轉角處看個究竟。這時，甜瓜的雙腳也都陷了下去，我們只能站在不遠處的泥巴裡看著賤人和田鼠一步步靠近那具屍體。

「陸晗冬，我見過死人，人死後都是那樣的。」甜瓜指著那具屍體對我說。

此時，賤人和田鼠已走到他的身邊，並合力將那個男人的身體翻了過來，我和甜瓜幾乎同一時間閉緊了眼睛。過了許久，我們才聽見耳邊傳來賤人的聲音：「老田，那個人是老田，他一定是跟泥石流一起滾下來的。」

繼而，我和甜瓜又同時慢慢的睜開眼睛，看著田鼠蹲坐在屍體旁邊。他全身都被河水腐蝕，密密麻麻的爬滿了螞蟻，猶如蟻族的後裔。這是我第一次看見這樣的死人，雖沒有山頂的墳地那麼恐怖，但只要想到賤人跟我描述那具屍體的樣子，就已經不寒而慄。

那日，我們就坐在泥河上方的榆樹林裡，哪也沒有去。田鼠的舉止很反常，他默默地守在老田的屍體旁邊，從白天守到晚上。

他陰森的眼神令人發懼，我們誰也沒有試圖阻止他，遠遠看著田鼠無聲的口形，我確信他定是在說：「有的人活著，他已經死了，有的人死了，他卻活著……」

我記得自己曾在紅房子時對瑪奇朵說過這樣的話：「因為田鼠的關係，我曾不止一次的詛咒老田，但當死亡真正降臨在他身上時，我卻無一絲竊喜，更多的是面對死亡時的忐忑，因為我知道總有一天它也會突如其來的發生在我和田鼠的身上。」然而，對於我所陳述的事實，瑪奇朵從未相信過。

18 巴林的：愛情

「住宿」老闆一早就很急切的告訴我們，由於擔心山體再次坍塌，讓我們今日坐汽車去丹亭周邊的縣城，縣城每隔一天就有一趟火車去黃城，山體坍塌破壞了丹亭的鐵路，回黃城的火車徹底停運了。她還是跟第一次一樣，無聲無息的出現在我們的房間，在告知我們後還不忘調侃的對我們說：「丹亭就這麼大，沒什麼好也沒什麼不好，從沒有客人在我這間小店裡住這麼久，我早就厭煩了你們。」

這是我跟瑪奇朵住在丹亭的第八天，在嗜睡了一段時間後，我已無大礙。從我們入住這裡至今，這是老闆說得最流利的一段話，像是早就準備好的說詞，任務完成後轉身就走了，我們都聽到了她偷笑的聲音，一個人表達善意的方式，真是千奇百怪。

我決定跟瑪奇朵即刻起身去縣城，然後再搭載當日下午的火車，從縣城回到黃城。接著便開始收拾自己的衣物，想盡可能的坐當天最早的汽車離開，瑪奇朵的開心溢於言表，全然寫在臉上，但卻還不忘試探著問我：「陸晗冬，真的不等田嘉輝了嗎？」

而我只想快點離開「住宿」這個地方，於是隨便的敷衍了句：「暫時不等了。」

「田嘉輝身邊就是有太多像妳一樣的女人，不管他犯了什麼錯都會原諒他。」瑪奇朵冷嘲熱諷的說。

我討厭一個男人肆無忌憚的去揭穿一個女人，那種感覺就如同他在大庭廣眾之下，一言不合就扒光了她所有的衣服，那一刻一定很憤怒，但赤裸裸的身軀會提醒你，比起無休止的謾罵，還不如想辦法讓這件醜事快點過去。

「你若犯了錯，我也會原諒你。」我說。這一刻腦子是空白的，瑪奇朵很不屑的瞟了我一眼，很快又扭過頭去，顯然他並沒有當回事，但至少堵住了他即將喋喋不休的嘴巴。

這時，瑪奇朵的手機響了。我欣喜若狂並懷著最後一絲僥倖，以為會是田鼠，他即將到達丹亭或是已經在丹亭。然而，只是瑪奇朵的工作電話，醫院善意的提醒他十天的假期就要結束了，也間接提醒了我，我們的旅程還沒有開始就已經結束。我暗自告誡自己：待田鼠回到黃城，我一定不會那麼輕易的原諒他，至少我會說很多不堪入耳的話。

丹亭到縣城的汽車只需要四十分鐘，我們坐上了最早的一班車，到達縣城時已是中午時分，根本來不及思考，就趕去縣城的火車站，因為我們雙雙丟失了證件，不得不面臨著逃票。

「陸晗冬，妳站遠一點！」瑪奇朵將我不知不覺趨近火車的身體往後拉，他緊張的表情生動的印刻在臉上。在疾馳火車的襯托下，猙獰得五官像是一條湍急的河，在暗湧底下我看到了田鼠的臉，可那河水是酸的，倒滿了百年陳醋。

「陸晗冬，靠近我一點，泥河的河水太急了，我們集中一些，誰也不要掉下去。」田鼠緊張的對我說，跟瑪奇朵的神情如出一轍。

當時，我和甜瓜都被河水拍打得渾身濕冷，瑟瑟發抖的坐在渡河木筏的正中間，之後我們四個人緊緊地抱在一起，任由它順著河水流淌的方向飄蕩，它正一點點的遠離塔帕山和老田的屍體。田鼠在我左邊，賤人在我右邊，我的眼睛卻緊緊地盯著對面的甜瓜，眼看著她順勢將頭靠在田鼠的肩膀上，在濕冷的山間她感覺他的身體很溫暖，尤其是他抬起頭的瞬間，我彷彿看到了一株烈日下的向陽花，在他瘦弱單薄的衣襟下，卻用偉岸的身軀保護著她，可是當我再看到對面甜瓜柔情似水的眼睛，不禁渾身都冷颼颼的。

「陸晗冬，喝杯熱水就不冷了。」瑪奇朵把裝滿了熱水的杯子遞到我手裡，我迷迷糊糊的跟著他上了火車，然後一直在楞神，根本沒有留意他去哪裡弄到的熱水。

火車車廂跟我們住了八晚的「住宿」相比，實在是舒服得多，尤其一口熱水下肚，渾身都暖洋洋的。那種感覺就如同我們終於擺脫了那條難纏的泥河，在丹亭喝上了一口熱茶，濃茶的苦水裡還帶了點甜味。

那時，我們漫無目的地在泥河上漂著，搖搖晃晃的感覺跟坐在火車車廂裡別無兩樣。我們從天亮一直漂到天黑，大概從後半夜開始，泥河的水流變得平緩，渡河的木筏也沒有了前進的動力，我們四周再也看不見突兀的大山，盡是泥濘的土地，局部還鋪滿了平亂的碎石。

天濛濛亮，我們看見一個老爺爺蹲坐在泥河邊，正在用一張編織網打撈河裡的魚蝦，然後裝進一個破舊的白色塑膠桶裡，身後還停了一輛腳踏三輪車。那一刻，興奮讓我們喪失了語言能力，我們四個人幾乎同一時間跳進泥河裡，只想著快點游過去，到水裡掙扎了幾秒後，才發現水深不過才剛剛齊腰。

「你們幾個在做什麼？看看，把我的河蝦都嚇跑了！」老爺爺在不遠處愁眉不展的衝我們吆喝。

而後沒多久，我和甜瓜就坐上了他的三輪車，甜瓜懷裡抱了一桶河蝦，我也抱了一桶，河蝦在盛滿了河水的塑膠桶裡盡情的蹦躂，伴隨著泥巴一起水花四濺，瞬間滿臉都是蝦味！他費力的推著三輪車和我們，每走幾步就要深深地吸口氣，然後再用力的呼出去。車輪下方盡是我和甜瓜褲子裡流下的泥水，賤人和田鼠步履蹣跚、步伐沉重的幫忙推著三輪車。

「我給你們攔一輛拉土車，你們太沉了，遲早把我的輪胎壓爆，我的河蝦等不了那麼久，要是死了就不值錢了。」他一邊氣喘吁吁的推著車，一邊四處張望的說。

「其實他是見我們渾身都濕漉漉的心疼罷了。」甜瓜在我耳邊小聲的說，她總是那麼的善解人意，我的耳朵癢癢的，像有幾隻蛐蛐在爬。

一個小時後，我們坐上了一輛小貨車的載貨車廂裡，他送給貨車司機一桶河蝦，並囑咐他給我們一些乾糧。我們至今也不知道老爺爺撈河蝦的那個地方叫什麼名字，雖然同是泥河，河水卻很是清澈。雖沒去過天堂，但卻一心覺得天堂也不過如此，我更願意把我在小河裡撈的螺絲全部都送給他。

小貨車的載貨車廂有兩截，前後廂用鋼絲網隔著，我們坐在放飼料的後廂，前車廂載滿了粉紅色的小豬，一隻隻圓潤得很，見我們如皮包骨一般的身板，都顯得很慌張，然後不禁往一處聚集。我們很快就隔著那張鋼絲網與牠們一同入睡，冷風如飛沙走石一般打在我們的臉上，我們卻依舊睡得比豬還香甜。

我們被叫醒時貨車正停靠在汽車站，也就是我後來才知道的丹亭汽車站。沒過多久，就有人看不得我們失魂落魄的樣子，好心遞給了我們一杯熱茶，我們輪流著每人喝了一口，突如其來的溫熱感順著喉嚨緩緩而下。

⊙

「陸晗冬，妳應該知道旅行不是我的最終目的。」瑪奇朵茫然若失的看著我手中的熱水說。

我盡可能的讓自己眼皮下垂，生怕看見瑪奇朵的眼睛。這對我來說並不突然，我依稀可以感覺到，即便我木訥的感應不到，田鼠在很早以前也已經言傳身教的讓我知道：一個男人對一個女人好一定是有目的的！僵持了許久，我也沒敢看他。只是呆滯的看著自己手中的熱水，從溫熱變得冰冷，害怕自己的眼皮微微上抬，就會看見瑪奇朵的眼睛。

曾經在丹亭，田鼠也說了同樣類似的話，可是我沒有告訴瑪奇朵，也沒有這樣的打算。

我相信他所言是真的，同樣地也相信田鼠當時所言是真的。

「你應該知道旅行也不是我的最終目的。」我無法控制自己的情緒對瑪奇朵說。

話音剛落就已熱淚盈眶，眼淚的溫度能灼傷肌膚，似乎比瑪奇朵遞給我的那杯熱水還要滾燙。我當時堅定的認為，任何一種情感都沒有可比性，同樣的也沒有持久性。我裹著瑪奇朵的外衣漸漸睡下，幻想著再醒來就徹底離開丹亭，我迫切的想離開那裡，我想那種迫不及待的感覺與田鼠曾經想離開那裡去巴林是一樣的。

我們被小火車「卸貨」到丹亭當天，我們睡在丹亭客運中心對面臨時搭建的布篷底下，據說那裡就是流浪漢們夜晚的歸巢。天剛剛黑，就有熱心人送來被褥，每人還都分給了一碗熱粥，我與田鼠對望了一眼，瞬間就明白我們為何會被「卸貨」在此，這裡本就是給流浪漢的棲息所，離開小城後我們已然在不知不覺中成了流浪的人。

次日，天色漸亮時我們就被叫醒，因為那些被褥必須盡早的收回去，他們擔心我們一覺醒來會被幸福沖昏頭腦，繼而帶著那些被褥離開。可是，就在我們被叫醒的那一刻，我們一度以為自己已經死了，一張熟悉又陌生的臉浮現在我們眼前，一點都不留情面的對我們說：「布篷是我『阿爹』出錢搭的，被褥也是我『阿爹』捐贈的，這裡的流浪漢真是愈來愈多！」

「是大花兒，居然是大花兒！」我跟田鼠異口同聲的說，然後拱手交出自己蓋了一夜的被子，目瞪口呆的看著她風姿颯爽的站在我們面前，看著她得意的沉浸在我們仰視她的視覺裡，總會有些事情是我們意想不到的。

在大花兒的庇佑下，我們在距離丹亭不遠處的鎮裡住了一段時間，大花兒提供了我們住處，且每天都供我們吃喝，然後不論我們是否願意聽，都會在給我們吃的同時，以堵住我們嘴巴的方式跟我們講黃曉西的事，還有她的「阿爹」有多麼的厲害，甚至還埋了一顆巴林的「種子」。我不記得那一段時間到底有多久，說快則快說慢則慢，每天重複著一樣的事情，彷彿已被時間上了一道厚重的枷鎖。

至於黃曉西的那些事，其實無所謂真假，畢竟除了大花兒，也沒有人知道，可是關於黃曉西這個人，田鼠卻認真了。所以，我一直覺得自從大花兒跟他講了黃曉西以後，田鼠就徹底的變了。為了報復黃曉西的水性楊花，田鼠把自己變成了一個卑劣的人，以及對喜歡他的女孩卑劣的男人。這期間，賤人始終對黃曉西這個人閉口不言，也不參與討論，也許是默認了大花兒所說的話，也可能是他確實對黃曉西一無所知。據大花兒所言，她的「阿爹」並不是她的父親，而只是一個她願意把他當作父親來對待的人，他們來小城本身就是預謀已久的事，所做的一切都只為了那尊佛像，所以能順利離開就不足以為奇，至於那尊佛像的去處，大花兒卻始終閉口不談。

當時，大花兒的眼神讓我覺得，接下來她所說的一切都是騙田鼠的，一切伏筆都是為了能讓田鼠心甘情願的跟她一起去巴林。但是，田鼠並不這麼認為，對於一個雪中送炭的人來說，你吃了她給你的食糧而沒有被毒死，就只能去相信她。田鼠當時沒有說，但我確定他就是這麼想的，之後就全然體現在行動上。就在田鼠心急如焚的關切黃曉西時，甜瓜卻在強顏歡笑的擺弄著自己的手指，而後低頭撫摸自己的臉頰，粗糙的肌膚跟大花兒細嫩的臉成了鮮明的對比，絲毫沒有把這件事情放在心上。至於我自己，儘管坐在他們中央，卻像是一杯無色無味也無溫度的水，是永遠也不會給人留下印象的。

田鼠獨自一人跟大花兒去了鎮裡的水壩塔，回來後田鼠便滿臉青綠色的叫我去鎮子後山的叢林，暴跳如雷的對我說：「黃曉西是個賤婦，她和大花兒的『阿爹』通風報信，大花兒的『阿爹』給了她許多錢，現在誰也不知道她在哪裡，也許去了妓院也說不定……」

大概就是從那時起，在田鼠純粹的心裡，黃曉西就徹徹底底的從一個集萬千寵愛於一身的女神淪落成一個水性楊花、愛慕虛榮、見異思遷的牆頭草。田鼠用盡了一切他所知道不堪入耳的詞來形容她，不僅黃曉西是汙穢的，而且還連帶著讓他的愛變得汙穢。

當時，我只顧著為田鼠憤憤不平，甚至還有一點小確幸。直到幾天後，田鼠突然跟我們提議：「我要去巴林。」

這時我才發現，田鼠似乎有點可怕，或者說男人很可怕。前一秒鐘還深愛的女人，後一秒鐘在另一個女人那裡道聽塗說後，她就立刻被定性為賤婦，然後立即投入另一個女人的懷抱，還自以為是的說那是愛情。我們都覺得不可思議，在儲存量有限的腦子裡，對於那個我們聞所未聞的地方，空白到無法想像，也不明所以，田鼠卻給我們描繪一副美好的藍圖。

「田嘉輝，大花兒跟你說什麼了？」我們幾乎在同一時間異口同聲地問。

「我們可以在巴林賺錢，跟著大花兒的『阿爹』做漁業生意。巴林的海比小城裡的河清澈得多，我們不會凍著也不會餓著，只要努力的幹活……」田鼠興致勃勃的說。

在那一刻，我想我和甜瓜都已然知道田鼠的心思，他腦海中的巴林就像曾經的那片玉米地一樣廣闊。田鼠見我們都沒有回應他，於是堅定的看著我們說：「去巴林，因為愛情。」他用言簡意賅的四個字，詮釋了一切。

田鼠說這番話時的神情可怕至極，而且甜瓜就站在他對面，在我看來田鼠的這句話對甜瓜來說無疑是巨大的羞辱。可是，單純的甜瓜卻把田鼠當成了她生命中無上的榮耀，面對田鼠的那句因為愛情，她不但沒有氣憤反而很平和，自以為是為了她和田鼠的愛情，並不斷地哀求我和賤人：「我們就一起去吧！」

自從來到丹亭，賤人就沒了自己的主意，離開了他熟知的小城，他總是會患得患失，我們大多時候都會聽田鼠的安排，加之甜瓜的央求，最終還是決定一同去巴林。沒幾日，在大花兒的幫助下，我們坐上了丹亭的一艘漁船，之後又在另外一個不知名的碼頭換坐了另一艘漁船。我們被安排跟整箱的活魚擠在貨艙裡，船主給了我們一些乾糧和幾瓶水後就把貨艙的門鎖住了。

「我們就算死在裡面也不會被發現吧？」就在門鎖被套牢的瞬間，我有些忐忑不安的問田鼠。

「死屍久了所散發出來的味道應該跟這些魚死了的臭味一樣吧？」甜瓜接著問，讓氣氛變得更加沉重。

「大花兒在客艙裡一定跟神仙似的。」賤人冷淡的說，然後不屑的看著田鼠。

田鼠始終沒有作聲，目光呆滯的看著箱子裡那些上竄下跳的活魚，我們猜想他此時的腦海裡，應該盡是大花兒為他勾勒的「美色」，隨後他深深地倒吸了一口冷氣如釋重負一般。昏暗的船艙裡，那些魚在盛滿海水的箱子裡活得甚好，身上的鱗片居然還會閃閃發光，它竟是我們在黑暗中所能看到的唯一的光亮。即便如此，也不可能分辨出白天和黑夜，時刻都能感覺到船體在很大幅度的左右搖晃，甜瓜暈船而從胃裡倒出的嘔吐物全部都餵了魚，貨艙裡濃重的味道讓我們生不如死的度過了一天又一天。

起初，我們還會吃一點東西，後來索性開始睡覺也只能睡覺，那會讓我們感覺好過很多。田鼠一直用默念的方式來鼓舞自己，偶爾也會數數，那些數不勝數的阿拉伯數字，漫長到像是帶我們一同去地獄走了幾圈，除了頭暈噁心以外，沒絲毫的期許，無論是對巴林還是對死亡，我們都是麻木的。

「快看！這一箱魚都死了！」甜瓜突然大叫。她的聲音不管何時都是那麼有穿透力，耳膜強烈的衝擊感把我們都嚇得清醒了許多，可卻沒有人還有力氣過去圍觀那些漂浮著的「死屍」，我們都很清楚牠們定是吃了甜瓜嘔吐物的緣故。

「死也是會傳染的嗎？」甜瓜繼續問。

面對她的精神煥發，沒有人回應她。可是，我們的沉默又似乎已經回應了她，甜瓜的好奇心已經得到了反向的驗證，因為我們還活著，都還活著。沒過多久，我們都有所察覺，似乎船體不再搖晃且沒有了動力，便興奮的坐了起來，豎起耳朵聽到大花兒在用軟綿綿的聲音叫喚田鼠，然後貨艙的門鎖也被打開，我們拖著沉重的身體從貨艙走出，晃蕩著揉亮眼睛，瞬間就把之前的一切痛楚都拋諸腦後。比起小城裡撈螺絲的那條河，眼前的海是如此的廣闊，迎面撲來的魚腥味已然在告訴田鼠和我們：「巴林不僅有愛情，還有吃不完的魚，喝不完的海水，可能真的還會跟著大花兒賺很多錢……」

這時，碼頭突如其來的一聲嗚笛，嚇得我們不禁渾身一抖，然後就再也不願意想起以前，誤認為這是我們誤打誤撞開啟美好的最佳方式。大花兒的「阿爹」颯爽英姿的站在碼頭口岸，就在他向我們招手的那一刻，大花兒歡欣雀躍的跑了過去，與在小城裡為了偷盜佛像而小鳥依人的她截然相反。也就在那一刻，「美色」讓田鼠忘記了身旁的甜瓜，也跟著大花兒奔了過去。「美色」同樣地也讓我們暫時忘記了突兀又落魄的小城，似乎我們就是在巴林長大的，不是誤打誤撞，只是「歸家」而已。

自從我們去了巴林開始，田鼠什麼都會對我說，也只能跟我說，他很直接也很赤裸，那種感覺就如同他剛沐浴後，一絲不掛的站在我面前供我觀賞一樣。起初，我會有點興奮，一心覺得他告訴我的必定是在他心裡沒那麼重要的，但卻願意與我分享的。

漸漸地，我卻總希望田鼠能夠騙我，哪怕一次也好，因為那些心底的實話會令我很尷尬也很痛苦。田鼠跟任何一個女孩在一起都會對我說，大多邂逅是在碼頭旁邊的按摩店，甚至連細節都不放過，聽得我渾身不自在。最後，我徹底崩潰了，我比甜瓜還要痛苦，我意識到如果自己喜歡的男人，真的凡事都對自己坦誠，也是一件很可怕的事情。

就在甜瓜剛離開的時候，我們都有懊悔過一陣子。如果當初我們沒有離開丹亭去巴林，又會是怎樣？然而，那些懊悔比田鼠更換女人的速度散去得還要快，我錯誤的以為我很瞭解和理解田鼠，其實世界上根本就沒有絕對的感同身受。我對田鼠之所以失望，在於我試圖理解他，期望他也能像我理解他一樣的理解我，所以我旅行絕對不是田鼠的，也不是我的最終目的。

19 焦糖‧瑪奇朵

手中捧著的熱水杯已不知不覺跟回憶一同變得冰冷，瑪奇朵已熟睡，否則他一定會不依不饒的盯著我問：「陸晗冬，妳在想什麼？」

看著車窗外一閃而過的石階，我眼前居然莫名的浮現老田的屍體，儘管我並沒有真切的看過，但腦子裡總是畫面感十足，而且一點點的開始變得清晰，不明所以的為他難過，為自己燒掉了他的經書難過。這種感覺持續了很長一段時間，隨後轟隆的鐵軌聲讓我真真切切的意識到，我已經離開了丹亭，田鼠也果真沒有出現在我們約定的地方。

回到黃城後，由於之前租住的房子已經搬空，而且還要重新辦理身分證件，暫時也找不到其他合適的住處，我先是寄住在瑪奇朵的家裡一陣子，然後在他家中附近的咖啡店找了份兼職，我把這份工作的事告訴了瑪奇朵，只是想讓他明白我不是一個白吃白喝白住的人，我會付他相應的房租。

可是，瑪奇朵卻鄭重其事的告訴我：「陸晗冬，黃城的人幾乎不喝咖啡，他們更喜歡牛奶和豆漿，所以無論妳做得怎樣都沒關係，好或不好也不要緊，他們也只會往黑咖啡裡加入大量的黃糖。」

做咖啡那麼優雅的工作還輪不到我，我只負責收拾客人用過的咖啡杯，並做一些清潔工作。因為瑪奇朵的工作性質，他幾乎不回來，大多時候都是住在醫院分配的員工宿舍裡。從某種層面來說，瑪奇朵的房子成了我的房子，可我仍然覺得寄住跟租住是毫無分別的，而且無論何時，我總是能聞到一股醫用消毒水的味道。不僅如此，用什麼或是做什麼都會格外小心，生怕改變了房子原來的布置和格局，也許是因為瑪奇朵家裡安裝了兩個監視鏡頭的緣故，幸好是我住進來之前就有的，否則我會以為是用來監控我的。

被監視的感覺讓我為之耿耿於懷。曾經我們初到巴林沒幾天，大花兒就送給田鼠一份「大禮」，用粉色的牛皮紙包裝，打開後我們誰也不認得那是什麼東西，更像是一種很高級的玩具。直到大花兒親自把它裝進田鼠和甜瓜的出租房裡，我們才知道那是一對監視鏡頭。第一次接觸它，我們都覺得很好奇也很好玩，但久而久之，它的存在就適得其反。

大花兒給田鼠和甜瓜租住了一套房子，並給我和賤人一同租住了另一套兩居室的房子，我們相隔一條街道，步行五分鐘而已。後來，因為種種原因，甜瓜搬到了我的住處，賤人覺得跟我們兩個女人一起生活很不方便，就主動搬去了田鼠的住處。可是，自從甜瓜搬離後，田鼠也離開了那裡，明目張膽的跟大花兒膩歪在一起，賤人則一個人獨自享受著那套房子，我猜他當時的感受應該跟我獨自居住在瑪奇朵的住所是相似的。

重新回到黃城後，我沒有一點失落，瑪奇朵卻時常打電話詢問我在咖啡店工作的情況，我告訴他：「我很喜歡這樣的工作環境，很清閒也很愜意，就是客人點單時，明明當時記得很清楚，可轉身就忘得一乾二淨，類似這樣的健忘已成為常態，但是唯有客人點焦糖瑪奇朵時，我才不會忘記，都是因為叫慣了你的關係。」

接著，瑪奇朵又很開心的詢問我想吃什麼，說他晚上會過來做給我享用，讓我見識下他的廚藝，我一時也沒有什麼特別想吃的東西，就隨口說了句：「隨便什麼都可以。」

隨之，我隱隱感覺到瑪奇朵在電話裡的口氣有些不悅，但還是牽強的回答我：「既然這樣，我做什麼妳就吃什麼吧！」

掛斷電話後，我才想起田鼠對我說的話：「陸晗冬，男人最不喜歡女人隨便，也最不喜歡女人說的兩個字就是隨便。」

那天晚上我從咖啡店回到家中，瑪奇朵已經在家裡做好了一桌菜，按照我們約定的時間等我回來。儘管我已經在這裡寄住了兩個月，這段時間他也從不會沒有報備就貿然回來，可是面對眼前很溫馨的這一刻，仍會覺得自己是客人，主人是隨時可以拿鑰匙回來的。

瑪奇朵見我有點不知所措，便指著桌上那條紅燒鯉魚說：「陸晗冬，吃魚可以讓妳變聰明，吃多了就不會健忘了，這是一條我為妳準備的很特別的魚。」

「我最愛吃魚了，可是每次都會被魚刺卡到喉嚨。」我說。然後緊張得畏首畏腳，手也不知放在哪裡才好。

瑪奇朵卻笑開了花，取下滿是魚腥味的圍裙後摸了下我的頭，魚腥味讓我下意識的躲開。這並沒有影響到他的好心情，居然夾了一塊魚肉給我品嘗。就在那塊魚肉下肚之後，我開始反胃，總覺得味道不同卻又熟悉，從巴林回黃城這麼久，是我第一次吃魚，黃城的魚不同於巴林的魚，一個是河魚一個是海魚。

初到巴林，田鼠就跟著大花兒的「阿爹」一起做起了漁業生意，每天出海回來後，田鼠渾身都是洗不掉的魚腥味，甜瓜總會做好了一桌的飯菜迎接他。雖然滿桌的飯菜從來都沒有魚，但甜瓜人前人後總會樂不思蜀的說：「自從田嘉輝出海打魚，我最愛吃的就是魚了。」事實上，甜瓜很討厭吃魚，每次她都會被魚刺卡到喉嚨，一條魚她可以吃很久。

瑪奇朵有點侷促，然後果不其然的如我預料到的一樣，不停的追問我：「陸晗冬，妳在想什麼？妳真的喜歡吃魚嗎？」

我本來是想避而不談的，但看在那條魚的分上，我脫口而出：「巴林，滿腦子都是巴林的魚和生鮮。」

「巴林的魚好吃還是我做的魚好吃？」瑪奇朵面目桃花的看著我問，不知為何他心情甚好。

「都好吃，我最愛吃魚了，可是每次都會被魚刺卡到喉嚨。」我笑瞇瞇的看著他說，嘴角略顯僵硬。

直到飯後，瑪奇朵自動的開始收拾餐桌，我才意識到餐盤裡的那條魚身上只少了一塊肉，還是瑪奇朵夾給我品嘗的那一塊。這次，瑪奇朵不僅沒有生氣，而且很小心翼翼的把那條魚裝進垃圾袋裡，並在出門時帶走，之後我也不記得發生了什麼，印象中那是很溫馨的一天，我很早就睡下且直到次日下午才醒來。

半個月後，我去咖啡店上班的途中居然離奇的迷路了，在熟悉的十字路口，竟不知道往哪邊走，本想問路人卻一時間想不起咖啡店的名字。然後，我給瑪奇朵打電話，大概二十分鐘後見到他穿著醫院裡的白大褂氣喘吁吁的來接我，我迷路的地方距離咖啡店只有兩分鐘的步行距離，距離瑪奇朵的房子也只不過五分鐘而已。

瑪奇朵見我後的第一句話居然是：「陸晗冬，我若是開一間咖啡店，店名就叫焦糖瑪奇朵，這樣妳就不會忘記了。」

瑪奇朵把我送到我做兼職的咖啡店後，就很匆忙離開了，他臨走前在店內的吧檯點了一杯黑咖啡。當時，我在距離他不足五公尺的圓桌上收拾客人用過的杯具，我沒敢靠近他，因為店內規定除了咖啡師以外的人都不能入吧檯，而且當天也不是我值班，只有值班的人才能幫客人點單。

讓我無地自容的是瑪奇朵在等自己點的咖啡時，咖啡師刻意藉著咖啡機的轟鳴聲對瑪奇朵說：「陸晗冬，她不適合再在這裡工作。我很多次看見她把客人用過的咖啡杯放在廁所的馬桶上，或是把同一張桌子反覆擦拭很多遍，而且無論客人點了什麼，她都會讓我做焦糖瑪奇朵，妳確定還要付錢給她嗎？」

我很震驚的拿起桌上的兩個咖啡杯從瑪奇朵身後繞過，逕自走去員工專用的廁所，在馬桶的水箱上的確有咖啡杯杯底的印記。

我在這種糾結的情緒中，自尊心的受挫程度遠遠大於我想要賺錢的基本訴求，於是次日就離開了那間咖啡店。在這之前，我一直都覺得他們很友好，我雖不善交談，但卻對我呵護備至。在這之後，我就再無顏面對咖啡店內的任何人，當然也包括瑪奇朵。

離開咖啡店後，我走到瑪奇朵工作的紅房子，徘徊許久後決定進去找他，雖然被護理醫師攔在門口，但我還是橫衝直撞的衝到了他的辦公室，我在另外兩個醫師面前，盛氣凌人的對他說：「拿去吧。」與此同時從褲兜裡掏出他家中的鑰匙。

「什麼？」瑪奇朵一臉茫然的問。

他此時的樣子，就像是我當時如楞頭青一樣問賤人似的，我目不轉睛的看著眼前的信封，那一刻有點模稜兩可，然後弱弱的問：「什麼？」

當時，賤人也是頤指氣使的對我說：「陸晗冬，拿去吧！」然後，他把手中攥著的信封遞給我，看上去它比從鐵皮車廂裡剛帶出來時厚重了不少。

我遲疑了片刻後問：「什麼？」

「拿去把臉蛋弄漂亮些，美容醫師說這些錢足夠把妳臉上的疤痕治好。」賤人把信封舉得很高，生怕我看不到。見我無動於衷的看著它，便自行把信封打開，裡面的錢幣皺巴巴且新舊都有，一部分還略微潮濕，一部分像是剛拿到手似的有些許的溫熱。

見我還是沒有反應，賤人有些急躁，瞪大了眼睛對我呵斥：「陸晗冬，我跟妳一起去，我們都知道田嘉輝喜歡漂亮的女人。」

瞬間，我便從驚愕變成扭捏，內心盡是從未有過的感動，當然這跟田鼠是否喜歡漂亮的女人無關。賤人的舉動讓我無所適從，於是我突然很走心的反問他：「你呢？男人不是都喜歡漂亮的女人嗎？」

聽後，賤人居然一陣陣的臉紅，一個字也說不出來，「霸氣的痞子」即刻蕩然無存。

隨後，我發現賤人變得跟以前不一樣了，我甚至不知道他是什麼時候開始變成這般模樣，或是剎那間的頓悟，亦或是循序漸進的蛻變，我從來沒有仔細的觀察過。

「其實，我是想說我這麼健忘的人，拿著你家裡的鑰匙是會不安全，不一定什麼時候把它遺忘在哪裡自己都不知道。而且類似咖啡店的這種兼職還有很多，我也不確定自己在黃城能做什麼，如果田鼠不回來，或許還有別的打算。」我很認真的說。

接著，我用最快的速度離開了瑪奇朵的視線，或者說是讓他離開我的視線，每次但凡提起田鼠，我們都會以不悅收場，而且在爭辯中，田嘉輝這三個字會被瑪奇朵咬牙切齒的唾棄很多遍。我躲在樓道間的轉角處，目送瑪奇朵離開後，找了一個臺階坐下來，靜靜地回憶起那天賤人帶我去醫院的情景，我一直認為自己主觀上很難再去想他，這居然是在他離開後，主動想記起的唯一一件事。

那天，是賤人陪我去的，也只有他能陪我一起去。田鼠跟大花兒私會後很少回家，也很少跟我們聯繫，我們都不會主動過問他在哪裡，或是做些什麼。甜瓜為了能盡快走出田鼠帶給她的壞情緒，結識了幾個新朋友，也忙著約會，無暇顧及我，甚至時常徹夜不歸。唯有我和賤人，各自待在房子裡很少出去，也不願意去結交新的朋友。不同的是，賤人會經常去碼頭做搬運工，我則一直無所事事，擺脫無聊的最佳方式就是睡覺。

「陸晗冬，妳應該經常出去，隨便出去做點什麼。」田鼠和甜瓜經常這麼勸我，也只有在這件事上，他們的心意是一致的。

「巴林沒有我能做的工作，不僅語言不通，而且女人也做不來碼頭那些繁重的苦力活。」一面對他們的勸解，我向來都不表態，然後繼續按照我自己的意願去做，那天我卻突然這麼說，之後再也沒人這般勸我。

那時我武斷的認為，巴林的人們總是充滿了好奇，時常會針對我臉上的那塊疤展開一連串的聯想，他們沒有直接的表達，但眼神就是這樣的，對此我很確定。接著這件被我忽略已久的事情就這樣被自己無限的放大開來，因無法改變而變得愈發痛苦，於是我討厭出門。

大花兒會定期施捨我和甜瓜，我居然會接受大花兒的施捨，這是我從未想過的，甚至在這之前堅定的認為自己絕不會這麼做。然而，每次我都是率先伸手接過那個白色信封的人，我很清楚裡面是什麼，可還是那麼自然的接了過來。甜瓜見我如此，她也會效仿我當時的樣子，接過屬於她的那個信封，貪婪讓我們變得可怕。我不同於甜瓜的是大花兒除了錢還會施捨給我一些很受用的話，不是關於男人，就是關於女人，明則說給我聽，實則是讓我轉述給甜瓜的。

大花兒的那些話，我大多都不明白其中的意思，於是我斷定甜瓜也不可能聽懂其內涵。對甜瓜來說，她領悟到的唯一一層含義就是：盡快離開田嘉輝，成全他們這對天造地設的璧人。每次大花兒留下錢和話離開我們的房子後，甜瓜都會很氣憤的對我說：「陸晗冬，我絕不會那麼輕易的放走田嘉輝。」

當時，雖然我也不解大花兒的言外之意，但我覺得她並沒有把甜瓜放在眼裡，也不必那麼說，畢竟大花兒已經得到了她要的，甜瓜卻始終沒有。我那時最想要的，大概就是希望一覺醒來時，臉上的疤能憑空消失，我可以光明正大的走在巴林街頭，讓麥納瑪所有的女人們都嫉妒我的美。

所以，那天賤人才會與我一同出現在麥納瑪的唯一一間美容醫院裡，我躺在那張陌生的床上，頭頂正上方的一個大燈照得我臉頰滾燙，我不知道賤人是用怎樣的方式跟醫生溝通的，畢竟他的語言也不通，於是我很忐忑，就在準備打麻藥時，我緊張的問醫生：「一定能好嗎？會不會更糟？」

我當時會說的英文詞彙有限，不清楚自己表達得是否正確，也不確定醫生是否聽懂了我的意思，慶幸的是我聽懂了醫生的回答，而且她是微笑著，嘴角上揚的幅度也剛剛好，很和諧的映襯在燈光下她美麗的臉頰上，我確定她這樣說：「當然，漂亮的人兒。」

十四天後，我需要再次去醫院拆掉紗布，那天也是賤人陪我去的，當然也只有他。田鼠依舊沒有聯繫我們，甜瓜偶爾回來，都見我躲在被子裡睡覺，於是並沒有留意到我臉頰上的變化。我會記得很清楚是十四天，是因為那是我第一次對一件事情如此期待。記得醫生在拆紗布前，刻意擺放了一面落地的鏡子在我面前，而鏡子是我曾經最痛恨的東西。印象中鏡面很大，加之房間內的光線很好，我的身體不自覺的很排斥它佇立在我面前。

「我不喜歡這鏡子，能不能拿開？」我指著它說。醫生顯然沒懂我的意思，反而把它更進一步推向我。

就在紗布從我臉上拿下的瞬間，賤人是第一個出現在我視線裡的人，他擺出一副這是「我的女人」的優越感，靠在綠色的乳膠漆牆體上看著我，然後用眼神示意我看下鏡子。我卻在鏡子裡，看到了田鼠站在我對面，他支著兩顆門牙，笑顏逐開的對我說：「陸晗冬，妳看妳多漂亮，妳應該多照照鏡子，像麥納瑪的女人們一樣，多在太陽底下出去走走。」然後像朗誦詩歌一樣，沉醉在巴林的意境裡讚美我，就像他讚美大海一樣，當然這都是我的幻想。

現實是我驚訝地看著鏡子裡的自己，然後抑制不住興奮問賤人借了手機，給田鼠打了通電話。電話剛接通我就聽到了大花兒矯情的聲音，可是她絲毫沒有影響我美麗的心情，田鼠聽到我說賤人花錢把我臉上的疤去掉了，他回應的第一句話居然是：

「陸晗冬，妳看吧，我就說沒有什麼是錢解決不了的。」

接著，我淡定的掛斷了電話，起身挽起了賤人的胳膊。我記得清楚，離開麥納瑪的醫院後，我們路過街邊的一間小賣鋪，賤人主動買了份爆米花給我，還給自己買了個螺絲釘形狀的霜淇淋。他從褲兜裡掏出一把零錢遞給我，我從中拿出了兩張相對嶄新一些的錢幣付帳，剩下的疊得整齊放回他的褲兜。

賤人一邊用舌頭靈活的舔著手中即將融化了的霜淇淋一邊問我：「陸晗冬，爆米花好吃嗎？」

「很甜，跟小城裡的不一樣，加了什麼東西，像是奶油。」我模稜兩可的說，一隻手小心的捧著爆米花的紙袋，生怕不小心掉在地上，另一隻手則忙碌著往嘴裡放爆米

20 一個人的冬天：

花，一粒接著一粒。

「奶油是白色的，妳看這是棕色的。妳見過棕色的奶油嗎？這是焦糖。」賤人靦腆的對我笑著。

我也靦腆的低下頭，事實上我連奶油都不曾見過，又怎麼會知道它的顏色呢！繼而突然間，我們不約而同的大笑，爆米花的碎末噴得賤人滿臉盡是，他顧不上手中融化的霜淇淋，趕忙用袖口擦拭。那個時候，我只記得焦糖，那一袋爆米花讓我知道焦糖是甜的，顏色無法斷定的味道居然是甜蜜的，就像烙在賤人額頭上的傷疤，甜蜜永遠跟隨他，也像是瑪奇朵說他要開一間咖啡店叫做「焦糖瑪奇朵」的「笑話」，甜甜地印在心口，像是抹了一層厚厚的焦糖。

我依舊住在瑪奇朵的房子裡，漸漸地發覺自己已無法正常的入眠，我認為是冬天來了的緣故，太冷也會讓人如此。那天，瑪奇朵不僅沒有從我手中接過家中的備用鑰匙，而且也沒有再回過自己的家，我們有近一個月的時間沒有聯繫過彼此。也許是因為田鼠始終沒有回到黃城的關係，不禁讓我覺得這樣的冬天更冷。我有些難忍，還是想把鑰匙還給瑪奇朵，咖啡店的兼職所得足以讓我重新找個處所。

於是，我不得已再次去了瑪奇朵工作的紅房子，從他同事那裡得知他外出學習兩個月，他有一篇論文預計年底發表在黃城當地的醫學雜誌上。其中幾位同事還不忘詢問我現在的情況，若不是如此，我都已然忘記自己曾以病人的身分在這裡住過一些日子，在我支支吾吾的回覆了一些莫名其妙的話之後，心裡居然釋然了許多。

然後，他們把我曾經有意遺棄在紅房子裡的那些有關田鼠的一些雜誌還給了我，我一再的推脫，他們說是瑪奇朵讓轉交的，又閃爍其詞的說瑪奇朵預料到我可能會來找他還東西，具體是還什麼他們並沒有問，所以也不清楚。我想若是他們得知我來歸還瑪奇朵家中的鑰匙，一定會浮想聯翩，於是我說我是來還錢的，可是衣兜裡卻一分錢也沒有，還好他們聽說是錢，都趕忙拒絕。

自從田鼠曾經發表過詩歌的這些雜誌再一次回到我手裡，然後被帶回瑪奇朵的住所，我就再也沒有一個夜晚是能夠安然入睡的，隨之失眠並伴有各種害怕，後來演變成恐懼。其實，田鼠真正開始創作詩歌是在巴林，具體時間是從甜瓜搬離他的住所開始。接著，我們都以為大花兒會搬進去，或者田鼠會更加明目張膽的搬去大花兒的住所。然而，大花兒並沒有那麼做，反而開始有意地保持與田鼠之間的距離，她時常對甜瓜說：

「海風吹乾了田嘉輝的臉，海水浸濕了田嘉輝的衣襟。」於是，她不再讓他出海，而是改做每日的魚量統計工作，清閒的同時又收穫頗豐，這正合了田鼠的意。

田鼠的桌子上總是堆滿了各種各樣的本子，上面精確記錄著每日的魚量，其中有一本黃色的本子格外顯眼。直到賤人閒聊時對我說：「田嘉輝空閒時，總是翻看那黃色的本子，每次他發現我在看，眼神就開始閃躲，似乎隱藏了什麼祕密。」

我並沒有在意，因為田鼠的工作給予了他富足的時間，他也總是偷懶，然後把那些記錄本帶回家，所以家中的本子也愈來愈多。

況且，田鼠是色盲中的第三色盲，他自己無法分清楚本子的顏色，而我只留意到田鼠的膚色正慢慢地趨近正常，黃色的亞裔肌膚可比那本子的黃色自然多了，我雖不確定他在巴林是否得到了愛情，但至少他靠著大花兒賺了很多錢，神采奕奕的樣子就足以證明他選擇來到巴林是明智之舉。

我在某種程度上很認可大花兒的話，可是卻偏偏喜歡用別樣的方式表現出來。自從我無意間跟甜瓜說：「田鼠肌膚的顏色像是小城裡最常見的向陽花花心，顏色鬼魅而深邃……」之後，甜瓜就似懂非懂的認為田鼠之前黝黑的色澤更有男人的魅力，比起海水的味道，魚腥味更適合他，可見女人在聽甜言蜜語時，大多都會頭腦混沌。

我時常會去田鼠的住所，以看賤人的名義去看他，或是在甜瓜不知情的情況下，以甜瓜的名義去打探他的近況。每次，田鼠都是挺直了腰板，坐在專屬於自己的桌子前，手指敏捷的翻看著那些本子，而後虛情假意的跟我打一聲招呼，接著繼續賊眉鼠眼的對著賤人所說的那本黃色的本子傻笑。

我不知是我變傻了，還是賤人變聰明了，一次賤人居然在我目瞪口呆的看著田鼠傻笑時，肆無忌憚的對我說：「陸晗冬，我覺得我們都很清楚，無論我們怎樣相處都會彆扭，而妳和田嘉輝之所以能像哥們一樣相處至今，就是因為妳從不會過問他和其他女孩的事。」

那天過後，我就再也沒去過田鼠的住處，也許是因為賤人說了不該說的實話，也許是我實在聽不得這樣的實話，它不僅讓我無法面對田鼠，更無法面對甜瓜。直到兩個月後，田鼠用自己的積蓄買了一輛完全屬於自己的汽車，主動聯繫我並邀我過去。電話裡，即使他的語氣故作鎮定，但儼然已經看見了他在我面前手舞足蹈的樣子。儘管心裡很清楚他那些積蓄是怎麼來的，但是他說什麼就是什麼，我都願意強迫自己相信。

那天出門時我很忐忑，甜瓜像是猜到了似的婉轉問我：「陸晗冬，妳去找尉遲艦嗎？」

我尷尬的衝她傻笑，沒有回答就匆忙的出去了。因為田鼠在電話裡反覆的跟我強調：「陸晗冬，我只叫妳，沒有別人，妳知道的吧！」

「知道，知道，只有我！」我淡定的說，內心卻是喜出望外的，因為在田鼠心裡我不是別人。

雖然很開心，可卻有一種做賊的感覺。這種莫名的感覺很奇怪，我站在田鼠家門前許久，遲遲也沒有敲門。直到賤人突然幫我把門打開，我才踱步而入，我沒有理會他，開門後就直奔田鼠的房間。田鼠正很開心的坐在他那張堆滿了本子的桌子前，手裡一邊搖晃著自己的車鑰匙一邊跟我炫耀：「陸晗冬，是汽車，我買了汽車。」車鑰匙上的鈴鐺在叮鈴鈴的作響，很動聽也很美妙。

「陸晗冬，妳傻站著幹麼！快過來看，我作了一首詩！」田鼠得意忘形的對我說。

他一邊翻開那本賤人口中的黃色本子，一邊故作情深的朗誦：

巴林的冬天
這裡的冬季雨虐風饕
夏天又炎陽似火
節假日熙來攘往
過年卻鴉雀無聲
……

朗誦時的田鼠很專注，他的臉頰無意識地觸碰到我的手臂，我認為這應該是田鼠所寫的第一首像詩的詩，我記得很牢固，猶如在寺廟裡曾教我讀書識字時一樣，生怕自己遺漏掉每一個細節。田鼠故意抽象的拽詞，又添油加醋的描述，然而卻是對其他女孩說，像田鼠的私密日記，又像是一封暗戀的情書，落款的名字是田嘉輝，開頭卻是贈送給薩米女孩。

「巴林沒有新年，巴林也沒有冬天。」我在心裡反覆地對自己說。接著，我虛偽的配合他笑著，在巴林的酷日下，我並沒有坐田鼠新買的汽車，沿路急奔使我滿身大汗，身體卻覺得格外寒冷，內心彷彿苦若冰霜。

那一剎那我才知道，我也是只在那一刻不是別人，其餘的時候我跟甜瓜一樣，甚至在某種意義上，我還不如甜瓜，即便跟田鼠停在門口的新車擦身而過，也無絲毫為他開心的喜感。賤人覺得我情緒低落，堅持要陪我走一會兒，我沒有表態，他便一直在我身後跟著。仔細思量，面對我全新的模樣，田鼠從未誇讚過，也沒有多看一眼，見我時還不如見他的新車喜悅，我似乎已漸漸地由失落變成習慣，可腦子卻不自覺的飛速回轉，控制不住的在想薩米到底是誰。

「薩米是船長的女兒，田嘉輝以前出海的那艘船。」賤人忽然說，似乎猜到我在想什麼。

我有些猝不及防，繼而加快了腳步，握拳的手心積滿了汗液，可身體卻瑟瑟發抖。這大概是我跟田鼠之間習慣的交流方式，猶如黃城的冬天，一個人在瑪奇朵的房子裡，呼出和吸進的氣體都是一樣的溫度。寒冷使我不想出門，躲在被窩裡是避寒的最佳方式，或者在起床後飢寒交迫的翻看有田鼠詩歌的雜誌也是不錯的選擇，氣憤能讓人忘記所有感覺，比如寒冷和飢餓。

直到一天清晨，我被鞭炮聲嚇醒。打開窗戶時，發現室內的玻璃窗已略微的結霜，室外的溫度很低，冷氣頃刻襲來。這裡有人結婚了，看著樓下熙熙攘攘的人群，我居然頓感羞澀，且言語枯竭，只能用舌根頂住喉嚨，一遍又一遍地吞嚥著唾液。我害怕見到這樣的場景，一群人聚在一起，帶著豐富的面部表情，用所熟知的所有美好詞彙混合著唾液一起給幸福乾杯！

在黃城的這些年，每每如此，無論是誰，幸福或是不幸，我都會想起甜瓜，她有生之年說過的最貼心也是「最美」的話，我腦海裡總是揮之不去那些飽經憂患的記憶。接著關上窗，回到暖烘烘的被窩裡，便再也不能入眠，忽然希望瑪奇朵能早點回來，一個人的冬天太冷也太恐懼，而後只能絕望的陷入沉思裡。

那時，甜瓜整晚都不睡覺，跟一個叫老毛的男人通宵打電話。我們在一個房間裡，確切的說是在一張床上，夜晚的白熾燈燈光極為刺眼，讓我從煩躁變成亢奮的原因，是甜瓜突然對電話那頭的老毛說：「我喜歡天黑，黑天就什麼都看不見了，尤其是田嘉輝不可能看見薩米的臉。」

我立刻從床上坐起，驚愕地看著她，我當時自己跟自己鐵定的打賭：這一定是我這一生聽過的最好笑的鬼故事！甜瓜先是無辜的看著我，繼而見狀掛掉了老毛的電話，摸不著頭腦的對我說：「陸晗冬，其實我感覺大花兒挺好看的。」

「是吧？是因為皮膚白嫩嗎？」我魂不守舍的問。

「可是，我覺得田嘉輝更喜歡皮膚黑色的女孩，薩米的肌膚就黑得發亮。」甜瓜認真的看著我回答。

「是……是海風吹的吧！」我不禁有點結巴。

我很吃驚，甜瓜居然知道薩米，還能如此平和的對薩米和大花兒評頭論足。於是，我猜想以她當時的心態，我說什麼她都是不會在意的吧！

「不，只要是女孩，田鼠都有興趣。」我脫口而出，隨後篤定的看著甜瓜。

我的話音剛落，甜瓜就說她很冷，而我卻熱得汗流不止。我覺得她有病，勸她去醫院看看，甜瓜卻說她是心病，沒有醫生能治好，接著把自己整個身體都裹進被子裡，只露出兩個鼻孔在外呼氣，就這樣睡了整整一個晚上。我卻再也難以入睡，繼而不放心的看著她，她居然一動也沒有動過，那晚巴林的室外溫度有三十四度。

之後，甜瓜再也不在我面前跟老毛通電話，也沒有再跟我提過大花兒和薩米的名字，甚至跟我也沒有過多的交流，我們的床就真真只是我們睡覺的地方。直到大花兒又來施捨我和甜瓜時，她遞給我一個裝著第納爾的白色信封後對我說：「陸晗冬，我想有一件事情妳一定不知道，甜瓜跟漁船上作業的老毛在一起了，就是那個皮膚黝黑的整日在船上拋錨的中年男人，我們都知道，田嘉輝也知道。」

「哦，我知道。」我一邊悠然自得的查看著信封裡的第納爾，一邊不以為然的說，絲毫沒有在意大花兒的話。

繼而，大花兒慢悠悠地坐到我對面的籐椅上，而後悠然自得的看著我數錢的樣子，從容不迫的告訴我：「陸晗冬，老毛不是好人，妳應該勸勸甜瓜。」

如果說硬是在田鼠的兩個女人中選擇一個，我會厚顏無恥的拿著大花兒的第納爾，然後毫不猶豫的站在甜瓜那邊，所以在聽到大花兒說讓我勸解甜瓜時，我咬牙切齒的告訴她：「甜瓜跟田鼠在一起她很快樂，可是田鼠卻不快樂，田鼠也是好人，妳也應該勸勸他。」

我看見大花兒的眼神在閃躲，姿態也不如之前施捨給我第納爾時從容，於是我就這樣一直昂著頭看著她，直到她開口說：「田嘉輝常對我說，甜瓜是個好女人，甜瓜很好，他也很喜歡她。」

那一刻，我渾身起滿了雞皮疙瘩，我終於明白田鼠為何會跟大花兒在一起。我直勾勾的盯著眼前這個我向來不敢直視也不屑多看一眼的女人，繼而變得語塞。我想，只要我還活著，這樣的話是絕不可能從我的口中說出來的。我看了她很久，並認為大花兒肯定是昏頭了，她一定不知道自己剛剛說了什麼。

在我們對話的瞬間，我們都徹底的安靜了。我相信比「巴林的冬天」更冷的莫過於他們夫妻多年，田鼠卻從未對甜瓜說過一句：「我愛妳」，即便心被大花兒偷走了也還能恬不知恥的說：「甜瓜很好，我很喜歡她。」

其實，我很想讓大花兒明白：田鼠只喜歡漂亮的女人。在安靜的氛圍中，我的心裡一直重複著這句話，卻始終沒有開口。

「陸晗冬，只要是女人，田鼠都喜歡，但他更喜歡跟漂亮的女人在一起。」我甚至出現了幻聽，堅定的認為大花兒也在心裡這樣回應我。

印象中，我和大花兒都沒有再說過話，我記得清楚我是一直看著她的，載著一種仰慕的情愫，且目光不曾從她身上離開過，可就是記不得她是何時從我眼前消失的，很確定當我發現大花兒不在我對面的時候，突然感覺渾身發冷，在炎熱的巴林，背上盡是濕冷的汗液。

也許，就是那時起，我開始有了幻聽，我曾一度認為那是上天賦予我的一種特殊功能，於是不曾跟任何人講過，單純地覺得一旦說出去，這種功能就消失了。尤其是從丹亭回到黃城後，我一個人在瑪奇朵的房子裡，總能聽見另一個女人的聲音，我拿起載有田鼠詩歌的雜誌後大聲的朗誦，每讀一句都能聽到一個陌生又熟悉的聲音在回應我，而後彷彿聽見了瑪奇朵敲門的聲音，我後用瑪奇朵留下的一床厚被子捂住頭，即使這樣我還是聽到了田鼠在對此歎氣。慌亂中，我打翻了瑪奇朵放在床邊的花瓶，萬幸它並沒有爆碎，我有些害怕，這種情緒讓我特別的想吃東西，無論是什麼都可以，包括瑪奇朵冰箱裡的碎冰塊……

一個月過後，我實在等不下去了，帶著瑪奇朵家的鑰匙再次去了他工作的那棟紅房子，也許是太冷的關係，外牆的顏色令我覺得眩暈，似乎整棟房子都在天旋地轉。

「李安生下週就回來了。」瑪奇朵的同事將我團團圍了起來，我實在很難分辨是誰在同我講話。

「哦。」我覺得一陣頭暈，便橫衝直撞的往外出走。

「陸晗冬，妳照鏡子嗎？」我隱隱約約的聽見有人在問我話，我不知道這是什麼意思，也沒有回答就匆匆的走了。

再次回到瑪奇朵的房子裡，我立刻用勺子在冰箱裡挖了幾塊碎冰，一塊大的放在嘴裡，幾塊小的放在手心裡攥著，不一會兒就覺得清醒了許多。然後，我在沙發旁的櫃子裡，找到了一面橢圓形的鏡子，我並不知道它放在那裡，不知為什麼就是覺得那裡會有，我把它舉得高高的仰視它，透過它我很難辨認出鏡子裡的人，我驚愕的發現自己居然瘦到幾近脫相。

這個動作我很熟悉，在巴林的最後時日，甜瓜也曾如此。在日日見不到田鼠的日子裡，她看上去是那麼地落寞，她無數次將那面巴掌大小的鏡子舉過頭頂，仰視的看著鏡中的自己，眼睜睜地看著自己一點一點的瘦成鏡中那慘不忍睹的樣子。那段時間，我卻很少同她講話，我不斷地讓賤人勸誡田鼠，是否能偶爾陪陪她。

可是沒過多久，甜瓜便因傷心過度而住院了。我去見她時，她隻身躺在冰冷的病床上，巴林的病房裡的一切都是白色的，和她蒼白的臉頰一樣，我知道田鼠曾為她守夜的熟悉的場景大概再也無法重現，我也再不必因此而嫉妒她。田鼠在我和賤人的輪番攻勢下，明知甜瓜不識字，卻還是寫了一封簡短的信給她，說是見信如見人，沒差！

我沒有經過甜瓜的同意，就擅自拆開信件，代她讀了出來：

我實在不忍看妳極速清瘦的臉頰和朦朧月色下癱軟無力的背影。婚姻是一種情愫，可惜情愫如絲。我若把所有情愫都給了妳，就無法再對別人微笑。

當時，我的淚水一直在眼中打轉，也不知甜瓜是否明白了其中的意思，至少當時我並不懂，也因為我不懂，我便武斷的認定了她也不會懂。

21 黑暗恐懼……

「陸晗冬，妳睡著了嗎？」瑪奇朵輕聲的問。

我正熟睡著，空蕩的房子裡沒有任何聲響。黑暗中，瑪奇朵的臉像鬼。也許是精力嚴重透支的關係，我有點神智不清，遲鈍了許久後問：「你不是下週才回來嗎？」

「今天已經十號了。」瑪奇朵不可思議的說。我慢慢地從沙發上坐起，漸漸的意識到自己已經一個星期沒有出門，全靠瑪奇朵冰箱的碎冰維持著。

接著，客廳天花板頂上的白熾燈亮了，瑪奇朵難以置信的看著我，嘶聲力竭的大叫：「陸晗冬，這段時間裡妳發生了什麼？」

我木訥的看著他，刺眼的燈光令我又不想多看他，然後我像個明目張膽闖進別人家中的小偷一樣，尷尬的在沙發上四處摸索著瑪奇朵家中的鑰匙，繼而開始結巴：「我一直準備等你回來把鑰匙還給你，我要去找個新的住處。」

「陸晗冬，妳要現在走嗎？」瑪奇朵不可思議的問。接著，他敏捷的從沙發縫隙裡掏出我一直在尋找的那把鑰匙，再熟練的揣進自己的褲兜，他習慣性的舉動，讓我更加覺得刻不容緩。

「是啊，我不能總是一個人就這樣一直住在你的房子裡。」我不知所措的笑了笑，居然忘記了在我沒意識到這點之前，那段時間住得是多麼的安逸。

「我回來了就不是一個人了……」瑪奇朵欲言又止。

接著，我就一直沉默著，擺弄著自己無處安放的手指或是撥弄自己許久未洗過的毛髮。漸漸地，瑪奇朵很難掩飾住內心壓抑著的憤怒，語氣也不再那麼平和，用食指指著我的鼻尖，大聲呵斥：「陸晗冬，妳看看妳現在的樣子！」

而後，又低聲嘟囔著：「至少現在，應該有人照顧妳。」

瑪奇朵用手指著我的樣子很熟悉，我沒有理他就逕自走去門口，開門時我有意回頭看他一眼，他正瞪大了眼睛看著我，我知道我徹底的激怒了他，還未等我將門關上，他即刻把房子內的燈熄滅，然後筆直的倒在沙發上，身體像是一攤死肉一樣，一動不動且一言不發。

「一個人固然不易，但兩個人若想長期相處卻更難。」在關門的瞬間，我突然這麼說。未經思索就從我的嘴裡說了出來，而且是那麼的自如，連我自己都覺得驚愕，我想瑪奇朵一定聽見了。

午夜時分，我躺在瑪奇朵那棟房子的祕密通道裡，即使是冬天也絲毫感覺不到一點寒意，彷彿自己躺在一張溫暖的床上，渾身都暖洋洋的，也許是吃了太多冰的關係。忽然看見甜瓜在我面前瞪大了眼睛看著我，然後不知哪根筋不對，她沒來由地對我說：「陸晗冬，妳知道嗎？愛一個人容易，長期相處卻很難。」

我以為甜瓜大概是又惦念田鼠了，便隨口敷衍了句：「哦，我知道了。」沒有語調，也沒有表情。

不料，甜瓜又聲音高亢的衝我喊著：「不，妳不會知道的。」

黑夜中，甜瓜怒氣衝天的樣子特別可怕，我茅塞頓開的看著她，不敢再說話，直到她自己平靜下來，才自言自語的說：「原諒容易，再信任卻很難。」

然而，當我從地上坐起來後，眼前卻是一片漆黑，甜瓜的臉頰也愈發模糊，最後什麼也看不見，一心只想盡快離開這個黑暗的地方。我不禁有點失落，黑暗中我再沒有看見瑪奇朵的臉，即使我是真的想離開，瑪奇朵也沒有出來找我，我很清楚自己一定又說了讓他難以入耳的話。

很久以前，我和甜瓜都覺得田鼠說話很有趣，雖是同樣的話，田鼠表達出來就特別的動聽，即使是罵人的話，聽上去都那麼的別致。後來久了，也就都沒有新鮮感了，我和甜瓜又都覺得田鼠很死板，根本不會正常的講話，不是什麼話都要詩情畫意的表達才顯得圓滑，就像跟文字熱戀一樣。我們並沒有那麼高深的文化，有時很難理解田鼠在講什麼，可是相處久了，就會不知不覺的向他靠攏，各個方面都如此，當然也包括了說話的方式。

我會印象深刻的記得甜瓜第一次改變她以往的說話方式同我講話，是因為她肆無忌憚的揭穿了我，而我卻只能無言以對且不敢看她，當時她像一個法官一樣在為我判刑，至於入獄多久，全取決於我的認罪態度。

「陸晗冬，妳喜歡田嘉輝我知道，我也知道他是喜歡妳的，我覺得妳應該告訴他，他跟妳在一起總比跟其他女人在一起好。」

我不知道甜瓜說這番話時的表情，從她嚴肅的叫我名字的那刻起，我就低頭不語。但我斷定她當時絕對不是張牙舞爪，從她叫了我名字開始後的幾個字起，我就覺得自己像個犯人一樣，沉默的意思就是認罪了。若換作之前，甜瓜一定不會這樣同我講話，即使她是真的想揭穿我，她也一定會這麼說：「陸晗冬，妳知道為什麼那麼多女人都喜歡田嘉輝嗎?要是妳的話，妳喜歡他什麼?」如果她當真這麼問我，我想我也會很自然的如實告訴她。

可是，自從甜瓜說了這番話，我就突然覺得，我是徹底的一個人了。我實在很難接受自己喜歡田鼠的鐵定事實從甜瓜口裡說出來，況且我不知道該怎麼面對她。自此，我們的身分和關係都改變了，我們不再只是朋友，更多的時候她是田鼠的正室，而我卻是田鼠眾多的妾室之一，我要看她的眼色行事。

從那次的對話之後，甜瓜不止一次的說自己要離開巴林，可是面對田鼠無所謂的態度，她一次也沒有在行動上兌現過。我也從那次對話後，刻意避開跟田鼠接觸的機會，下意識的認為甜瓜想離開巴林只有一個原因，就是她再也無法忍耐那些討好田鼠的女人，其中也包括我。

我開始明白甜瓜當時的心結，就像我一直說要離開瑪奇朵的家一樣，真的離開了，除了失落也並沒有從中解脫出什麼。相反地，卻特別在意他為什麼沒有一而再、再而三的挽留我。那一刻，我不知為何，居然淚流雨下，這個念頭並沒有持續多久，便一閃而過。隨之，我在街邊找了家還算乾淨的旅館，躺下後耳邊突然又響起甜瓜的那句話：「陸晗冬，妳不要犯渾，有一種人是只能用來懷念的。」

我隨手摸了下鬢角，兩側都濕漉漉的，不知是汗液還是水。面對冬天的寒冷，那些曾讓人戰戰兢兢的回憶也能讓人渾身上下都熱氣騰騰，且那些唏嘘的掙扎的歲月，在無數年後居然還留下了昔日的溫存與希冀。

「兔崽子，關掉！把燈關掉！」旅館的老闆娘衝我大聲的吼叫著。

「我怕黑。」我不甘示弱的回答。

之後，我隨手就關了燈，黃城旅店的老闆娘，一點也不如丹亭住宿的老闆娘溫柔，除了吼叫連一杯熱水也沒有。我習慣性的再次摸了下鬢角，彷佛熱呼呼的血液在一滴滴的順勢而下。在這之前，從來沒有人用這個詞罵過我，內心波蕩起伏，我竟然後知後覺的明白了甜瓜，賤人罵她是家禽時的心情，儘管當時我覺得那只是個比喻，其實並沒有什麼。

夜深人靜，開口的第一句話竟是：「甜瓜，妳愛過嗎？」接著，盡是回聲。

在巴林的無數個夜晚，我都在問甜瓜這個問題，直到有一天，甜瓜忍無可忍的凶我：「陸晗冬，妳不要再犯渾，有一種人是只能用來懷念的。」

那時，我們覺得長夜漫漫，是因為白天我們太閒，不僅甜瓜一直沒有工作，而且我也沒有，在這一點上我們總是有共同話題。可是，我們截然相反的是，我是從沒有找過工作，甜瓜則是一直在找，就是沒有人要她。

「只有田嘉輝願意要我。」甜瓜每次找工作被拒後都會這麼說。我當時特別不理解，她找不到工作和田鼠有什麼關係。

我和甜瓜雖沒有因為之前她赤裸裸揭穿我的事而傷了和氣，可卻連賤人都看出來了，甜瓜在一點點地遠離我，甚至她直接搬去老毛的住所都沒有告訴我。我一個人在巴林的房子裡住了有一段時日，不同於住在瑪奇朵的房子裡，前者是我不想見任何人，後者是任何人我都見不到，無論是哪種，都讓我厭惡至極。

直到一天傍晚，田鼠把甜瓜送回來，像歸還一件物品一樣把甜瓜還給我，說：「陸晗冬，老毛海上出事了，妳幫我看好她。」

老毛沉船的事是薩米告訴田鼠的，然而田鼠就告訴了甜瓜，對於老毛的過世，我絲毫看不出她有一絲一毫的難過。就在田鼠走後，甜瓜在我耳邊呢喃：「還是大花兒對田嘉輝好，如果換作他出海也會出事的。」

甜瓜在說完這句話後，我就再沒有主動跟她講話，也開始厭惡她。甜瓜像是在報復我對她的冷暴力一樣，總是夜裡不睡覺，並在我枕邊睜大眼睛看著我的臉，這不禁讓我毛骨悚然，整夜都不敢睡。之後，每當一個人的夜晚，我眼前總會浮現出甜瓜，我想就是當時驚嚇過度的緣故。我甚至不知道自己是否應該感謝她，曾用這樣的方式讓她自己在我「黑暗」的生活裡重生。

在我沒有搭理甜瓜的日子，甜瓜結識了新的朋友，諧音叫菁的巴林人。之後，甜瓜不管我是否願意聽，她都會自言自語的跟我說她每天跟菁在一起做了什麼，像是炫耀一樣。自從認識菁之後，甜瓜就學會了臭美，在盛夏的巴林街頭，甜瓜隨著菁一同燙染了金色的頭髮，火辣的太陽晒在頭頂的髮髻上會閃閃發光。不僅如此，甜瓜還在我們的房間裡擺滿了鏡子，放在各個方便她臭美的地方，同樣四處可見的還有她像金毛犬一樣脫落的毛髮。就連賤人都知道我討厭那些會發光的東西或是亮晶晶的顏色，尤其是能反光的透明玻璃和地上被擦得透亮的白色瓷磚，於是我認定了甜瓜是在報復我。我很害怕從那些被加工得晶瑩剔透的物品上看到自己的模樣，包括鏡子裡的自己和路燈下的影子，因為甜瓜滿頭的金髮，我順帶著也開始害怕她。

有一次，我半夜起來去廁所，剛一睜眼就看見甜瓜凌亂的金髮，且遮住了大半張臉頰，甜瓜呼氣時，有那麼一撮頭髮還在半空中浮動，我被嚇得蹲在地上狂叫不止，甜瓜以為我做了噩夢，散亂著頭髮聞聲起來。黑暗中，我彷彿再次中了邪，以為甜瓜是鬼，起身逃跑時，被地上的一面鏡子絆倒後一頭撞在牆角，鮮血順著鬢角直流，先是滴在我的手心裡，後來像是自來水一般流淌在地上。

我獨自躺在旅館的床上，再一次不可自已的摸著自己的鬢角，總以為那是因為害怕而從頭髮裡溢出的冷汗是血，隨之摸到了那條因甜瓜的金髮而被縫了八針的傷疤。

那天，甜瓜也很害怕，跟我一樣謹小慎微的摸著我的鬢角，鮮血染紅了她的指甲。

不久後是賤人把我送去了醫院，在麥納瑪郊區的一間診所裡，因為要縫針的關係，甜瓜緊緊拉著我的手，我下意識的看到了她酒紅色的指甲，跟血液一起襯托在她粗糙的棕色皮膚上，看上去很奇怪，我因為疼痛難忍，嫉惡如仇的對她說：「不要用妳的手碰我，妳的指甲上蘸滿了雞血。」那時候，我認定了酒紅色便是雞血色。

「田嘉輝說女人如家禽，說的就是妳。」賤人趁機見風使舵的咒罵甜瓜，加之他惡狠狠的樣子，讓甜瓜望而生畏。

甜瓜一直記恨著「家禽」的事，還付諸了行動。幾天後，甜瓜讓菁幫她買了一隻活雞，並在我面前硬是把牠給殺了，然後把雞血倒在我每日吃飯的碗裡，拿給我看酒紅色和雞血色是不一樣的。那次以後，我開始害怕，擔心哪天甜瓜不受控，也會把我當做雞，而後殘忍的死在她的菜刀下，為此我把房子裡做飯的刀具和略帶鋒利的瓷器都統一處理了。

也就是在看過雞血那天過後，我變得異常怕黑，甚至無法一個人在黑暗中獨處。最可怕的是傍晚回家的路上，麥納瑪所有街道都格外的安靜，路燈散發的光亮是暗黃的，昏暗中連甜瓜臉上的雀斑都看不清。房子過道間的腳步聲是帶回音的，那種感覺像是甜瓜的心臟「怦」的跳一下，而後我的心臟也跟著「怦」的跳了一下。也像是兩隻家禽在被人一刀鎖喉後瞬間摔倒，一隻「砰」一聲倒下，另一隻也隨著「砰」一聲倒下。

躺在旅館的床上沒多久，我就開始想念瑪奇朵的房子，在被甜瓜充盈的黑暗裡，漸漸地意識到，當一再用嘴巴去說想離開一個人或一個地方的時候，其實內心恰恰是相反的，如果是真的就無須多言，離開的腳步也一定會早於嘴巴張開的幅度。就如同我自認為對待田鼠，是無論他做了什麼，變成了什麼樣，我都沒有一次想過或說過要離開他。

就在我很怕黑的時日，甜瓜曾說我很冷漠，我想她一定是透過臉部表情判定的，對此我從未跟她解釋過，就像我一直認定了賤人是冷血的一樣。但是，我相信甜瓜一定記得在她最黑暗的日子裡，我一直盡力在陪著她，而我也一定記得，在我最黑暗的日子，陪在我身邊的人又是誰。

印象中，那天我在旅館那張冰冷的床上睡了很久，我曾吃了一片安眠藥，然後就難以控制的嗜睡，睡夢中夢見甜瓜也拿起一粒白色的藥丸，在沒有飲水的情況下，直接生吞了下去。再醒來，我像夢遊一般又出現在瑪奇朵的房子裡，他依舊像一攤死肉一樣躺在沙發上，客廳的燈泡大概壞了，我不斷地觸碰開關都沒有反應。我很害怕的佇立在客廳中央，不斷地環顧四周，一直等到天亮。

我不明白當時為何沒有叫醒瑪奇朵，黑暗中的我彷彿丟了魂。我能清晰的聽見自己的心跳聲，樓上人家熟睡時的呼吸聲，隔壁鄰居起夜上廁所時沖馬桶聲，窗外樹葉落地的孤寂聲。甚至會出現幻影和幻覺，比如客廳牆上壁畫裡的人在向我舞動，書房裡的吊

22 禮物：

燈從圓形變成了方形，沙發上的玩偶在衝我眨眼睛，每每如此背上盡是虛汗，我想一定是安眠藥的關係。

可是瑪奇朵卻說，我在那天夜裡走到他旁邊，輕輕掀了下他的被子，見他沒有反應便自言自語的說：「以前，因為甜瓜吃了親密藥的緣故，時常在夜裡鬧我，總覺得自己在擔驚受怕中度日如年。如今甜瓜不在枕邊，卻還是徹夜無眠，難道受虐都會讓人上癮嗎？」在描述時，他上下嘴唇呈青紫色，身體按捺不住的顫抖。

次日一切如常，我一直想不起來，我是怎樣從旅館回到瑪奇朵的房子，我一度以為我做了很長的一個夢，我跟瑪奇朵誰也沒有提起之前的事，就像什麼都沒有發生過。

「陸晗冬，妳在自言自語什麼？今天我們一起吃晚飯。」清晨，瑪奇朵要出門時在門前徘徊許久，並刻意提高了嗓門對我說。

「我們不是經常一起吃晚飯嗎？」我不解風情的看著他。

「今天是我生日。」瑪奇朵傻笑著。

我呆若木雞的看著他，可是眼睛裡卻沒有他，甚至連一句生日快樂也沒有說。瑪奇朵的生日，並沒有讓我有開心的感覺，或是替他開心的感覺。

「晚上我們出去吃。」瑪奇朵尷尬的將房門關上。

我很快意識到他生氣了，急忙趴窗去看他是否已經在樓下了，而後自言自語的衝著他的背影說了：「祝生日快樂。」

「是不是應該準備一份生日禮物？」我再次問自己，卻始終得不到回答。

我發現自己喜歡自言自語很久了，是一種無法控制的行為，像是靈魂和魔鬼間的對話，我似乎跟甜瓜生了一樣的病，我們的病因都是因為思念田鼠的關係。就在甜瓜極其思念田鼠的那段日子，她自己也會問自己很多問題，然後自己再回答自己很多問題，甜瓜不同於我，她從沒有回答不出的時候。那時，我總是勸她去看醫生，因為我實在忍受不住，尤其是在老毛離開後的兩個星期內，甜瓜一邊思念田鼠，一邊在我耳邊重複著同一句話：「巴林的天真是藍啊，小麻雀唱歌真好聽啊……」

也許是上天也在為老毛的遭遇而哭泣，巴林連續兩個星期都烏雲密布，時而傾盆大雨，根本看不見藍天，巴林也沒有麻雀。由於甜瓜的突發狀況，我每晚都會慷慨解囊的買幾瓶啤酒給她解渴。起初，兩瓶就可以讓甜瓜酣睡一整個晚上，後來直接飆升到六瓶。大花兒施捨給我們的第納爾，一大部分我都用於買啤酒，雖然破費了些，但是整晚都不會聽見小麻雀唱歌。可是好景不長，甜瓜很快就又開始亢奮，並用自問自答的方式取笑我，我認為她是故意的，後來也就習以為常了，我想瑪奇朵看待我無厘頭的冷嘲熱諷，應該也是一樣的態度。

那天，甜瓜手中拿著第六瓶啤酒，一副醉生夢死的樣子上下打量我，隨後不可捉摸的說：

「也許應該用剩下的第納爾買一條裙子給妳，麥納瑪的女人們都喜歡。」

「不是的，我有。」

「是什麼顏色的呢？」

「好像是紅色吧！」

「怎麼可能？那是妳最討厭的顏色。」

「不過那是尉遲艦送的。」

「那是妳唯一一條裙子吧？」

「應該是的。」

「有誰見過妳穿裙子嗎？」

「應該也沒有，妳好像從來也沒穿過裙子。」

突然間，我知道我要送給瑪奇朵的生日禮物是什麼，也只是猶豫了一會兒，我便在僅有的隨身物品裡，找出了那條紅裙子，它已褶皺到還沒有廚房裡的抹布看著整潔，色澤也不再鮮豔，至於款式……老氣橫秋？算是復古吧！我差點忘記了那的確如甜瓜所說，是我最難以接受以及最討厭的顏色！

「我覺得應該付房費給你，這樣才能住得踏實。」初到瑪奇朵的房子時我對他說。

瑪奇朵卻說：「陸晗冬，妳怎麼會這麼想？妳不必付我房費，不如去買件漂亮的裙子吧，黃城的女人都喜歡，而且是紅色的。」

我並不覺得自己的想法有問題，我理應付房費給他。也不解為什麼要去買裙子，而且還必須是紅色的，更可笑的是：黃城的女人和麥納瑪的女人一樣，都喜歡紅色的裙子。

瞬間，傷感襲來。眼前浮現出一種場景，我穿上了我最難以接受的裙子，而且還是我最討厭的顏色，只為了配合那間看上去裝潢不錯的餐廳。田鼠放浪不羈的坐在我對面的高檯上，迷情的眼睛撲朔迷離，然後一口喝下了一杯朗姆酒。他從高檯慢慢地走向我，我故作優雅的準備站起來迎接他，與此同時還刻意撩了下裙襬。田鼠的眼睛在發光，我心跳加速不知如何是好，就在他臨近我時，我向他伸出雙手，他卻只是與我擦肩而過，斯斯文文的在我耳邊說了句：「陸晗冬，別回頭。」我四肢僵硬到猶如行屍走肉，待我緩過神扭過頭望去，田鼠正牽著另一個女孩的手……

接著，我沉浸在那種意境裡不能自拔，開始嚎啕大哭，想像著甜瓜跟我講她做這段夢時的樣子，那天正是她三十歲生日。一早，我就在她每日必用的化妝鏡上，用牙膏寫了句大大的實話送給她：人淡如茶，茶香如花，甜瓜猶如豆腐渣。可是，她那天居然沒有用化妝鏡，起床後就很亢奮的出門了，之後很久很久都沒有再回來。

我執迷於昔日的意境之中，並沒有聽見瑪奇朵開門的聲音，直到他坐在沙發上，我才意識到身旁多了個人，那條孤單的紅裙子就在他身旁沉睡著，他見我淚流滿面轉而婉轉的說：「今天我特地回來早了一些。」

我什麼都沒有準備，也沒有為之慶祝的喜悅，就這樣尾隨瑪奇朵的步伐坐上了他的汽車，且不知為何竟會無緣無故的對瑪奇朵說：「這一定是你最難忘的生日。」

「是嗎？」瑪奇朵雙手扶著方向盤，嘴角輕微的上揚。

我隨之笑了笑，不知該做怎樣的回答，只負責安靜的坐著，再沒有說話，生怕破壞此時還算融洽的氛圍。我有很久都沒坐車了，瑪奇朵開車令我格外緊張，我甚至不記得瑪奇朵有車。我們開了很遠的路，似乎從黃城的西頭開到東頭，到達時天色已漸黑，我刻意留意了車漆，它像是深棕色，卻也說不出到底是什麼顏色，只是覺得這輛車和田鼠在巴林的那輛車極為相似。不知是我們來得略早，還是瑪奇朵有意選了一間很少人會來的餐廳，餐廳內略微空曠的感覺讓我無比的踏實，我未經思索就坐在他旁邊，而不是對面，這樣我即使說錯了話也不會看見他審時度勢的眼睛，也不必再擔心身上這件他已看了無數遍的衣裳。

即便如此，我仍舊很難適應這樣的場合，覺得渾身都不自在，感覺自己應該說點什麼，卻又不知道說什麼，於是我謹慎的問：

「你每年都會這樣過生日嗎？」

「這樣？」瑪奇朵挑了下眉頭。

「你每年都會出來吃飯慶祝嗎？」我重新整理了下語言。

「之前都是我跟病人一起在醫院裡慶祝。」瑪奇朵的表情看上去自然了許多。

「有吃蛋糕嗎？」我指著服務員剛放在桌上的那個咖啡色的蛋糕問。

「有時會，有時他們也會把蛋糕扣在我的頭上。」瑪奇朵一邊說，一邊嫻熟的切了一小塊蛋糕給我。

那晚的氛圍很融洽，即使田鼠的樣子在我腦海中幾次閃現而過，我仍然覺得眼前的瑪奇朵不僅清新俊逸而且雅人深致。於是，並沒多想就赤裸裸的問：「陸晗冬還是你的病人嗎？」

「除非妳等會也把蛋糕扣在我的頭上。」瑪奇朵先是不解的看著我，而後衝著我傻笑，絲毫不覺得掃興。

之後，瑪奇朵不斷的替我夾菜，我大多時間都是很配合的在吃，幾乎整桌的菜飯都是我一個人吃掉的，我很飽卻什麼也沒有說，以為吃的愈多，瑪奇朵就會愈開心，平時我很少有這樣好的胃口。

「陸晗冬，今天的生日不同於往常，我還有點不習慣。」在我出其不意的吃完了一整條魚後，瑪奇朵詫異的說。

「怎麼會不習慣？是因為我沒有把蛋糕扣在你頭上，還是因為沒有禮物？」我居然笑出了聲音。

我大言不慚的跟瑪奇朵開起了玩笑，以為他詫異是因為我不喜歡吃魚，卻忘乎所以的吃掉了一整條魚。然而，這個玩笑對他來說並不好笑，看上去他的臉部肌肉都幾近僵硬了。回去的路上，我敏感的神經意識到瑪奇朵依舊對之前的玩笑耿耿於懷，很快就被我不幸猜中。只見他嘴角的肌肉先是略微顫抖，然後氣氛突變，如臨深淵一般的問：「陸晗冬，以前田嘉輝的生日是怎麼過的？」

「田鼠從沒有跟我們一起過過生日，我不清楚我的生日，他也許也是一樣的，所以我們從沒有一起。」我果斷的回答，心裡隱隱有一種不安的感覺。

「如果，我是說如果田嘉輝想要妳陪他過生日？」瑪奇朵目光篤定的看著前方的路問。

「我沒想過，可能也就是簡單的說句生日快樂。」我應答如流，生怕有絲毫的猶豫，會讓他更不悅，然後試探著看了一眼他的反應。不禁又補充了句：「不只是田鼠，誰過生日都會這麼說。」

我不知自己說錯了什麼，我向來都很難在短時間內意識到這個問題。這迫使瑪奇朵的情緒到了崩潰的邊緣，他忽然一個急剎車將汽車停在路邊，然後雙手使勁的敲打著方向盤，惡狠狠地向我質問：「陸晗冬，今天就要結束了，妳打算什麼時候對我說句生日快樂？」

「我說了。」我一頭霧水的看向他。

「沒有，妳沒有說。」瑪奇朵的語氣很堅定。

「我真的說了。」我忍不住加重了語氣。

「妳有沒有說，我會不知道嗎？」瑪奇朵已控制不住自己說話的音量。

「你可能沒聽見，但是我說了。」隨著瑪奇朵的情緒不斷高漲，我的聲音不知不覺開始變小。

隨著瑪奇朵咬牙切齒，而後時間就這樣靜止了，不幸再次被我言中，我相信這一定是瑪奇朵最難忘的生日。不知何時，瑪奇朵載著滿腹憤怒消失在漆黑的夜色裡，我始終坐在他的汽車裡紋絲不動，沒有出去找他，也不可能找得到他。我不善於找人，在甜瓜三十歲生日的時候，我便知道了。

◎

甜瓜三十歲生日那天，賤人陪我等到傍晚都不見甜瓜回來，我開始擔心，於是瘋狂的四處尋找，在麥納瑪街頭我想像著甜瓜可能出現的每一個地方，最後我去了甜瓜曾跟菁廝混過的夜校，死守在那裡直到天亮，也始終沒有等到她。

甜瓜在消失了幾個月過後才回來，我沒有問她生日那天去了哪裡，又為何消失這麼久，她也什麼都沒有說，就像什麼事都沒有發生過一樣，唯獨就是平白無故的多了個嗜好，甜瓜喜歡趴在我光纖般的大腿上數汗毛，說是這招用來對付失眠效果極佳，數著數著就能睡著了。從此，甜瓜的睡眠的確變好了，自她回來後還長胖了許多，我卻因夜夜失眠而消瘦不少。

一天傍晚，我發現甜瓜有些異常，從未見她如此過，她麻木的表情像「肖像畫中的越南少女」。雖沒可悲到跟寂寞簽署性契約，卻似乎被空虛詛咒而做著各種跟放蕩有關的靈魂運動。在巴林炎熱的夜晚，甜瓜居然穿了一件裘皮大衣，儘管滿頭大汗卻重複著對我說她很冷，隨後接連不斷的聽見啤酒瓶在地上破碎的聲音，我極度恐慌和不安，於是叫來了賤人。我們楞在原地，低頭看著地上還在冒泡的啤酒沫，而後抬頭仰視著甜瓜後腦勺上的那條粉紅色的馬尾辮子，加之身上的裘皮大衣，跟一隻正在用力下蛋的雞無任何分別。

賤人斷定：甜瓜一定是吃了「親密藥」的緣故。那東西我也曾見過，在巴林的魚市場，他們曾把它包裹在密封袋裡，從魚頭的絡腮處塞進魚肚子裡。那時，田鼠還在海上作業，總有人拉著他，打著買賣新鮮海魚的幌子，把肚子裡裝著「親密藥」的魚從碼頭運輸出去。我不知道田鼠是否有品嘗過它的味道，至少我從未見過田鼠發癲，可是他依舊喜歡吃魚，並跟我起誓：「陸晗冬，我保證沒吃過肚子裡有親密藥的魚。」

可悲的是，次日清晨甜瓜再次出門時，她似乎完全忘記了前一晚自己癲狂的樣子，我跟賤人一同尾隨她，她絲毫沒有察覺。甜瓜很快就跟菁在一間破亂的雜貨鋪會合，我們雖然離得很遠，可是那種濃重的魚腥味還是撲鼻而來，我認定了那間雜貨鋪就是買賣「親密藥」的地方。繼而，我很想飛奔進那間雜貨鋪，當場抓住甜瓜，不僅讓她無地自容，而且還要再狠狠地給菁一巴掌，讓她痛不欲生。因為我在她生日那晚沒有找到她，於是充滿了自責，我是那麼的想把甜瓜拯救出來，卻不知為何想了那麼多，卻還是緊緊抓著賤人的胳膊，腳步在原地都沒有挪動一下。

我們眼見甜瓜口齒留香的從那間雜貨鋪出來，不知在跟菁呢喃細語著什麼，一副回味悠長的樣子像是在分享一盤秀色可餐的美食。有那麼一瞬間，甜瓜看到了我，可就那麼遠遠地站著，彷彿我才是那個做錯了事的人。我拉著賤人慢慢地走近她，她看上去卻格外的淡定，突顯我莫名的慌張，接著見她從衣兜裡拿出一只透明的密封袋，瞬間一股魚腥味散開，大言不慚的對我說：「這個是菁送的生日禮物，我現在特別喜歡。」

那一刻，我居然說不出話來，尤其是看見菁理直氣壯的站在甜瓜身邊，用不屑的眼神藐視著賤人充滿殺戮的目光。麥納瑪的人都喜歡吃魚，很多人都是在吃了肚子裡有「親密藥」的魚後才變得痛不欲生。我變得愈發的慌亂，尤其是甜瓜開始用犀利的眼神不斷地審視我，似乎我才是那個墮落了的人。在迷情的麥納瑪，甜瓜的眼神既熟悉又陌生，尤其是霓虹燈下意亂情迷的夜晚，很久前田鼠也曾用這樣的眼神審視我，然後拉住大花兒的手。

「陸晗冬，妳看好甜瓜。」當時，田鼠再次這樣對我說。

然而，當甜瓜用同樣的眼神審視我時，我卻很想緊緊地抓住她的手，她苦澀的話語彷彿剛剛喝了一杯沒有加水的黑咖啡，令我震撼的是她似乎是在回應曾經田鼠告誡我的話，那幅肖像畫中的越南少女被賦予了靈魂，表情卻依舊麻木。

「只有吃了它，才能感覺到自己真的又回到了田鼠身邊，也只有吃了它，才能感覺到自己的心是熱的，否則胸口那裡總是冷颼颼的，像喝了一大杯冰水一樣。」甜瓜的話語瞬間驚醒了我。

「對不起，我沒有看好妳。」我自言自語的說。

從那天過後，菁就像人間蒸發了一樣，賤人曾想盡一切辦法去找她，然而偌大的麥納瑪市，卻沒有一點有關她的消息。她再沒出現過，也沒有再來找過甜瓜，甜瓜也再沒去過那間雜貨鋪，也沒有機會去光顧那間雜貨鋪，賤人跟我一同看著她，直言不諱的說，那時的甜瓜就像一個囚犯一樣被我們死守著。

我們都不知什麼時候起，甜瓜每晚都會像老鼠一樣磨牙，且愈發的敏感多疑，偶爾還會出現幻覺並伴有心悸的現象。多半時間，我都會被甜瓜劇烈的磨牙聲吵醒，幾次半夜起床上廁所，都被甜瓜力大如牛的手臂死死地按在床上，說我趁夜黑想要害她，有時還會把我誤認為是田鼠，一把鼻涕一把淚的在我臉上親個不停。

賤人說甜瓜是「親密藥」開始產生副作用了，即便如此我也從未想過要拋棄她，或是讓她流落巴林街頭。也不敢設想，哪日甜瓜若被巴林警署帶走，她內心是否該是荒涼的。不管賤人怎麼勸阻，我也只是故作矜持的說：「只要甜瓜不把親密藥帶回家，她做什麼都是可以被容忍的。」

漸漸地，我有些忌憚和甜瓜獨處，尤其是在她叨念田鼠的時候。總覺得我和甜瓜像是被菁施了魔法後關進籠子裡的兩隻囚鳥，都想掙脫牢籠又都各自為伍，若其中一個倒下，另一個也勢必跟著遭殃。

自甜瓜三十歲生日開始算起，我們有一年多的時間沒有聯繫田鼠，田鼠也沒有聯繫我們，賤人曾提議讓甜瓜去見他，省得她整天絮叨有關她和田鼠的一切，然而都被甜瓜拒絕了。我也終於等到了那一天，甜瓜不再絮叨田鼠，可悲的是甜瓜轉換了另一種方式，一再的說她現在很痛苦，想要離開這裡，她以前也時常這麼說，我跟賤人都沒有當真，況且甜瓜一直都很痛苦，又豈止是她所說的現在？痛苦總是相對的，於是我們不再像看管犯人一樣看著她，隨便她做什麼或是去哪裡都沒關係。賤人又重新回去碼頭做活，我依舊無所事事待在家，甜瓜在掙脫牢籠後依舊時常不回家，偶爾回來也是滿身荊棘。

直到一天我忽然發現，我已有一個月的時間沒見到甜瓜，才覺得有些異常，我和賤人找尋無果後，主動聯繫田鼠一同去找她，在巴林炎熱的溫度下，彷彿世界都坍塌了。最後，甜瓜像一片落葉一樣趴在田鼠汽車的方向盤上，那一刻我頓感天崩地裂，不曾想到對甜瓜來說「這裡」就是這個世界，而並不僅僅是巴林這個地方。

23 傷情的背影：

一個人坐在瑪奇朵的汽車裡落淚，然而卻跟瑪奇朵絲毫沒有任何關係，看上去像是被人潑了無數杯冰冷的水。一切只因為瑪奇朵的這輛汽車，車漆的顏色與田鼠在巴林的那輛汽車如出一轍。

「陸晗冬，妳竟然哭了？」瑪奇朵急匆匆的回來，見我正坐在汽車裡啜泣，居然開始自責。

然而，我並沒有領情，也沒有給瑪奇朵留一點情面，依舊沉浸在甜瓜已不在了的情緒裡，哽咽著：「甜瓜死在田鼠的汽車裡，田鼠的車和你的車相似，顏色也是一樣的。」

我總是會突然說一些不著邊際的話，尤其在很不合時宜的地方，對此瑪奇朵很生氣。他開始喋喋不休，無論我怎麼解釋，他都認定了我沒有跟他說生日快樂是因為我在惦念田鼠。這種無休止的嘮叨先是讓我壓抑，接下來的猜忌又讓我惱怒，最後控制不住自己的情緒，居然甩了他一巴掌，當時完全把瑪奇朵想像成是可惡的菁。

不過，這已經不是我第一次將自己的巴掌甩出去，此前我也甩過田鼠，且多次甩向田鼠。我很用力，感覺自己用盡了全身的力氣，藉此可以把自己所有的情緒都發洩掉。而後，我還故作鎮定的坐在汽車裡，面不改色的對瑪奇朵說：「這是你自找的，跟我沒關係。」

也許是過於憤怒的關係，我居然忘記了我坐的汽車是瑪奇朵的，打了他後居然還能在他的汽車裡坐得那麼安穩。瑪奇朵沒有回應，甚至連一個眼神都沒有，他先是倒吸一口冷氣，接著走向我這一側，有條不紊的打開車門，之後眼睛一直看向天。我瞭解他的意思，很知趣的離開了那個上一秒鐘還坐得很安穩的位置，站在汽車旁眼看著他頭也不回的把車開走，直至完全消失在我的視線裡，唯有汽車殘留的尾氣和空氣混在一起，讓人幾近窒息。

「我是被瑪奇朵趕下車的，沒錯！」我自說自話的看著汽車開走的方向。

曾經，我得知田鼠被大花兒趕走的時候，是那麼的開心和慶幸，甜瓜被田鼠趕走的時候，我既糾結又懷有僥倖，然而當自己被瑪奇朵趕走的時候，不僅顏面無存，而且格外清醒。我看著瑪奇朵愁雲滿面的樣子，似乎意識到：一個人把一個人從自己的身邊乃至生命中趕走，也是需要勇氣的。

就在我和賤人離開巴林的那一天，田鼠送我們去麥納瑪的貨運碼頭，賤人用搬貨攢下的所有錢買了兩張船票，我們雖然不知道這艘船的終點在哪裡，但還是毅然決然的要離開，我雖身無分文，卻抱著跟賤人一樣的決心，把田鼠從我的生活中趕走。當時，田鼠像是落湯雞一樣站在雨裡，賤人為我撐起一把黑色的雨傘，我們都穿著黑色的布衫，賤人說在小城裡的人都用黑色祭奠死者，我很沮喪的覺得那天之所以下雨，一定是甜瓜在天上哭泣。

「你害死了甜瓜，你可以不愛她，但不能不要她。」我躲在賤人的雨傘下，鏗鏘有力的對田鼠說。

我記得我當時說這句話時的樣子，像是一個母親在指責一個做錯了事的孩子。海風吹歪了我們頭頂的雨傘，接著又將它捲入大海裡，愛那個字對我來說是那麼的難以啟齒，然而田鼠卻絲毫沒有在意我說了什麼，他一副可憐兮兮的樣子看著甜瓜對他的愛一點一點地跟那把雨傘一起沉下去，沒有盡頭……

在雨水的沖刷中，我和賤人都看不到田鼠臉上的淚水，可是他的確哭了，卻不是因為甜瓜，我想是因為我們都不懂他。賤人用嘲諷的眼神看著他，一心覺得田鼠又在用眼淚編故事，就像大花兒曾經編造黃曉西的故事來博取田鼠的愛一樣。可是，就在我指責他的同時，他生怕我聽不見似的，聲嘶力竭的對我大叫：「陸晗冬，我也被趕走了，大花兒說我只貪戀她的錢，根本不愛她！」

田鼠看上去很痛苦，我看不得他聲淚俱下的樣子，那一刻我居然心軟，有那麼幾秒鐘竟然放棄了離開巴林的念頭。繼而，我懷揣著一絲僥倖，很認真的問田鼠：「大花兒說的是事實嗎？你愛她嗎？」

「陸晗冬，妳別傻了，田嘉輝是因為他再也得不到大花兒的錢才痛苦。即使是黃曉西現在在他面前，他若沒有錢，黃曉西也不會愛他。」賤人即刻在我耳邊說，我第一次聽賤人這樣百般嘲諷的呵斥田鼠，竟然產生了惻隱之心。

直至我和賤人登船，也沒有等到田鼠的回答，我們也都看不出田鼠有絲毫的自責。甜瓜就這樣消失在盡頭，生命的盡頭，跟那把被海風吹走的黑色雨傘一樣，支離破碎的沉寂了！也就是從那天起，賤人恨他入骨，而我卻很難做到因此就不再在意他，田鼠傷了很多人，卻沒傷我一分。

田鼠被大花兒趕走的這件事，我和甜瓜很久以前就知道，可是賤人不知道。我和甜瓜都沒有說，並不是我們商量好了，而是一種心照不宣又各有所圖的目的吧！大概是因為我以為甜瓜的春天又來了，甜瓜又以為我的初春得以開始了。不曾想到，田鼠之後的心思並不在我或甜瓜身上，相反地都在不斷嘗試跟那些除了我們之外的各種「麥納瑪女孩」在一起。

那天，甜瓜在碼頭的魚市場買了一條大青魚，讓碼頭的老闆宰殺後，還不忘將牠分屍成塊狀，拿回家時還血淋淋的。我不知道她是怎麼做到的，煮熟裝盤後的「屍塊」沾滿了土黃色，且格外黏稠，看上去很噁心，我猜想她定是放了很多不知名醬料，我看著都會犯嘔，她卻堅持要拿給田鼠。

我好心勸她說：「田鼠很有可能把它們丟去餵貓，甚至連丟進垃圾桶都不可能，那只會讓他覺得礙眼。」

甜瓜卻興致極好，依舊不慌不亂的擺弄著盤中的魚塊，而後看著我苦笑：「我不是真的要讓田嘉輝吃，只想讓他知道，我也可以做魚。」

我很忐忑，甚至很難想像田鼠看到那盤土黃色的「屍塊」後，還仍然能跟魚聯繫在一起。與此同時，又很替甜瓜擔憂，用這樣的方式試圖將田鼠挽回或是投其所好，又是一件多麼愚蠢的事！我不禁又看了一眼那盤足以讓我吐上幾天幾夜的魚塊，差點為此而笑出聲來！

甜瓜端著那盤還熱氣騰騰的魚塊，在距離田鼠的住處不遠處，看見大花兒和她「阿爹」站在一旁，田鼠和賤人站在一旁，四目相窺的對視著，聽見田鼠用哀求的口吻對大花兒說：「我不想分開。」

接著，沉靜了好一會兒，才聽見大花兒鎮定的回應田鼠的哀求：「田嘉輝，你只貪戀我的錢，根本就不愛我。」

那時候我很混亂，既開心又難過，生怕田鼠看到我們，便拉著甜瓜往巷子的反方向走，與此同時甜瓜盤中的那些魚塊在巴林的烈日下散發出無比酸臭的味道。甜瓜卻顧不得，雖看上去有點木訥，卻嚴肅的對我說：「大花兒把田嘉輝拋棄了，她也很難過。」

「我可沒看見她有一丁點的難過。」我得意忘形的說。

「那是因為大花兒把整張臉都躲進他的懷裡。」甜瓜突然停下腳步，並抓住我的胳膊說。

就在那一剎那，我發現自己小看了甜瓜，原來她早就知道他已不再是大花兒的「阿爹」，甜瓜甚至早於我領悟到：男人的胸懷是給女人依靠的！關於大花兒和他的「阿爹」我知道的並不多，也並不清楚田鼠在這其中扮演了什麼角色。但是，我們都知道田鼠也是男人，他的胸懷擁抱過很多女人，然而卻沒有一個女人在自己失意時，願意把自己的臉頰藏在其中，然而甜瓜愛他，我……我也如此，我想大花兒雖留給他一身孑然自傲的背影，但也一定深深地愛過他。

記得，我和賤人那日在碼頭與田鼠分開，我堅持著讓田鼠先回去，然後我們再上船，田鼠卻佇立在原地，什麼也不說，堅持等我們上了船後，他再回去。我們就這樣僵持著，誰也不肯退讓，直到賤人不忍看見田鼠在雨中瑟瑟發抖，對他大喊了一聲：「滾！」

田鼠轉身離開後，我看著他的背影是那麼的孤寂。當時，我滿腦子都是賤人對田鼠說滾時，那故意裝出來的凶神惡煞的樣子，其實我們也只是想讓他快走，卻沒有來得及跟他說一聲再見，未免太冷漠了！

突然，轟鳴發動機刺耳的聲音讓我顫慄，瑪奇朵又駕車回來了，我滿心歡喜的回過神，以為他定是回來接我回去，於是故作矜持的轉過頭等著他叫我。我背對著他，先是聽到汽車輪胎剎停的聲音，然後是車窗搖下的聲音，接著是瑪奇朵的聲音：「陸晗冬，妳太冷漠了。」

那句冷漠很應景，令我渾身僵硬且麻木，我背對著他始終沒敢回頭，直到聽見發動機的聲音一點點遠離我。我再一次體會到那種感覺，那種被趕走的感覺，它像瘟疫一樣，頃刻間侵蝕了我的每一根神經。我背對著瑪奇朵離去的方向思索著：如果說冷漠是透過面部表情斷定的，那麼定是由於我早已哭乾了淚水，讓臉上的每寸肌膚都乾涸。不是因為我以為曾經愛著田鼠，而是因為曾經我也深愛著甜瓜。或者說，冷漠是通過言行判斷的，那麼最冷的對我來說，就是聽瑪奇朵講的故事：在夢裡看著三毛獨自坐在她跟荷西駐足過的撒哈拉沙漠。

我知道我回不去了，那個我一直想離開的房子再也不必回去了，貌似留在黃城這個地方也沒有了意義，尋找田鼠再次成為了我日思夜想的念頭，我是甚至開始討厭黃城這個地方。想著那日，在離開巴林的客船上，與其說告別，不如說是我們趕走田鼠後，我跟賤人都不知道去哪裡，心裡只想快點離開巴林，我們從沒有如此齊心過，也許是因為傷感的緣故，便拉近了兩顆心的距離。

我們在這艘貨船上坐了近一個月的時間，貨艙裡不知放了什麼，總能聽見鐵皮碰撞的聲音。直到一個月後貨船停靠在碼頭卸貨，我們在甲板上看見另一艘客船也停靠在這，並聽船員說那艘客船開往黃城。

「陸晗冬，黃城這個名字真好聽！」賤人笑瞇瞇的說。

賤人很少稱讚過什麼，於是因為他的這句話，我便提議一起去黃城，我們已經遠離了巴林，在哪裡都是一樣的。況且，我早已厭倦了這艘貨船，儘管它看上去雄偉壯觀，但在波濤洶湧的海上，仍舊像蹺蹺板似的左右搖晃，讓我頭暈目眩。我們就這樣果斷的下了船，也沒有人過問我們，我緊緊地抓著賤人的胳膊，與客船上下來走動的人混在一起，最後成功的混上了前往黃城的客船，並若有所思的看著那艘貨船離岸，而後徹底的消失在我們視線之外。

離開巴林後，我和賤人就這樣莫名其妙的來了黃城，直到一年後，田鼠也出現在黃城，我才真正的開始喜歡這個地方，這個有田鼠的地方。我從未開口問過田鼠是怎樣找到黃城這個地方，我想賤人一定在背地裡聯繫田鼠，並告訴他我們在這裡，他一定自以為是的覺得田鼠的出現會讓我快樂，至少比現在快樂。不知為什麼，那時我雖不喜歡黃城，卻也沒有想過離開的念頭，大概是因為在賤人的幫襯下，日子雖然沒有我想像中那麼好，卻也過得還不錯的緣故吧！

「陸晗冬，田嘉輝不喜歡這個地方。」賤人堅定的對我說，就在田鼠跟我們在黃城相聚的第二天。

田鼠來到黃城的第一天，我們小聚了一會兒，當時田鼠帶了一個女孩一起，我們都不認識彼此，那女孩卻表現得跟我很要好似的。我趁她跟田鼠投懷送抱的時候，仔細掃視了她一番，她穿著比我漂亮，身材比我高眺，皮膚比我白皙，討喜自然也是勝我不止一籌。這一舉動被賤人看在眼裡，他即刻在我耳邊悄悄地說：「陸晗冬，我知道妳在想什麼，看上去妳確實不如她。」

我正在為此愁眉不展的時候，賤人卻開始詭異的壞笑，繼而又在我耳邊說：「可是，唯獨有一樣她比不了，只有妳敢叫他田鼠，她卻只能乖乖地叫他田嘉輝。」

那天小聚後我很開心，賤人也很開心，不知道為什麼，多數開心是沒有理由的。即使田鼠帶了個女孩，也絲毫沒有影響我的心情，我問賤人：「你總傻樂什麼？」賤人不作任何回答。

我不知道第二天賤人是怎麼了，會突然做出那樣堅定的判斷，於是我迫不及待的質問他：「你問過田鼠嗎？如果田鼠不喜歡這裡，那他為什麼還要來這裡？」

面對我的質疑，賤人無奈的搖頭，然後沉默不語。我意識到我對他說話的方式有些咄咄逼人，於是一改往常的說：「那是因為田鼠剛到黃城，還沒遇到他喜歡的女孩，等他遇到了他自然就喜歡這裡了。」隨之，賤人衝我撇嘴，這個話題便就此結束了。

我實在想不出，即使田鼠不喜歡黃城，他會喜歡哪裡或者他能喜歡哪裡？總不會是那個曾讓他顏面盡失的巴林吧！再見面時，我們誰都不曾提及也不敢提及那個地方，巴林就像是個雷區，我們很清楚踩雷的後果。我跟賤人，就只有我們兩個人在黃城的日子，我總是會跟賤人提及那日跟甜瓜躲在巷子裡，看著大花兒把田鼠趕走的情景。

「我多麼希望有一日，也能留給田鼠一身孑然自傲的背影，就像大花兒一樣決絕。」

類似這樣的話，我跟賤人說了無數次，他都是默不作聲的聽著，可就在田鼠出現在黃城的前一個星期，當我再次跟賤人重複類似的話時，賤人卻一改往常。那天，他發了工資後，我們在路邊的大排檔吃東西，他喝了點小酒，再次聽我說了那番話後一掌拍在大排檔的桌子上，看似很厚實的桌子立刻一分為二，他凶起來極其可畏，沒有人敢上前阻撓。

「陸晗冬！」賤人嘶聲力竭的叫喊我的名字。他連續叫喊了幾聲，我都沒有回應，也沒敢回應。我沉默了很久，為此他更加憤怒，一隻手扠腰，另一隻手順手在地上撿起一個啤酒瓶指著我，我被嚇到渾身痙攣，不敢輕舉妄動一下。

「陸晗冬，再幼稚的女人也總會慢慢成熟的。那種成熟絕不會體現在臉上，她會用堅決的姿態告訴妳，這就是她成熟的方式，她知道她想要的是什麼。對大花兒來說，田嘉輝已經沒用了，他之後所有的乞求只會證明她的決定是無比正確的！如果連乞求都沒有，那就更加證明她的決定是明智的。無論他怎樣，都已經無濟於事了。」賤人惡狠狠地說。

接著，他把啤酒瓶狠狠地摔在地上，轉身便離開了，即使後知後覺，我也很難相信他能說出那番話。那晚，賤人的背影是那麼的高大，當他怒氣衝天時，我居然記住了他說的每一句話。然而，他明明沒有付錢就走了，是我拉著青綠色的一張臉在眾目睽睽之下付的錢，還賠了那張桌子錢，事後賤人卻堅稱他付過了。為此，我碎碎念了很久，一直說他摳門，他卻全然不在乎。

我想，我之所以沒有在那時就離開黃城，一是因為離開了黃城我不知道還能去哪裡，二是因為田鼠的關係。儘管我的日子不是很好過，但是偶爾還可以在黃城看見田鼠，他身旁每次都少不了各種形形色色的女孩，而且無論在什麼場合，一點也不吝嗇地跟我打招呼，然後留給我一身東倒西歪的背影。

花秀24：

我在原地站了許久，瑪奇朵的汽車果真再也沒開回來，在那個偏僻的地方，甚至連汽車都不曾再看到。於是，我在漆黑的夜裡開始了漫無目的的疾走，在一間很眼熟的小店門口，頓然停住了腳步，店門前擺了一塊巨大的落地式霓虹燈，上面印滿了各種紋身圖案，看著讓人浮想聯翩，尤其是夜裡，不禁令人驚悚，在我的審美世界裡，那塊招牌無任何美感可言，盡是浮現出一些血淋淋的圖案。

「看什麼呢？進來坐坐啊。」一個中年女人在屋內對我招手叫喚著。

我很難理解，難道真的有人半夜不睡覺過來紋身嗎？看見她在召喚，我有些緊張，也有些害怕，連忙解釋：「啊？我不紋身，就是路過多看一眼。」

我想想又覺得自己可笑，難道還會有人半夜不睡覺到紋身店多看一眼？那個女人卻滿面桃花，而且言語間轉換得如此自如：「不紋身？不紋身也可以洗紋身，一點都不疼的！」

「有沒有紋身，是面相就能看出來的嗎？」我心想，瞬間我的腦子裡面像有人在敲警鐘一樣。

隨著一陣陣頭暈，我想起甜瓜跟我講過關於紋身的故事。接著，居然念起甜瓜沾滿了口水的一根苞米棒，胃裡彷彿有成千上萬條毛毛蟲在蠕動著，居然真的吐了，滿身滿地都是淡黃色的稠狀物，和毛毛蟲被踩死後，身體裡流淌出的液體一模一樣。

那晚，我死皮賴臉的擠在甜瓜的單人床上，而後因為長夜漫漫，她道聽塗說的跟我講了一個靈異故事。據說一個教徒在祭拜時被開了「天眼」，他看見了神靈，當時祭拜的人很多，但卻只有他能看見神的存在。於是，神在他的胸前印了一條圖騰，並告訴他這是神的庇佑，不能跟任何人說，教徒欣然答應了。幾年後，教徒一直不孕的妻子居然懷孕了，他開心至極，很寵溺這個來之不易的孩子。可是，就在他孩子成年的那天，教徒將他看見神的事情告訴了他，並讓他知道都是因為神的庇佑才讓他來到這個世界。教徒的孩子不相信，認為他瘋了並取笑他，還將這件事講給全村的人聽。一日，教徒在睡夢中又看見了神，神告訴他圖騰的寓意是忠貞不渝，然而他背棄了它，現在神要將曾經賦予他的那條圖騰收回。次日，教徒的妻子便發現他渾身鮮血的躺在血泊裡，胸前一個巨大無比的黑洞，已沒有了心臟，且洞裡滿是蛔蟲。

「想什麼呢？」甜瓜突然推了我一下。

「這個故事很嚇人。」我用顫顫巍巍的聲音說。

「神就這樣將圖騰收了回去。因為那條圖騰印在教徒胸前，離心臟最近的地方。」

甜瓜貌似很懂似的，頻繁的衝我眨著眼睛。

接著，甜瓜淡然的跟我探討了一整夜關於「忠貞不渝」的含義。我記得最深刻的是，甜瓜為了分散我對那個故事的恐懼，跟我說起她這輩子最忠貞不渝的兩件事，一是真實有據，二是名副其實。

其一，無論田嘉輝對她做什麼，甜瓜都愛他。

其二，不管走到哪裡，不管發生什麼，甜瓜肚子上的那堆肥肉一直都跟隨著她。

我當時一直在笑，發自內心開心的笑。也許是在笑她跟我一樣對田鼠莫名的痴迷，也許是笑她肚子上堆積著的像玉米粒一樣的脂肪粒。之後，就再不曾在主觀上想起這個故事，也再沒有過那般開懷大笑的時刻，如今再想到甜瓜，卻再也笑不出來。我想，可能是因為甜瓜早逝，也可能是我對它和她都有了新的認識。

紋身店的女人仍舊在使盡渾身解數的叫喚著，我猶豫不決，卻居然鬼使神差的進去了。然後，呆滯的坐到門口她指定的那張椅子上，看著已是古稀之年的另一個女人，俯身幫她清洗鞋邊的汙跡，她偶爾抬起褶皺的眼皮看我，見我不聲不響，示意她離開，然後遞給我一根菸。突然間，我覺得這個女人很神祕，先前她像是知道我有紋身一樣，現在又像是知道我會吸菸，尤其是她空洞的眼神，對我充滿了暗示。

「第一次抽菸的感覺就跟偷東西一個樣！」她看著我說，然後一發不可控制的指著我大笑。

我感覺自己在黑夜中再次中了邪，鬼知道她在笑什麼，一心覺得她所言的字字似乎都在針對我，更像是我肚子裡的蛔蟲。就在我下定決心，準備領她的「好意」之時，她又開始指著那個蹲在地上為她擦鞋的女人對我說：「妳跟她不一樣。妳看她，乍一看就知道是農活幹到麻木了的婦女！」

瞬間，腦海裡充盈著螺絲，感覺自己白色的腦漿變成了混沌的泥河，我始終沒有逃過「婦女」二字，那是我最討厭的。緊接著傳來了一股腦的叫罵聲，那生硬的聲線就像螺絲一樣根深柢固地扎進我的心臟裡。我偷看了擦鞋的那個女人一眼，她目光呆滯，眼睛無光，棕色的眼球一動不動地盯著地板上的那雙拖鞋，灰色的塑膠上已盡是黴點，卻還在努力擦拭四周的白邊！

如果田鼠或在，他一定會說點什麼，即使是文縐縐的悅耳話也好，可我依舊吝嗇自己的語言，自以為的惜字如金，或許是麻木的另一種呈現方式罷了。看著擦鞋的婦女，不禁覺得忠貞不渝或許是一種信仰，也許就是說給甜瓜和她這樣的女人們聽的，她們可以做到無論是精神上還是肉體上都是一致的，哪怕一秒鐘都沒有背叛過。我把那支菸放在一旁，自言自語的說：「很想嚼麥芽糖。」

話音剛落，我便留意到她在一旁抿嘴而笑，跟我腦子裡浮現出的樣子有天壤之別。繼而，我把剛剛放下的菸還給了她，她又很麻利的放回了原處。除了田鼠，沒有人知道我會抽菸，抽菸也不是什麼見不得人的事，但卻是祕密，我跟田鼠之間的祕密。

我是為了田鼠才抽菸的，而田鼠是為了黃曉西才學抽菸的，而且還一發不可收拾，我猜想甜瓜一定不知情。田鼠第一次跟賤人偷東西，所偷的東西就是半盒抽剩下的香菸，那是小城裡極為罕見的東西，偷到手裡時，他幸災樂禍了許久，冷靜下來後刻意數了下，裡面一共有十二根。

「陸晗冬，我的戰利品，妳試試。」田鼠很得意的從中分了一根給我，故意避開了賤人和甜瓜。

之後，田鼠把剩下的香菸一起放在鼻孔下方，仔細的嗅了很久。在焦油和尼古丁沒燃燒前，田鼠說它的味道很香醇，他形容不出來，但就是很喜歡，像是老田藏在床底下的那雙一直不捨得穿的膠鞋味。隨後，田鼠也從中拿出一根給自己，把它放在食指和中指之間，就那麼傻乎乎的看著它，直到他發覺黃曉西從後面的樹叢走來，田鼠才把這根香菸點著，裝作一副老手似的樣子抽給她看，並在我耳邊輕聲嘀咕：「陸晗冬，妳看到黃曉西的表情沒有？她喜歡抽菸的人。」

「黃曉西喜歡的人不在小城裡，這裡沒有人能一直吸食香菸！」我苦笑著說，根本沒有在意身後的黃曉西是用怎樣的表情看田鼠，也根本不想回過頭去自取其辱。

而後，田鼠便再也不說話了，只是默默地看著那盒還有十根的香菸，也許當時這種奢侈的東西是田鼠證明自己「富有」的另一種方式。也僅僅十二根香菸，就讓田鼠產生了依賴，他一再的囑咐我說：「陸晗冬，這是我們之間的祕密。」

後來，田鼠每次犯菸癮時，都會拚命的嚼麥芽糖。那時候所謂的麥芽糖是用麵粉做的，一塊可以從早晨一直嚼到晚上，直到麥芽糖硬邦邦的結成麵疙瘩，牙齒再也咬不動。田鼠會用髒兮兮的手從嘴裡拿出來，然後放到手心裡，當橡皮泥一樣搓球玩。我從不覺得它噁心，甚至偶爾還會跟他一起玩，如果換了別人，我想早已嫌棄得胃泛酸水。

不曾想到，她果真遞給了我一塊麥芽糖，可惜含在嘴裡只有甜味。她一再的讓我看她店裡那些貼在牆上的刺青圖案，我本想隨便附和下就離開，可是一條蜥蜴一樣的刺青映入我眼裡，忍不住看了許久，不禁呢喃著：「每一塊刺青都有一個祕密，蜥蜴是冷血的。」

她果真是我肚子裡的蛔蟲，即使蚊蟲般大小的聲音還是被她聽見了，而後昂首伸眉，我沒有直視她，就像不敢直視賤人一樣。

「這個叫花秀。」她指著掛在牆上的那條蜥蜴圖案說，看上去似乎不太開心，又像是在思考什麼。

「紋身也好，刺青也好，花秀也好……」我欲言又止。

她冷笑著，轉而又點著一根菸，若有所思卻沒再說什麼。我似乎可以理解：對於那些一開始我們內心就牴觸的事情，無論我們費勁多少口舌，都不會被人理解。

「妳看，這裡！看到了嗎？就是這裡！原來有一個跟這個差不多一樣的。後來洗掉了，皮膚就變成這種凸凹不平的樣子。」我擼起袖管，指著胳膊上靠近腋下的位置，一塊手掌大小的櫻桃紅的肌膚，星星點點的印記像是被成千上萬隻蟲子咬過似的。

「跟這個一樣的？」她指著牆上那條蜥蜴一樣的圖片吃驚的問。

「嗯，差不多吧。」我含糊其詞的說。

我以為隨著賤人的離開，再也不會提起這件事，也再不會有人知道這件事，可是不知為何，就是這樣隨口說了。但是，出乎我意料的是她居然沒再問我什麼，也未流露出一絲好奇，只是搖頭撇嘴的看了我一眼，半信半疑的坐回門口的那張椅子上，像之前叫喚我一樣，去叫喚可能在夜裡路過店門口的其他人。

我頓覺尷尬，且略感羞澀。想她在這裡這麼久，早就司空見慣了我這樣的人，也就不足以為之好奇，但還是很難為情，只要在這間屋子裡，便哪裡都不自在。隨後，我裝模作樣的在店裡轉了一圈，見她依舊紋絲不動的坐在那裡，便旁若無人的走到她旁邊，示意我準備離開。一隻腳剛邁過門檻，她突然叫住了我，我很確信那聲刺耳的「喂」就是在叫我，於是回過頭，她正蹺著二郎腿，瞇合著雙眼，嘴裡叼了一根剛點著的香菸，自顧自的說：「再漂亮的人也總會有傷疤，沒有必要去在意它。」

儘管如此，我還是很確定她是說給我聽的，語氣很溫和，跟她此刻的儀表儀態一點都不符，更像是在安撫一個受傷了的孩子。我突然很想上前奪下她嘴裡那根沾滿口水的香菸，不加掩飾的抽一口或是索性把一根都抽掉，未有一絲一毫的嫌棄感。只是，即使是如此近的距離，我還是看不清她的眼神，雖然不長卻濃密的睫毛遮住了她本就瞇合著的雙眼，「煙熏」在她面前環繞，目光有一種從指縫間溜走了的感覺。不知為何，它讓我忽然間不安，看著她陌生的臉，然後想起賤人的那張臉。我即刻轉過身，雖然背對著她，都還隱隱覺得賤人的那張臉圖描畫似的近大遠小的在眼前浮現，隨著我一步步遠離那個地方，遠離掛在牆上的蜥蜴畫，接著遠離她，最後才消失不見。

我隨意找了處枯草地坐下，此時秋草略顯枯黃，更讓人覺得淒涼，只能渾身癱軟無力的靠在一棵大樹下，這一幕似曾相識，只是面前的空氣裡再也嗅不出田鼠的味道，其實我從未想要騙他。當時，田鼠直挺挺的站在我對面那塊翠綠的草地上，巴林的烈陽似火，晒得他額頭發亮，汗珠連成一串從他的雙鬢滑落，陽光刺進眼裡，先是疼疼疼疼的，而後什麼也看不見，我只能低著頭，用力的蹂躪雙眼。田鼠是跑過來的，所以聲音聽上去有些喘，這讓他根本無力對我咆哮，卻也掩蓋不住他猙獰著的面目表情。

「陸晗冬，人總會有傷疤，而比起心裡的那塊疤，還不如它索性一直在臉頰上，所有人都看得到，也無須隱藏，在光明正大的地方。」田鼠說完這些話，我感覺他就快窒息了，我想他內心一定很失落，對我亦是失望至極。

若不是賤人在醉酒時說漏嘴，我會天真的認為田鼠永遠也不會知道，更不必知道，我可以一直欺瞞他，或是在心情大好時，理直氣壯的告訴他，那對我來說，又是一件多麼輕而易舉的事情！田鼠不喜歡花秀，尤其是身上任何地方印有花秀的女人，這一點我得知許久，是甜瓜告訴我的，我不知道田鼠為什麼會和甜瓜說這個，但從沒懷疑過它的真實性，我堅信甜瓜是不會說謊的。

可是，為了感激賤人幫我治癒了臉上的疤，我還是做了這件田鼠不喜歡的事。我不曾有絲毫猶豫，就決定在手臂靠近腋下的位置紋上一條跟賤人手臂上幾乎一模一樣的蜥蜴。比起田鼠討厭花秀這件事情本身，更想讓自己漂亮一點，我和甜瓜都很清楚的知道田鼠喜歡女人，更喜歡漂亮的女人。一切都源於我跟田鼠之間的微妙關係，原來自己一直覺得很瞭解自己的人，其實一點都不懂自己。

巴林的時光總覺得很漫長，也許是因為我跟甜瓜長期共處一室又都無所事事的關係，她總喜歡半夜關燈後跟我閒聊。在黑乎乎的房間裡，誰也看不見對方的臉，在看不見面目表情的時候，隨便說什麼都變得輕鬆自如許多。於是，甜瓜總會肆無忌憚的跟我聊起田鼠，在我看來她更像是在報備有關她所知道田鼠的一切。

一次，夜裡甜瓜突然坐起，開誠布公的說：「陸晗冬，我才是田嘉輝最需要的人，他雖然喜歡大花兒，但並不愛她。」

我很詫異，簡直不敢相信自己的耳朵，也不敢相信這樣的話是向來都看著懦弱的甜瓜說的。我故作淡定的問她：「妳怎麼知道？」

「田嘉輝的愛人至少應該像黃曉西那樣，可以讓他痴迷，一眼看過去眼裡會放光。」甜瓜不假思索的回答，似乎這個答案在她心裡已經蓄藏許久。

那晚，甜瓜跟往常一樣睡的特別好，我卻難以入眠，忍不住開始琢磨甜瓜的話，並很快意識到我跟她相差甚遠。甜瓜從不忌諱田鼠身邊的任何一個女性，她只會審視自己，沒有能力吸引田鼠的全部注意力，然後對田鼠喜歡的那些女性加倍的好，只要田鼠不拋棄她。可悲的是，田鼠雖從不在意我臉上的疤，也從沒把我當成其他女人般地看我一眼。

這件事之後，我就嘗試著做一些改變，只是對方不再是田鼠，而是賤人。我甚至不解為什麼會有這樣的想法，也許是為了報復田鼠的冷漠，但是我的想法一經提出，賤人就欣然同意了。

「我願意紋一條跟你胳膊上一樣的蜥蜴，感謝你幫我治癒了臉上的疤。」就在我對賤人說完這番話之後，我變得冷血了，他卻溫熱了。

在巴林，很難找到一間符合賤人標準的紋身店，既可以紋出相似的圖案，又可以付得起相應的錢。自從跟賤人達成共識開始，他就不再在碼頭做活了，而是跑去巷口一間紋身店裡打雜。賤人每天在店面打烊後，偷用店裡的工具回家，照著他胳膊上的圖案，小心翼翼的在我手臂上刺繡，而我居然無一絲痛感，也沒有一絲畏懼。

賤人整整用了三十二天，憑靠每晚偷拿紋身店裡的那些工具和客人剩下的染料，在我的手臂上靠近腋下的部分，繡了一條與他胳膊上極為相似的蜥蜴。可是，那條蜥蜴並未跟隨我多久，就在田鼠對我氣喘吁吁的說完那段話後，我隻身去賤人曾經打雜的那間紋身店裡把那條蜥蜴洗掉了，奇怪的是我有了痛感，且奇痛無比。之後，那條蜥蜴的確不見了，換來的卻是一塊網狀的傷疤，鑲嵌在我凸凹不平的肌膚上。

插秧25

「陸晗冬，妳昏厥了。」我緩慢的睜開眼睛，看見瑪奇朵正坐在一旁的白色交椅上對我說話。他淡定的看著我，但憂愁的表情驗證了他所言是真的，而我卻什麼也不記得。

瑪奇朵說他發現我時，正蹲坐在他家門口的石階上沉睡著，臉色慘白像極了死人，他叫喚我的名字很久，我才有些許的反應，繼而像半睡半醒似的，支支吾吾著說：「田鼠在寺廟，我要去看他。」

我實在不敢苟同瑪奇朵所說的話，一個字都不相信，一點印象也沒有，更是記不得。正因如此，我才覺得他對我說話時的樣子像極了小丑，並非醜陋不堪，而是可笑至極！但是，我記得做了一個夢，生怕耽擱一秒鐘就會忘記，便即刻脫口而出說給瑪奇朵聽。然而，他也不敢苟同我所言，我像是看小丑一樣的看著他，他卻一再的跟我強調說：「陸晗冬，妳一定是精神錯亂，不會有人能把夢境的每一個細節都記得這麼清楚。」

的確，我想大概是我描述得太栩栩如生了些。我夢見了田鼠，或許是因為太想找到他，日有所思夜所有夢的關係。夢裡，我和田鼠坐在甜瓜的那片玉米地裡，甜瓜一邊在地裡插秧，一邊扭頭偷看我們，玉米稈搖搖晃晃的讓我頭暈目眩，田鼠的嘴角卻莫名的開始流口水，然後他藉著此情此景情不自禁的朗誦著插秧詩：「手把青秧插滿田，低頭便見水中天，六根清淨方為道，退步原來是向前。」

關於這個聽起來不著邊際的夢，瑪奇朵不僅表現得很惱火，而且再次以醫生的身分給我這個在他眼裡已病危的患者下了最可怕的通牒：「陸晗冬，妳的妄想已經禁錮了妳的靈魂。」

「關於靈魂這個東西，也許等我死了它就自由了！」我自圓其說。

除此，我無言以對。唯有一心想去寺廟，花秀店內發生的事情，讓我斷定田鼠一定去了那裡，只有田鼠知道，我所講的一切都是真實的。那首插秧詩不只是出現在夢裡，我能夠記得清晰，是因為田鼠也曾朗誦過它給我和賤人聽。

那時候田鼠剛到黃城，他得知賤人一直租住在貧民窟的一間瓦片房裡，而我也一直在輪換著跟各種形形色色的人合住，於是就找了個差強人意的理由，希望我們三個能同住，便用他在巴林的積蓄在黃城買了一間房子。當時，是賤人陪他同去的，我也很想去看看，可是田鼠並沒有邀請我。在這之前，田鼠並不知道黃城的房子有多貴，但賤人卻在事後第一時間告訴我：「陸晗冬，田嘉輝買那間房子比我在菜場上買一顆白菜還要快。」

我對他「嘿嘿」的笑了好一會兒，居然尷尬到不知說什麼。然而，還未等到我們住進去，田鼠就把房子變賣了，並且親口對我說：「陸晗冬，我愛上了一個女孩！」

本就對那套房子沒有任何期待的我很鎮定，沒有任何失落。只是，我跟賤人都不明白田鼠為何那麼開心，簡直是欣喜若狂。就在房子賣掉的當天，田鼠用極其豐富的面部表情邀請我們一同飲酒慶祝。賤人覺得田鼠之所以如此，一定是因為他又有了錢的關係，而我卻認為是因為他成功追到了那個女孩。

那天，田鼠一反常態，由於過度亢奮的關係，剛喝了兩杯啤酒就臉色紅暈，像是塗了胭脂後的女人，絲毫沒有陽剛之氣，又像個孩子一樣賴在地上央求我們原諒他。起初，我跟賤人都沒有理會，直到田鼠突然坐起來，用一副哭腔跟我們哀訴：「都把祕密說出來吧！才能做一輩子的哥們，有生之年誰也不要怕被拋棄！」

我和賤人都覺得這不再是兒戲，加之田鼠說話時的樣子，不禁產生了許多可怕的預感。我試圖用眼角餘光偷瞄了幾次賤人，他背靠著牆，始終都是一副很不以為然的樣子。於是，我也試圖裝出一副自以為是的樣子，我自認為非常瞭解田鼠，知道他所有的一切。繼而，沉默地看著頭頂的白牆，在一陣又一陣的眩暈中，想像出無數種可能，我所期待的可能！也許田鼠的祕密是關於甜瓜，比如他會說他在甜瓜離開後才意識到她才是他最愛的人，或是說若沒有甜瓜也許他也會很愛很愛我……

這種異想天開僅僅持續了數秒就戛然而止！田鼠的聲音傳進耳膜裡，雖然低沉又無力，卻打破了這種死氣沉沉的靜寂：「老田死了，甜瓜也死了，我以為會得到解脫，我就是一個真正意義上沒有過去的人了，沒想到反而更加的不得安寧！」

從田鼠說老田二字開始，我就將目光鎖定他，且寸目不離的看著他，然而他卻始終沒有看我，反倒用眼尾餘光掃視了賤人幾次。田鼠之後就一直低著頭，像是在陳述自己的罪狀似的。記憶裡，在甜瓜離開後，他再沒叫過她的名字，在田鼠心裡她死了，而在我心裡她只是暫時離開了我們。瞬間，我失去了繼續聽田鼠說話的欲望，這樣的氣氛下，與其說是祕密，倒不如說它是把柄，握在手裡卻又無可奈何的把柄！

「陸晗冬，我殺死了她，是我殺死了她！」田鼠突然靠近我，並在那個讓我只是聽上去就會顫慄不安的「死」字之前加上我的名字，且堅定的看著我說。

我第一次開始畏懼他，發自肺腑的不想也不敢直視他，我試圖將身體一點點的挪動，直至挪到賤人身後的牆角。也許是因為田鼠看見我因極度畏懼而不知不覺的挽住了賤人的胳膊，他開始激動不安，語無倫次的為自己辯解：「我『母親』（繼母）就是不能接受我心裡有別的女人。那些文字，我曾朗誦給她聽的文字，她不能容忍我再朗誦給其他女人聽。還故意裝出一副精神錯亂的樣子，實在可氣可恨又讓我噁心。當時我拿起老田那把劈柴用的鋒利斧頭，只想在她進門時以死相逼，然而她完全是個瘋子，叫來了老田，一起爭搶我手上的斧頭，可突然她就倒在血泊中再也起不來了，偏偏甜瓜卻在這時帶著一麻袋玉米來找我……」

田鼠咆哮著，整個房間裡都迴盪他的聲響，以及那句如雷貫耳的開場白：「我殺死了她，我殺死了她……」蕩氣迴腸的同時，卻並沒有結束！他繼續像洩憤一般繼續嘶吼著：「我要把她從墳墓裡挖出來，將她哀怨的靈魂放在寺廟裡，每日都要朗誦一百遍插秧詩給她聽。」

我不斷的移動著自己的身體，想離賤人近一些，再近一些，繼而六神無主的看著桌子上的空瓶子，似乎田鼠被挖空的心四分五裂的裝在每一個瓶子裡。之後，又不知所措的閉上眼睛，田鼠的咆哮比賤人陰森森的說他殺死了尉遲宇更可怕更猛烈，令我渾身上下所有的汗毛都顫慄，我仍懷有一絲僥倖，以為再睜開眼睛時，剛剛的一切都是田鼠醉酒後的幻覺。

「手把青秧插滿田，低頭便見水中天，六根清淨方為道，退步原來是向前。」田鼠肆無忌憚的發洩著情緒後，不斷重複著這首詩，他的聲音從狂嗥漸漸變成了低吟。

「陸晗冬，妳怎麼了？」賤人問。我搖了搖頭，身體卻不受控的顫抖，感覺聲音很近卻更像是幻聽，同時耳根發癢，還有一股熱氣，我猛然睜開眼睛，田鼠正面無表情的看著我。

「你說什麼?」我問。

田鼠像什麼都沒有發生似的衝我傻笑,兩顆門牙卡在下唇外側,如此的自然。也許人閉上眼睛後,聽覺會出現短暫的異常,然而睜開眼睛後一切如舊。田鼠如釋重負一般繼續跟賤人飲酒,我也跟往常一樣,偶爾小酌一口,即使田鼠以前也有過因為飲酒過度而瘋言瘋語的時候,但是這一次,我單方面相信了田鼠的「酒話」。

在這之前,我都堅信不疑的以為甜瓜才是最愛田鼠的人,她潛意識裡包容了他的一切。直到田鼠拋棄她,才變得有點精神異常,讓人覺得定是她過於哀怨的關係,畢竟不會有人喜歡一個抱怨的人在身旁叨念,即使痛苦那也是一個苦不堪言又自尋煩惱的閉環。可是在這之後,我卻開始憐惜甜瓜,且一發不可收拾。

伴隨著那首插秧詩,次日田鼠就消失在黃城,那是他第一次無聲無息的離開。我們以為他徹底解脫了,便帶著錢跟那個我們都未曾謀面的女孩一起走了。賤人雖然小心翼翼的照顧著我的情緒,可是我並沒有任何的失落或是難過,也以為過了那晚,對田鼠的情感會發生變化,然後隨著良好的睡眠和身體過於快速的新陳代謝,一切就都過去了。

可是,一個月後田鼠又回來了,他看上去清瘦了許多。田鼠回來並沒有先來見我,而是到貧民窟去找賤人。我隱隱的覺得,不知何時開始,他們的關係,比我們的關係還要親近一些,彼此之間也多了一些不能讓彼此知道的東西。他回來不久後就生病了,醫生說他是營養不良的關係，我並不這麼認為且從沒去看他。賤人每次從醫院探望田鼠回來，都會跟我彙報他的情況，無論我是否想聽，他都會說給我聽，一直說到他詞窮了為止。賤人告訴我，田鼠總是跟他說他想念甜瓜，當然是在他覺得自己是田鼠的時候，偶爾他站在田嘉輝的立場也會說一些其他女孩的名字，那些名字很好聽，賤人卻一個也記不得，可是田鼠從來沒有提及我，哪怕只有一次。

腦海中零星的閃過一些畫面，深刻到像融入了骨髓中一樣，賤人在轉述田鼠的話以後，一頭霧水的對我說：妳愛他，卻不如甜瓜愛他。」

「等我死了，才會知道誰更愛他。」我沉聲對賤人說。當時，賤人看我的眼神可怕之極，就如同我對瑪奇朵說了「死」這個字，瑪奇朵看我的眼神跟賤人如出一轍。

瑪奇朵給我下了通牒後，我就被他帶去了紅房子，在居無定所的情況下，我不再反感住在那裡。也許是因為我開始多夢，且一天大部分時間都在做夢的關係，夢境讓人覺得美好，永遠不想醒過來。瑪奇朵卻說一切都是為了滿足我對田鼠的妄想，也都是為了間接的證明我認識的田嘉輝是美好的。

瑪奇朵每天會例行詢問我都做了些什麼美夢，我會一隻手按住自己的太陽穴，另一隻手抓著他那身讓我感覺冰冷的白大褂告訴他：「我去了距黃城十幾公里外的寺廟，隱

BLACK COFFEE

約覺得看到了田鼠，我看見他被上帝帶走了，帶去更遠的寺廟去焚香。」

瑪奇朵會輕輕地把我的手放下，然後將很多五顏六色的藥丸放進我的手心，接著給我一杯無色無味的白開水，我會在瑪奇朵走後，仔細的挑出那片蛋形的百憂解，隨之將它吞下，希望自己可以真的做一次美夢。

這一次，我只在紅房子住了十天的時間，不僅無力再支付任何費用，也並非如我預期的那樣，以為自己這樣就可以等到田鼠。

田鼠沒有回黃城，也沒有來看我，我很難再忍耐下去，逐漸變得焦躁不安，尤其是對瑪奇朵說謊的時候。我並沒有做那樣的夢，也清楚知道黃城周邊幾十公里內都沒有寺廟。況且每天當著瑪奇朵的面將那些藥丸藏在舌頭下，是件很心驚膽戰的事情，但是我始終堅信田鼠會在寺廟裡。

我多次夢見田鼠和甜瓜在寺廟旁的一間瓦房裡，甜瓜給田鼠生了很多小孩，我在瓦房對面的河邊撿螺絲，並把它們分給田鼠和甜瓜的每一個小孩。不僅如此，我居然還夢見大花兒，她跟一個滿臉絡腮鬍子的巴林男人結婚了，也生了小孩，而且是五個。賤人偶爾也會出現在我的夢裡，他悠然自得的躺在甜瓜那片廣闊的玉米地裡小憩。難得也會夢見我跟田鼠一起在寺廟的柴房裡讀書，他不厭其煩的教我寫成語和朗誦他自己創作的詩歌。當然還有黃曉西，她總是拿著田鼠送我的那塊木牌在我面前晃來晃去，並暗示她

26 再見：爆米花女孩

搖晃的不是木牌，是即將屬於我的無處可去的苟且的生活。

離開紅房子後，瑪奇朵擔心我再次因為住在他的房子而自尊心受挫，他幫我在一間雜誌社找了一份打字員的工作，再也不必像在咖啡店似的背地裡給錢。每天大多時間都是面對著電腦，生疏的敲打著鍵盤把手寫的稿件輸入電腦裡，再進行備份和校對。這不是我喜歡的事，但卻是必須要做的事，只要有了收入，才能快點搬出瑪奇朵的住所。

「陸晗冬，田嘉輝今天來看妳了嗎？」

這是瑪奇朵每天清晨都會對我例行詢問的話，就跟以往他在紅房子裡查房時一樣，因為他總是覺得我所說的有關田鼠的一切，都只是出現在我的夢裡，他在對我很好的同時，也始終都在提醒我是一個病人。

偶爾，我會很敷衍的回答他有或是沒有，接著編造一些自認為天衣無縫的理由。但大多時候，我選擇不理睬他的問話，會假裝自己睡著了，然後在他離開時，把他放在床邊櫃子上的百憂解和那杯白開水一起倒進廁所的馬桶裡沖掉。

我並沒有打消尋找田鼠的念頭，然而卻一再的打著田鼠的幌子去「玩弄」瑪奇朵，他卻天真的以為我是一個從不會說謊的人，這讓我很愧疚。很想對他坦白，卻又無從說起，只有一直裝作病人，瑪奇朵才不會打我的主意，自己才能安心的住在他的房子裡。這次不同於以前住在這裡，我每天都做菜飯給他吃，只有填飽了他的肚子，他才會記得我的好，即使水落石出，他也不會那麼記恨我。

我發現瑪奇朵喜歡看書，為了維護我跟他之間平和的關係，我會定期把雜誌社的刊物拿回來幾本給他。我帶了書籍回來，從沒告訴過他，我會把它們放在客廳茶几的邊角上，跟他那些令我厭惡甚至有些反胃的醫療書籍疊在一起。我猜他從來沒有碰過那些雜誌，它們總是整整齊齊的放在那裡，且嶄新的書頁上堆積了一層薄灰。有時會因為瑪奇朵對我拿回來的雜誌不領情而有些許的失落，這種莫名的感覺讓我很不安，也很難適應，擔心自己依賴他，這迫使我更想快一點離開瑪奇朵的房子。

一天夜裡，我再次打開床頭的抽屜，將自己在雜誌社工作所存的積蓄數了一遍，而後異常的開心，那些錢已足夠我找一個新的住所，我很亢奮，以至於幾乎整夜未眠。次日，背著瑪奇朵在黃城菜場旁的一個商鋪裡，找到了一間廉價的出租房，並付下了訂金。那裡，是田鼠之前時常出沒的地方，他總是會殷勤的幫那些女孩在菜場一家賣秋梨的攤位買梨子，不知道為什麼，他喜歡給所有他喜歡的女孩買這個，然而最後每一個吃了他買的梨的女孩都離開了他。

那日清晨，我第一個抵達雜誌社，想把當日的稿件快點校對完成後可以早點回去，在離開瑪奇朵的房子前給他做一頓豐盛的晚飯。那天清晨很奇怪，雜誌社的門前居然有人在賣爆米花，我不假思索就買了一份。趁著無人便很悠閒的順手在袋子裡抓出幾粒，也許是因為即將搬離瑪奇朵住所的關係，竟然開心的哼起小曲來，並悠然自在的咀嚼起來，也沒有因為賤人以前的話而影響爆米花本來的味覺。我的胃很奇怪，它可以裝爆米花卻不能裝玉米，明明是一樣的東西，爆米花能讓我食欲大增，玉米卻只會讓我心緒排山倒海般嘔吐不止。

我順手拿起電腦旁邊那份今天要輸入電腦的稿子，字跡看起來有些眼熟，卻跟以往一樣根本沒有興趣理會，麻木的敲打著鍵盤把它們輸入電腦裡，可是那日我卻察覺到它的不同之處。我拿起稿子，仔細的看了起來，它的標題是《曾經令我心動的女人》，僅僅是文章的開頭，那熟悉的字跡和字裡行間就已充滿了令人浮想聯翩的醋意：「喜歡是剎那間的怦然心動，愛是細水長流的無言告白。」

看到這句時，那篇只有兩頁紙的稿件，突然從手中滑落到地上，我居然沒有勇氣再看下去，甚至差點將那兩張單薄的紙張撕得粉碎，繼而有一種不祥的預感。那種對田鼠難以掩飾的割捨讓我在沉靜思緒後，又重新把它拾起，並強迫自己堅持將它看下去，因為很確定這是田鼠的文章。起初，我是躊躇的，後有些慶幸，接著有些失魂落魄。繼而開始失控，拚命的咀嚼著爆米花，最後瘋狂的撕扭那個裝著爆米花的塑膠袋。

「或許田鼠從未離開過黃城，只是他不想再看見我。」在自言自語的同時淚眼婆娑。

我不明白田鼠的用意，但是我試著理解他，理解他在我面前「偽裝」的模樣或是理解他在我背後以「情聖」的名義所製造的所有假象。這篇稿件被我輸入電腦後，我就把它私藏了起來，想著晚飯時帶回去讓瑪奇朵看，我堅信他很清楚田鼠所做的一切到底是為什麼。為了醒目，同以往那些雜誌一樣，我把它放在客廳茶几邊角的那堆書籍上，之後又擔心單薄的紙張滑落，於是從中隨意抽出兩本書將它壓下。

這兩本書之中有一本很熟悉，一眼就認出它是瑪奇朵陪我去丹亭時隨身攜帶的小本子。我之前從沒翻看過，但記得它的樣子，橫向的灰白條紋，且每兩條灰色就會夾雜一條白色。不知什麼時候開始，我多了這個不道德的嗜好，好奇的把那個小本子翻開，上面字跡很小，而且密密麻麻，甚至還有批註。

再仔細看下去，裡面所有內容竟都是關於我，甚至具體到在幾月幾日曾對他說了什麼。我不確定瑪奇朵是何時刻意記錄的，也可能他的記憶力本身就很好，有些話我自己也想不起曾說過，或是真的有對他說過，也不排除瑪奇朵有添油加醋的部分。我只看了兩頁紙，就忽然聽到瑪奇朵的開門聲，換作以前我一定會很驚慌，然而這次卻沒有任何慌亂，先是有條不紊的將那個本子放回原處，然後把那張本想給他看的稿子從中抽出塞進了衣兜，最後像什麼都沒有發生似的坐在客廳的沙發上發呆。那一刻，我不知出於何種居心，竟然放棄了搬出瑪奇朵住所的念頭。或許，只是想重新認識瑪奇朵罷了，因為那個在丹亭跟隨了我們一路的本子，首頁上清清楚楚的寫著：小花兒的日記！

瑪奇朵居然帶回了鮮花，並將它插到茶几上的玻璃瓶裡，也許是因為情緒不佳的關係，我並沒有領情，一心覺得是別人送他的，他只是順水推舟罷了。我並沒有坦然告訴瑪奇朵我偷看了「小花兒的日記」，也沒有提及那篇田鼠投遞在雜誌社的稿子，更沒有在他的表情中看出任何異常，繼續相安無事的跟他相處，只是從那一晚開始，我就再沒有做晚飯給他，他也沒有問我為什麼。

不久後，我在雜誌社從校對稿子的兼職打字員升職為兼職編輯，我沉浸在這種喜悅中，也隨著時間一點點的過去，漸漸地釋懷了以往的舊事。我和瑪奇朵繼續相安無事的在同一屋簷下相處，只是不再像醫生與病人，也不像相識相知多年的舊友，更不像男女朋友，更像是兩個搭伙過日子的孤男寡女，瑪奇朵的同事經常取笑他：「李安生，你把陸晗冬留在家是因為想治癒她還是獨占她？」

瑪奇朵卻很認真的回答：「因為沒錢看不起病的人太多了，我不可能把每個人都帶回家。」

就在我得知瑪奇朵這番對話的當天，下班回去的途中，終於下定決心想搬離瑪奇朵的房子。當晚我沒有回去瑪奇朵的住所，而是刻意找了一處距離瑪奇朵的住處有十五公里遠的房子，並且用所有的積蓄付掉了一年的房租，再不想給自己留任何後路。次日，似曾相識的情景，我坐在客廳的沙發上等待瑪奇朵下班回來，且刻意從雜誌社帶回了最新的雜誌，想到是最後一次，便在把雜誌放在茶几邊角的同時，順手拿起幾張紙巾，想幫他擦拭下書籍上的灰塵。

我小心翼翼的一本本拿起，而後仔細的用紙巾擦掉薄灰，再放回原處。就在我拿起一本淡藍色封面的醫學類書籍時，發現其中幾頁邊角被故意折起，於是我那個不道德的嗜好再次發作，好奇的打開看了幾眼，接著就一發不可收拾的看完了全部。

那是一篇專業性極強的醫學論文，題目是《妄想症患者的內心世界》，署名是「佚名」。這讓我很好奇，在雜誌社做兼職久了從而得知，從不會有人費盡心血寫了稿件卻不願留下自己的名字，於是這讓我產生了想一睹為快這位「佚名」佳作的想法。隨之，繼續看了下去，它帶給我的震撼溢於言表，忍不住反覆的問自己：「那些真實的案例不正是我嗎？」儼然跟許久前所看到瑪奇朵記載的那本「小花兒的日記」一模一樣。

我忽然清醒了，想起瑪奇朵跟我一同去丹亭時曾經打過的電話，他那個請假的理由是真的，並不是隨口編造的，他說他有病人要陪護，原來我就是那個他要陪護的病人。

瑪奇朵接近我，甚至接近田鼠，就只是為了他的此篇成功之作，他一直把我當作他鑽研的個體和可以體現出價值的案例，我堅定的認為。我再也不能像之前初見那本小花兒的日記時一樣故作平靜，我調整了很久，直到瑪奇朵推門而進，還是能看見我臉上所呈現出難以克制的氣憤的表情。他看上去很是茫然，接著臉色也變了，我們彼此對視許久，誰也不知先開口說什麼。

「李安生，你為什麼要跟我去丹亭？」我率先開口，很認真的問。

「旅……旅行啊！」瑪奇朵也許被我突如其來的嚴肅所嚇到。

「除了旅行以外呢？」我毫不猶豫的又問。

瑪奇朵並不知道發生了什麼，滿臉無辜的看著我，想了許久後，小心翼翼的回答：「陪妳。」

瞬間，感覺到自己腳下踩了海綿，不僅站不穩且身體飄飄然。在問他之前，我曾在心裡想，如果他說了實話會怎樣，然而「陪妳」二字卻讓我難以捉摸，且無言以對。

繼而，我沒有任何預兆的對他揭穿了自己的謊言：「那些藥丸其實都被我丟進了馬桶裡。」

瑪奇朵沒有暴露出任何慌張，反而極其自然的說：「陸晗冬，我其實早就把部分藥丸換成了維他命，只留了一片百憂解，我想妳可以好好的睡覺。」

這樣的回答遠遠超出了我的預料，感覺自己被瑪奇朵自私的玩弄於股掌之中，我拿起自己隨手放在沙發上的衣物，除此這間房子裡再沒其他東西。不同於曾經的是，我沒有大發雷霆，不是我不夠勇敢，只是我更清楚的知道如何安撫自己內心的需要，只是有些難過罷了。

「陸晗冬，不要再等田嘉輝了，往往選擇一個合適的人遠遠比愛的本身更為重要。我相信孑立的人都是自私的，但與無私相比，自私的人反而更能在真我的世界中找到自己存在的價值。」瑪奇朵哽咽的說。我想他知道我即將離開他的房子，便說了這些聽起來很悅耳的話，我還堅信他知道我已決心再也不會回來。

我本想道一聲再見，而後坦蕩的離開。可是卻始終沒有說出口，在拉開門轉身的瞬間，居然沒忍住激動中夾雜著複雜情緒的淚水，然後很順口的說了句：「李安生，謝謝你。」

「陸晗冬，再見。」就在關上那扇門的瞬間，我隱約聽到瑪奇朵這樣說，理智得像對待他所有的病人一樣的一視同仁。

然而，我卻淚流滿面，想著這些年跟瑪奇朵一起相處的時光，不禁毛骨悚然。那一晚，在距離瑪奇朵的房子有十五公里遠的地方，也許是因為換了個新住處的關係，整夜無眠，被各種各樣離奇的夢困擾著。

腦海中盡是瑪奇朵的回聲：「再見，陸晗冬。陸晗冬，再見……」

我吃了兩片百憂解，那還是在紅房子裡私藏的。不知道自己當時留它的意義，而今卻恰好用上。那一晚，我夢見自己在一間不大不小的私人診所裡，看見一個成熟的男子懷裡抱著一個看似剛出生不久的奶娃娃，他滿心歡喜的衝到我面前，磕磕巴巴的說了四個字：「我記得妳。」

不知是因為高燒難耐，還是因為頓感羞怯，使得我滿臉滾燙，而那種如乾柴烈火般的熾熱感久久不能褪去，熾烈了每一根神經，灼熱了每一根汗毛。他小心翼翼地將懷裡熟睡的奶娃娃放在嬰兒車裡，然後果斷的坐到我吊著點滴的床邊，脫掉外套後，將它蓋在我單薄的被子上。我正昏沉地揣測，一條蜥蜴紋身肆無忌憚的闖進我的視線裡，緊接著我口無遮攔的吐出了四個字：「你是賤人。」

他忍俊不禁的笑著，右側臉龐上的酒窩若隱若現，一隻手不受控的拍打自己的大腿，另一隻手忽上忽下的指著躺在病床上的我。從他掩蓋不住的滿是喜感的眉眼間看得出，再見到我，他內心定是歡欣雀躍的。而奇怪的是，我得知他知道我怕他後，我便不由自主的更加怕他。他謹慎的從床尾一點點地移動到床前，見我沒理他，便開始自顧自跟空氣說起了話。我瞇著雙眼，迷迷糊糊地聽著，從始至終也不曾敷衍半句。

那一剎那，我看不見自己的容顏，卻真切地看到了他那張與實際年齡並不相符的美輪美奐的臉。雖語調平平，可抱怨時的表情卻「波濤洶湧」，義憤填胸的樣子亦如「排山倒海」般猛烈。這時，他眼圈泛紅，看上去有些難過，然後下意識地拍了拍懷裡還在熟睡的奶娃娃，莫名地說：「我跟妳說話了，離的太遠，妳沒聽見，我真的說了，我說的是：再見，爆米花女孩。」

這時，我猛然從夢中驚醒。瘋狂的在自己僅有的幾件衣服中尋找賤人在獄中寫給我的字條。我曾在接過字條的瞬間看了一次，之後就收起來，一心覺得這種讓我看上一眼，就能讓心臟劇烈顫動的東西還是少看為妙，然而找了許久也不見。可是，我記得清清楚楚，並不識字也不會寫字的賤人，在那張字條上用圓珠筆歪歪扭扭的寫著：再見，爆米花女孩。

我難以自抑的在腦海中勾勒出許多種賤人寫這些字時的表情，是否也跟瑪奇朵說再見陸晗冬時一樣的無解。漆黑的夜裡，我感覺瑪奇朵和賤人同時靜坐在我床邊，他們出奇的安靜，直至我睡去再也聽不見他的回聲，賤人才起身離去，輕輕地拿起外套，在我耳邊傾訴了同樣一句話，就抱著懷裡的奶娃娃走掉了。關於曾經，他言語流暢的說：「不是一個成年人在看一個幼年人，也不是一個年長男人在看一個年輕貌美的女人，而是一個他這樣的人在看一個我這樣的人。」

我似夢非夢的看著他與往年大相逕庭的背影，突然感覺自己心慌得厲害。繼而，整夜都不斷地問自己：「我是什麼樣的人？」我問了自己多少遍也不知道，只清楚：我是一個能讓他願意「改邪歸正」的人，一個能讓他心花怒放的人。

次日，我再沒有去瑪奇朵介紹的那家雜誌社上班，因為一直沒有手機，也沒有人能聯繫上我，或是知道我住在哪裡。除了買些爆米花，再也沒走出距離我租住的房子一公里以外的地方，因為我總覺得有人在尾隨自己。

直到一個月後，我的身體產生了各種不適，先是頭痛欲裂，繼而嚴重的腹瀉，最後噁心厭食，我知道是因為突然停掉百憂解的關係。我不再照鏡子，但已經感覺到自己正在一點一點的消瘦且接近死亡，我討厭窗外的陽光，於是整日整夜都拉著窗簾。偶爾，還會聞到一股腐臭的味道，不知從自己身體何處傳到嗅覺神經。

一天，在昏昏沉沉中，感覺有人在敲我的房門，我已分不清白天跟黑夜，或是夢境跟現實，記憶中我居然跌跌撞撞的走到了房門那裡，也沒有問叫門的人是誰，也顧不得自己狼狽不堪的模樣，就像在執行命令一樣打開了它……

27 你的樣子……

「陸晗冬，妳喜歡我什麼？」就在房門被打開的一剎那，我居然聽到了這句話，之後便確定以及肯定，一定是那些藥丸的副作用讓我產生了一連串的幻覺。

我居然看見了田鼠，他呆若木雞的站在那裡，用驚訝到已經扭捏了的眼睛不斷地打量著我。我也努力的睜大眼睛從上到下，再從左到右的打量著他。我發現田鼠的額頭多了一道傷疤，我堅信夢裡的一切都是人潛意識的呈現，於是伸出手去摸了下，他的額頭熱呼呼的，而且又有些許汗珠在一點點滑落。

就在我的手觸摸到他皮膚的那一刻，忽然意識到這並不是幻覺也不是夢境，我猛然把房門關上。然後大步流星的走到浴室的鏡子面前，壓抑著即將崩潰的情緒，看著慘不忍睹的自己，接著劇烈的敲門聲隨即而來，不僅填滿了我的耳朵，而且充盈了整個樓道。最後，是一連串的捫心自問：「如果時隔多年後，妳曾經喜歡的人變了，變成了妳不喜歡的模樣，妳還會喜歡他嗎？愛，到底是愛最初的妳，還是愛妳滄海桑田後，無論好壞都還能依偎在彼此身邊的樣子？」

我一直心心念念的田鼠，突然開始害怕見到他，這種感覺似曾相識，就像我曾經害怕賤人一樣，我卻沒有勇氣以這樣的方式面對他。我們隔著一扇生鏽的鐵門，背對背坐著。田鼠氣憤的說我變了，我冷笑著說他也變了。或者說我們都變了，從聰明變笨，再從痴情到無情。

田鼠能夠在黃城找到我並不奇怪，相信黃城一半以上的女孩都認識他。不記得是多久前，我清晨出門去買爆米花時，馬路對面一個看上去珠圓玉潤的女人逕自走到我面前，開門見山且不加修飾的問我：「陸晗冬，田嘉輝到底愛不愛我？」我當時爆米花也沒有買，掉頭就走了。

「我回去了塔帕山，在那附近安置了尉遲艦，還賣掉了結婚戒指給他買了墓碑……」我雖看不見田鼠，卻能感受到他說這番話時垂頭喪氣的樣子。

田鼠果真還留著那枚戒指，依稀記得田鼠說她離開了他並帶走了一切時，那副失魂落魄的樣子。我憤怒的用拳頭錘了下身後的鐵門，「咣噹」的聲音跟賤人入獄時的那扇大鐵門被關上時的聲音一模一樣。讓我更加大怒的是，田鼠寧願賣掉戒指為賤人買墓碑，也不願意為他請保釋律師，對賤人那樣放浪性情的人而言，囚禁他還不如直接擊斃他。

賤人被抓入獄時我並不在場，當時正焦頭爛額的忙著一份來之不易的工作，說起來可笑至極，是在黃城一間私人的烏龜繁殖地照顧烏龜。其實我內心深處是抗拒的，始終覺得那些烏龜個個都比我長壽，為何還需要照顧？可是，卻能從中得到不錯的收入，我急需更換一個獨門獨戶的出租房，於是錯過了與他們一同慶祝田鼠剛出版發行的詩集。

那天，田鼠帶著一個女孩與賤人以及另一個我們並不相識的人在路邊的一間酒屋慶祝，我雖沒出席，卻在此前刻意告知田鼠帶一本詩集給我留念。田鼠當時還很高冷的詆毀說：「陸晗冬，我知道妳是不會看的，送給妳是因為不捨得妳花錢。」

酒桌上女孩喝了幾杯小酒後開始對田鼠撒嬌，她嬌滴滴的看著田鼠帶給我的那本詩集，希望他能給她朗誦幾段情詩。在田鼠婉拒女孩幾次無果後，也許是略微醉酒的關係，女孩隨手拿起桌上一個滾燙的茶水杯潑向田鼠，賤人隨即上前推了女孩一把，接著女孩直接摔倒在地，後腦隨之開始溢血，就像是安睡了似的，再也沒有醒來。

可惜，這個事實並不是田鼠告訴我的。就在得知賤人入獄的那一刻，我第一時間憂心忡忡的跑去問田鼠：「賤人到底做了什麼？」

「盜竊。」田鼠心不在焉的說。

我見田鼠眼神一再閃躲，繼而窮追不捨的又問：「他偷了什麼？」

田鼠猶豫了許久後說：「他醉酒後偷了黃城首飾店內的黃金手鐲。」

我寧願相信賤人酒後鬥毆，也絕不會聽信田鼠的謊話。那家金店我不久前曾光顧過，可惜只是去找工作，老闆打量了下我的穿著，又仔細地看了看我的樣貌，沒有說一句話就將我打發了。不僅僅是老闆，我想店內的所有人都不相信我能夠賣出金戒指，更不必說是黃金手鐲。雖然只在店內停留十幾分鐘，但我的確看到了那些金光閃閃的手鐲，它們被安置在加厚的防彈玻璃內，不可能搬動，更不必說是偷，況且賤人每日都在辛苦的做工，他若要動這樣的腦筋何必要在為田鼠慶祝的當天。

幾日後，因為賤人始終沒有從看守所出來，田鼠不得已才告訴我原因，儘管我對他很失望，但還是盡可能的為他想盡了一切理由，來掩飾他所說的那些荒唐的語言，在我看來一切罪魁禍首都是因為他氾濫的私生活和不羈的情感。背對著鐵門和鐵門另一側的田鼠，我的眼前不自覺地浮現出賤人離我們而去的場景。我看著賤人骨瘦如柴的背影才忽然回想起來，我們在寺廟遇見之前，的確曾經見過他。當時是在拉煤球的鐵軌旁，或許是由於之前我撈螺絲時看見了一隻暗紅色的蜈蚣令我驚嚇過度，使得我腦子一度短路。在堆銀徹玉的夜裡，他衣衫襤褸的躲在供暖的鍋爐旁，戴著勞保工作的白線手套，彎腰拱背的挑撿著廢棄的煤球。我不知是哪來的膽量，居然在倉庫裡偷了幾塊待用的煤炭，裹在了大衣裡，跑過去遞給他。

「是我偷的，跟你沒關係，快拿著，這麼冷的天，趕緊回家吧。」我說。

他不屑地看著我，然後用力地把我推到一邊，我順勢倒在了雪地裡，身上沾滿了煤炭的黑色。他依舊不依不饒的上前揪住我的衣襟且凶神惡煞的呵斥著：「滾！老子從不用女人偷來的東西。」

我被嚇壞了，還不得不裝出一副天不怕地不怕地樣子，滿腹的委屈促使我對他恨之入骨，也顧不上拾起散落在地上的那些被摔成幾瓣的煤炭，從雪地上尷尬的爬起來後就倉忙的走開了。為此，我曾一度抑鬱難耐的悲傷許久，也不記得沉浸在此事中不可自拔有多少年。在那些淩亂的日子裡，我總會在不經意間想起此事，因為他使得我的慘綠年華陰暗無比，雖然我並沒有實質性的幹過什麼傷天害理的事情，但是始終都根深柢固地記得：我是一個小偷，第一次的行竊所得是幾塊「黑金」。

「陸晗冬，我知道妳終會原諒我。」田鼠用疲憊不堪的聲音說。

而後，我猛然驚醒，田鼠的那句傾訴又如針扎般在我心尖上擱淺，我捫心自問：對田鼠一向寬容大方，為何對賤人卻是極端吝嗇？我也曾幻想過，跟田鼠講了小花兒的故事後，在他安撫我低落的情緒時，若勇敢的說出我對他的情感會是怎樣？可是，看到而今的田鼠，我又會暗自慶幸自己什麼都沒有說，否則就會像甜瓜一樣深受折磨，我沒有甜瓜那麼痴情，也沒有大花兒那麼勇敢。

在打開身後那扇鐵門的那一刻，我低著頭閉緊雙眼，鼓足勇氣問：「田嘉輝，你喜歡我什麼？」

我始終沒敢抬頭，也不知道自己在期待什麼。可是，田鼠已然不在那扇鐵門外，或是他從來沒有出現過，然而我卻彷彿真切的聽見了他的回答。

田鼠用顫抖的聲音說：「妳的樣子。」

那天，隔著出租房的那扇鐵門，是我跟田鼠最後一次「見面」，之後我們就再也沒有見過彼此。田鼠離開後，我聞到了一股螺絲味，它短暫的充盈在狹小的出租房裡，那是我曾經最厭惡的味道，為此我曾經寧願自己失去嗅覺，也不願意失去田鼠。然而在那一刻，所有能記得起的懷念中，它居然變得如此香甜，終結了我所有的美夢。

我一個人繼續在那間出租房內生活了一段時間，除了偶爾去田鼠曾經常光顧的菜市場以外，就再也沒有去過別的地方，直到身無分文才離開了那裡。我格外開心的帶走了一面巴掌大小的鏡子和一塊生鏽的鐵皮，僅此而已。

離開的前一晚，像是人將死前的迴光返照，我在浴室的鏡子裡彷彿看見了一張美若天仙的臉龐，並想像著那是自己本應擁有的模樣，然後我卸下浴室的水龍頭，再用它砸碎了牆面上的鏡子，並從中拿走了一塊。至於那塊鐵皮，它是田鼠離開後不久從鐵門上脫落的，拾起時上面還殘有些許溫度，因而確定那是田鼠曾與我背對背靠過的地方。那一夜是甜瓜離開我們以後，我睡得最安穩的一個晚上，沒有任何夢境困擾，也沒有任何多餘的雜念。

次日，我就帶著那兩樣東西離開了出租房。印象中，我先是穿過熟悉菜市場，然後走到人流湧動的街道。或許是因為太久沒有見到過那麼多人的關係，促使我呼吸急促且心跳加快。我有些頭暈目眩的看見一個看似年長的女人正快步加鞭的走向我，繼而像瘋了一般抓住我的雙肩，什麼也不曾說就不停的搖晃，之後就再也不記得。

直到我醒來後，躺在一張熟悉又冰冷的床上，一個看似熟悉的男人睜大了雙眼看著我，他眉毛挑動的瞬間，我意識到是他——瑪奇朵。多年前，我也曾這般熟悉的躺在這張似曾相識的床上，看著他棕熊一樣的眉毛。

「陸晗冬，我們又見面了，妳看上去很悲傷……」瑪奇朵吞吞吐吐的說。

「我們悲傷，並不是因為曾經發生了什麼，而是因為我們都清楚的知道，在今後的人生中，我們將永遠的少了些什麼。」我哭笑不得的說。我清楚記得，多年以前初次到紅房子裡，田鼠曾對我說的這番話，那時我笑而不語，他痛而不言。

「陸晗冬，妳記得嗎？」瑪奇朵小心翼翼的問。

「什麼？」我一臉茫然的看著他。

「妳被送來時，它們在妳的衣兜裡。」瑪奇朵拿出一塊邊緣像鋸齒一樣的玻璃，又拿出一塊深褐色的鐵皮。

之後，瑪奇朵的話徹底顛覆了我對自己的認知，即使半信半疑，卻深陷其中。瑪奇朵說：「陸晗冬，妳與房東爭執時無意間打碎了房間的玻璃窗，然後被房東趕出了出租房。之後，妳在菜場旁邊的廢鐵回收站裡拿了一塊鐵皮，並對收廢鐵的婦女大聲呵斥，繼而搖晃她的身體，她一氣之下把妳打暈……」

我拿起那塊鐵皮，仔細的觀察它，並聞了聞上面的味道，除了一股濃重的發黴了的鐵鏽味再無其他，我試著推翻瑪奇朵的話，如臨深淵的看著那塊鐵皮說：「大概幾個星期以前，田鼠曾來找過我，就在我居住的那個菜市場旁邊的出租房裡，我們背對著那扇鐵門席地而坐……」

我在瑪奇朵驚愕的臉上看不到一絲表情，他臉色煞白的告訴我：「陸晗冬，妳又要在這裡住上一段日子了。」

「我無力支付任何費用，如果你願意借給我，我很願意住在這裡，無論是暫時還是永久，我哪裡也不想去。」我很認真的對瑪奇朵說。

這一次不同於以往，我居然認可了瑪奇朵的話，我試圖理解他，就像理解田鼠一樣。並漸漸地意識到，我的記憶的確出現了些許的問題，就像我一邊吃百憂解，一邊卻不願承認自己有病。

瑪奇朵不再是我的主治醫生，我也很少在病房裡見到他，在每天負責給我發配藥丸的護士那裡得知，瑪奇朵說他不想再醫治我，但是他已經幫我支付了所有的費用。

「妳是新來的？」我問。

「是啊，妳怎麼知道？」她溫婉的看著我問。

「因為妳對我很好，也沒有覺得我不正常。」我微笑的看著她說。

她抬起頭嫣然一笑，面容看上去是那麼的溫暖。這裡很少有人不知道我跟瑪奇朵的關係，曾經我住在他的房子裡，整個紅房子裡幾乎人盡皆知，她若不是新來的，怎麼會對我說那番話呢！

我不知道她的名字，也沒打算過問，隨著接觸的次數不斷增多，我們之間的對話也隨之增多。

一天下午，她來我的病房給我發配藥丸時，漏拿了一種叫做利培酮的白色藥丸，於是她將手中的發藥單遞給我，並讓我代為保管，她去發藥室幫我取藥。我無所事事的翻弄著那些紙張，偶然在倒數第二張藍色的單據上看見了田鼠的名字，我當時並不確定那就是他，卻又隱隱覺得一定是他，單子上寫著：

患者：田嘉輝

藥劑：奮乃靜

那一刻，我震撼到手腳癱軟，所有的單據都散落在地上。仔細回想，那張單子上的日期正是我最後一次離開紅房子的第二天。我發誓那是第一次違背自己的良心所做的我認為極其不道德的事情，我不僅利用了她，還無意間讓她丟了這份工作。

當我聽見過廊有腳步聲臨近，於是匆忙的拾起地上的單據，且刻意把田嘉輝的那張單據放在最上面，如果那些單據沒有散落在地上，最上面的一張應該是我的。隨之，她安閒的走向我，在目睹我把那顆利培酮吃掉後，準備在最上方屬於我的那張發藥單上簽字，當她拿起筆時卻頓然停住。

「怎麼了？」我有意而為之的問。

「這張單子不是妳的。」她悵然若失的說。

我故意將自己的臉龐靠近那張發藥單，也故作彷徨的樣子看著那張單據問她：「田嘉輝是誰？」

「一個精神分裂的病人。」她淡漠的說。

「他也住在我這一層的病房嗎？」我又問。

「他早前就離開了。」她搖了搖頭，無奈的在那疊單據裡翻找屬於我的那一張。

次日，我就再沒有看見她，發藥的人換成一位男護士，他不僅鬍碴滿臉，而且嚴肅又冷淡。最初，以為定是因為她知道我故意弄亂了她交給我的單據，所以生氣的換到其

BLACK COFFEE

他病房。大概一個星期後，我在瑪奇朵那裡得知她已被醫院辭退，理由是：她竟然將如此重要的發藥單交給一個病患代為保管。然而，卻沒有人知道我利用了她。

28 愛是：寒冬

我已經厭倦了來來回回地輾轉於紅房子和瑪奇朵的房子之間，我想瑪奇朵也是一樣，於是我徹徹底底的住進了紅房子，並在這裡度過了五個冬天。這五年間我跟瑪奇朵依舊沒有交集，也沒有問任何人有關田鼠的事。我不相信田鼠會生病，在我看來他只會生身體上的疾病，他以往周旋在各種女孩之間的同時又扮演著各種不同的角色，所以生病是在所難免的事。但是，田鼠絕不會生任何心理上的疾病，這一點我從未擔憂過，唯一憂慮的就是我們離開小城的這數年中，田鼠是否真正的快樂過。

每年冬天年尾的時候，且趕在新年的前一天，我都會給瑪奇朵寫一張欠條，並列出這一年中他為我墊付的所有費用，然後親手交給他，也只有在這個時候，我才願意跟他說話。我把欠條放在一個白色的信封裡，除此再無其他，甚至連謝謝你三個字都不曾有，我深知對他的感謝是道不完的，同樣對他的怨憤也是無從發洩的，儘管我並不是真正地清楚對他的怨懟是源於那本醫學雜誌還是源於自己的心魔。每次在給瑪奇朵欠條時，他都會藉機跟我說一些簡短卻意味深長的話，而每次我都會敷衍了事，盡可能的想盡辦法快點從他面前消失。他板著一張臉看著我，雖嚴肅卻不失可愛，如果沒有遇見田鼠和賤人，我想像瑪奇朵那樣的人也是能夠與我這樣的人和諧共處的，或許還可以一起生活。

清楚記得，紅房子的第一個冬天居然下起雨來，雖然這是黃城的常態，但我已經多年沒有留意過，大多時候都將自己多餘的精力用來留意田鼠的一舉一動和他的心情。打開窗戶時，窗外的防護網上有一層薄冰，我用手握住防護網上的一條鋼絲，直到那層薄冰融化也不覺得寒冷，接著用濕漉漉的手拿起前一晚就準備好的白色信封，逕自走到醫師辦公室並在另外兩個並不相識的醫師面前，將它鄭重的交給瑪奇朵。

瑪奇朵吃驚的接過信封，只是看見信封上略微濕漉，就即刻問我：「陸晗冬，妳哭過嗎？」

我先是楞住，然後大笑不止：「欠債的人都不會有好心情，哭是在所難免的吧！」另外兩個醫師也忍不住大笑，只有瑪奇朵糊裡糊塗的楞著。

紅房子的第二個冬天是霜凍，玻璃上結滿了冰花，我莫名的得了重感冒，想打開窗戶都動彈不得。我按了床頭的急救鈴，讓護士將瑪奇朵叫到病房，我虛弱的從枕頭底下拿出早已準備好的信封交給他。這次瑪奇朵同樣也沒有看，卻氣憤的將信封撕碎，還不忘將那些紙屑丟進垃圾桶，並用力的踹了幾腳，我拚盡全力對他大叫：「你瘋了嗎？」

瑪奇朵冷漠的對我說：「陸晗冬，在這裡沒有一個人是正常的。」

紅房子的第三個冬天依舊霜凍，儘管我蓋了兩層棉被，卻還是莫名的感冒了，而且比去年要嚴重得多，三十九度高燒使我渾身冒虛汗，卻頭腦清醒的在護士每日給我的發藥單上，只看見了阿斯匹靈一種藥物，我很好奇卻沒有過問，昏昏沉沉的根本睜不開眼睛。這次，瑪奇朵聽聞後主動來病房探視，我把裝著欠條的信封交給他時，迷迷糊糊的根本看不清他的臉，只聽見他語重心長的對我說：「陸晗冬，要先愛自己才有能力愛別人，明年冬天不要再感冒了。」我突然鼻翼處一陣酸楚，然後感覺自己已然熱淚盈眶，可是滿臉的虛汗跟眼淚融為一體，混淆了瑪奇朵的視線，促使他無任何察覺。

紅房子的第四個冬天還是霜凍，連續三年的霜凍已讓我習以為常，這一年我沒有再感冒。年初時，巡床護士拿了一本書給我，並別有深意的囑託：「陸晗冬，醫師說妳從今天開始不必再服用任何藥物，若覺得身體難受，千萬不要撕書。」

我隨手接過後，放進床邊櫃子的抽屜裡。隨後的一個星期，我的身體果真開始難受，像是有成千上萬的螞蟻在身體裡爬行，也不像以往那麼昏昏沉沉，我拿出抽屜裡的那本書，居然是瑪奇朵多年前曾跟我提及的那本《撒哈拉的故事》，我從年初開始斷斷續續的看到年尾，用了一整年的時間才讀完它，而後卻什麼也沒有記住。

當我準備將第四張欠條交給瑪奇朵的這一天，他正忙得焦頭爛額，根本沒有時間理我。因為住在三樓的一個病患因幻覺的緣故，將廁所的肥皂當作蛋糕，誤食了一整塊肥皂後口吐白沫，渾身抽搐被巡房醫師送去康復醫院治療。我得知後把欠條夾在那本《撒哈拉的故事》的書裡，然後放在瑪奇朵的辦公桌上，人雖不在，卻像「先知」一般早已預料到了一切，他也放了一張字條在桌上，上面寫著：

「陸晗冬，書看完了吧？我想即使看過，妳也不會記得。有些東西不用記得那麼清楚，不記得有不記得的好，如果真的不記得，就沒有必要再刻意去想了。」

紅房子的第五個冬天，也是最後一個冬天，黃城終於下雪了，當時我正在第五層的康復中心，來不及多想就興奮的跑下樓，不顧醫師和護士的阻攔，亢奮的跑向一樓平臺。忽然，發現眼前最最純潔的顏色，正是多年前我最厭惡的顏色，是賤人初生之犢時自認為最時髦的顏色，是現今的我最妒忌的顏色，是田鼠曾烏黑透亮的鬢髮中最斑白的顏色，亦是甜瓜在巴林時內心孤獨的顏色……

「又一個冬天到來了。」我自言自語的說。

看著窗外白雪皚皚的雪花，落在像「牢籠」般的鋼絲網上，我努力回想最後一次見到賤人的情景，隨著獨居在「紅房子」的時日日漸增多，有限的記憶力也每況愈下，不僅對昔日的小城言帚忘笤，而且能念起他的細節已為數不多。唯有一句話，也是我親耳聽到的最後一句話，卻頗為深刻。比我所盼田鼠口中的那句「我愛妳」還要婉曼動人，比甜瓜信奉的「生生世世」還要亙古綿長。

那年在監獄中，我有氣無力的拉著田鼠去探望他，臨別前他輕聲在我耳邊傾訴：「終於，第一次……我有勇氣主動的靠近妳。」

之後，田鼠一直在追問：「尉遲艦最後對妳說了什麼？」我支支吾吾，始終也沒有告訴他。

現在回想，我深信那是世間最美的語言。可惜不知為何，我極力想忘記他的強迫感卻絲毫不曾遞減，而昔日的幸福感卻大比從前，年復一年的在矛盾中眷戀。冷血的蜥蜴是小花兒時的我強行為賤人黏上的標籤，而爆米花女孩大概是賤人苦苦追尋時在心底裡對我秒秒的呼喚。而靠近，真的是一種心慌的感覺嗎？緊隨「感覺」身後的那個問號，或許，早已戛然而止在某個飄雪的夜裡……

那一晚，我把最後一張欠條交給瑪奇朵後，他步伐沉重的來到我的病房並坐在床邊，情深意重的看著我說：「陸晗冬，明日開始妳又可以重獲自由了！」

我驚愕的看著他，大概持續了五分鐘後，才張開嘴巴，不敢置信的問：「我，我可以離開紅房子了，對嗎？」

我很激動，激動於怎麼就突然要離開這裡了呢？那是一種極為糾結的複雜情緒，那一刻我突然明白，為什麼很多病人在離開紅房子時會哭泣。住在這裡的五年間，見過太多這樣的場景，儘管我和瑪奇朵五年都無任何交集，也不瞭解他的近況，比如他是否還住在曾經我住著的房子裡，或者還有沒有邀請過其他女孩到家中吃魚。但是，不可否認的是瑪奇朵成了我唯一的朋友，從我認識他開始，就沒見過他與任何一個女孩交往，紅房子裡的人都說他是要把畢生的時間都奉獻給心理學，若不是他曾跟我講過「沙漠女孩」的故事，我絕不會相信世界上會有這樣的人，因為自己的「執念」而冷若冰霜的人！

瑪奇朵頻頻點頭，然後突然拉住我的手：「陸晗冬，妳去年就可以出院了，我想到妳離開這裡後可能一時無處可去，就自私的多留妳一年在身邊，不要恨我也不要原諒我，我只是想讓妳知道，在我心裡妳不是病人，而是很重要的人。而且妳不是一個人，田嘉輝愛妳，我也愛妳。」

我不僅沒有生氣也沒有吃驚，也許是夜晚的關係，看著眼前的這個男人居然很是平和。在離開小城的這些年間，他應該是我除了田鼠、賤人和甜瓜以外，唯一能夠相信的人。

那天，我們徹夜長談後，彼此就再也沒見過，瑪奇朵曾多次試圖聯繫我，希望我們可以再見面，在婉拒了一段時間後，我就搬離了黃城，在之後的幾年，我只有在每年年尾去郵局匯錢給他時，才會與他聯絡，但是錢都被他退回。

在紅房子的最後一個晚上，瑪奇朵曾主動談起田鼠，並很尊重的問我：「陸晗冬，離開這裡妳還會去找他嗎？」

「離開這裡，我也不知道去哪裡，也許先找一份工作，先把欠你的錢還了。」我笑著說。

「也許我也不做醫生了，開一間咖啡店，就叫焦糖瑪奇朵，這樣就不怕妳在黃城迷路了。」瑪奇朵談笑風生的說。

就在我不知所措時，瑪奇朵突然岸然道貌的看著我，然後下顎一直顫抖，哆哆嗦嗦的對我說：

「陸晗冬，你們見過，就在二樓的康復病房裡。」

「我們？」我詫異的問。

我在紅房子住了五年，清楚的知道每一層的分布，二樓住的是重患，大多都是精神分裂患者。後來我得知，田鼠的確曾住在紅房子二樓的康復中心。一年前，也就是我在紅房子的第四個冬天，因為一個病人誤食了肥皂，被送去二樓康復中心旁的診療室治療，當時我正在送欠條給瑪奇朵的途中，路過二樓時確實看見一個男人，鬍子拉碴的站在康復中心的牆角，身體消瘦得只剩下皮包骨，兩顆門牙卻支在外頭，也只是一瞬間我覺得那對門牙似曾相識，卻難以置信他會是田鼠！

我同樣在瑪奇朵那裡得知：田鼠已經在紅房子住了八年，一年前因為他把頭卡在鐵窗的欄杆縫隙處尋死，後被送去了精神病醫院。十年前，田鼠跟我約好去丹亭，也只是他跟瑪奇朵串通的一場戲，黃城的確沒有去丹亭的汽車。在確認我買好了去丹亭的火車票以後，田鼠就轉去黃城警署投案自首，說他在十六年前誤殺了他的繼母。這件事老田知道，甜瓜知道，賤人也知道，只有我不知道。然而老田死了，甜瓜死了，賤人也死了，為了讓我還好好的活著，他就去贖罪了。

黃城警署根據田鼠的描述，押解田鼠一起回去了當年的小城，田鼠回來後就生病了，後被鑑定出有精神疾病，我想一定是因為田鼠過於思念他「母親」的關係。那日在距離黃城市中心十幾公里外的租住房，田鼠的確出現過，並不是我的幻覺，一個護工換藥時忘記鎖門，田鼠就趁機跑了出來，整整三天的時間，他在常去的菜場附近找到我，怪不得那幾日我總覺得被人跟著，從此之後田鼠的精神狀況就每況愈下。

很感謝瑪奇朵跟我講了田鼠的事，也許瑪奇朵覺得我已然是一個正常的人。然而，我又何時不正常過呢？每次瑪奇朵在水中放入磨碎的氯丙嗪我都知道，即便如此我還是會喝掉。

從此我沒有再惦念田鼠，也沒有想過探望他或是尋找他，更沒想過要治癒他，也許他現在才是最快樂的。因為後來我知道，如果當時我前桌坐的是賤人，有人罵我是野菜時，他也許也會像田鼠一樣那麼做，或者說無論我前面坐的誰，他只要像田鼠一樣那麼做了，我都可能會愛上他。

我和田鼠做了近三十年的哥們，卻不知他的心裡都在想什麼，反之田鼠和我也做了近三十年的哥們，他更不知我心裡都在想什麼。我們都以為時間是良藥，能幫我們撫平創傷，我們都以為無言是默契，能讓我們的情感綻放。最後，我們都被時間欺騙了。

離開黃城後第二年，我不再洗烏龜，轉而給寵物洗澡，然後用工作的積蓄買了一張飛機票，第一次坐上了飛機。載著些許只有我自己清楚的遺憾再一次離開了一個地方，去另一個叫小城的地方。只因為那片黑色的土地布滿了各種滄桑，其中令我最難以釋懷的便是甜瓜離開的重創和在無盡的思念裡對賤人寂寂無聞地情傷。飛機起飛前，我坐在靠窗的位置，看見機窗外開始飄雪，又一個冬天到來了！

這兩年，田鼠一直跟著我，無論我到哪裡他都在我身邊，我能感覺到他是快樂的，因為我相信靈魂的存在。我曾在一本書上看到這樣一段話：

你相信靈魂伴侶嗎？

〇．五三個人？

這八十萬人中只有〇．五三個人？

一個都不到
那你要如何遇到這個人
命運……
剛開始的時候所有的證明好像都是對的
但如果有所謂品質X的話
也許品質X就是命運

那一年，我在一本旅遊雜誌上發表了一篇散文〈澳洲的袋鼠〉，居然得獎了，還是一等獎，可笑的是我連袋鼠都沒有見過。得獎後，隻身飛去澳洲看真的袋鼠，我接到瑪奇朵打來的電話，他得知我在澳洲後激動的問：「陸晗冬，妳去澳洲了？那裡冷嗎？天藍嗎？草綠嗎？袋鼠真的可以把人踢出幾公尺開外嗎？……」

我淡然的回答：「我沒有去過，只是在電視裡看過。」

瑪奇朵的情緒突然一百八十度大轉彎，只說了兩個字就掛了電話，他說：騙子。

我從澳洲回來後得知，瑪奇朵真的不做醫生了，沒有人知道他是怎麼了，他竟然在紅房子附近開了一間咖啡店叫「焦糖瑪奇朵」。

我想沒有一個醫生能夠醫好我，我很難過，也很悲傷，正如田鼠曾經所言：「我們難過，並不是因為曾經發生了什麼，而是我們清楚的知道，在今後的人生中，我們將永遠的少了些什麼。」

我是愛你的
你是愛我的
我們不知對多少人說過
我想我是愛你的
你想你是愛我的
可惜
早已錯過

「愛是什麼？」我問。
「愛是晗冬！」瑪奇朵說。
「是的，愛是寒冬！」我說。

你是愛我的，從來沒有變過。

在思念的長河裡，我反覆地對自己說。

眼角閃爍的淚花彷彿比南極的冰川水還要清澈。

我是愛你的，從來沒有變過。

在繫念的思緒裡，我重複著對自己說。

嘴角流淌的唾液貌似比漠河的初雪還要純潔。

你是愛我的，可惜從未親耳聽過。
我是愛你的，恰好時常在叨念著。
你是愛我的，我是愛你的，
殊不知我們彼此曾對多少人說過……

Black Coffee 黑咖啡 / 藍藍似水 -- 初版 . -- 臺北市 : 時報文化 , 2020.05, 352 面 ;
14.8×21×1.8 公分 . --（微文學 ; 31）　1. 華文創作　2. 小說
ISBN 978-957-13-8185-5（平裝）

857.7　1090005047

ISBN 978-957-13-8185-5
Printed in Taiwan

微文學 031

Black Coffee 黑咖啡

作者—藍藍似水｜編輯總監—蘇清霖｜美術設計—FE 設計｜特約編輯—劉素芬｜董事長—趙政岷｜出版者—時報文化出版企業股份有限公司　108019 台北市和平西路三段二四〇號四樓　發行專線—（〇二）二三〇六—六八四二　讀者服務專線—〇八〇〇—二三一—七〇五、（〇二）二三〇四—七一〇三　讀者服務傳真—（〇二）二三〇四—六八五八　郵撥—一九三四四七二四時報文化出版公司　信箱—10899 台北華江橋郵局第 99 信箱　時報悅讀網—http://www.readingtimes.com.tw｜法律顧問—理律法律事務所　陳長文律師、李念祖律師｜印刷—盈昌印刷有限公司｜初版一刷—二〇二〇年五月十五日｜定價—新台幣 350 元｜

時報文化出版公司成立於一九七五年，並於一九九九年股票上櫃公開發行，於二〇〇八年脫離中時集團非屬旺中，以「尊重智慧與創意的文化事業」為信念。